이건숙 문학전집 2

미인은 챙 넓은 모자를 좋아한다

이건숙 문학전집 2

■

미인은 챙 넓은 모자를 좋아한다

이건숙 소설

문학나무

내 안에 이런 우주가 들어앉아 있었다니

첫 단편집인 『팔월병』을 내고 16년 만에 두 번째 단편집 『미인은 챙 넓은 모자를 좋아한다』를 2003년 『월간문학』에서 출간했다. 간격이 뜬 것은 조국을 떠나 미국으로 가서 8년 만에 귀국하여 출판했기 때문이다. 남편 목회의 굴곡이 심하여 생활자체가 흔들리는 시기였다. 더구나 작가가 조국을 뜬다는 것은 가장 슬픈 일이라고 했는데 그이유는 우리말의 현장을 떠났으니 공백이 생긴 셈이다. 귀국하여 나누는 대화에서 너무 생경스러운 표현들을 듣고 이해를 못하고 놀라기도 했었다.

작가가 무엇을 쓰든지 글이란 곧 그 사람이라고 한다. 단편을 모두 모아놓고 단숨에 읽어보니 아하! 내 속에 이런 것들이 앙금으로 가라앉아있었구나 하고 무릎을 치기도 했다. 내 안에 들어앉아있는 상상의 세계와 무한한 공간의 우주를 새삼스럽게 보게 된다. 어릴 적에 받은 상처나 너무 인상적이라 머리에 각인되어있던 것들이 내가 만든 인물로 등장하여 작품 속에서 한 인격체로 움직이고 있었다. 아무리 허구로 거짓말을 진짜처럼 늘어놓아도 역시 글에서는 내 냄새가 잔뜩 고여 있었다. 역시 글이란 한 인간의 절규요, 가치관이요, 그간 살아온 인생의 한 면이니 글이란 영혼의 얼이 담긴 골상이 아니겠는가.

두 번째 소설집을 내면서 작가의 말에 썼듯이 '책읽기를 무척 좋아하는 내가 남들더러 내 글을 읽으라고 세상에 내놓게 되니 부끄러움을 금할 수 없다.'라는 표현은 지금도 유효하다. 하지만 한 시대를 살아온 우리들이 함께 아픔과 기쁨과 소망을 나누는 재미도 있지 아니한가 하는 점에서 스스로 위로해본다.

2021년 5월 12일
나성의 서재에서
이건숙

미인은 챙 넓은 모자를 좋아한다

차례

민희는 아들을 낳고 누워있는 남편의 여자가 있는 병실 문을 연다. 권총을 든 손이 심하게 떨린다. 아기를 안고 싱글벙글 웃고 있는 남편을 향해 총을 겨눈다. 새파랗게 질린 산모가 눈을 희번덕거리며 입을 씰룩거린다. 남편은 아기를 번쩍 들어 자신의 머리를 가린다. 시어머니가 두 손을 합장하면서 비겁한 얼굴로 빌어댄다. 그래도 침착하게 총구를 남편의 간에 겨누고 한 방을 쏜다. 귀청이 찢어지는 총성의 긴 여운……. 그녀의 막힌 가슴이 휘엉 뚫린다. 다음에는 시어머니의 심장을 쏘고, 마지막에는 여자의 머리를 겨누었다가 아기의 자지러지는 울음소리에 퍼뜩 눈을 뜬다.

둥지

울안 감나무에 둥지를 튼 수까치 한 마리가 헛간 초가 지붕 위에서 검을 꽁지를 위아래로 까불대며 짖어댄다. 반가운 손님이 온다는 소식을 전하려고 깍깍거리는 것이 아니다. 숨이 넘어갈 듯 다급하게 구원을 요청하는 몸짓 이다. 순식간에 수십 마리 까치들이 감나무와 토담 언저 리에 오그르르 모이더니, 결사적으로 한 곳을 향해 아우 성친다.

전쟁에라도 임한 듯 나대는 까치들의 빠른 울음소리에 박자를 맞춰가면서 민희는 포크로 밥상을 마구 찍어댔다. 핏기 가신 그녀의 됫박이마 위로 유리 창문을 파고 든 햇 살이 눈부시게 부서진다. 울안 감나무에 둥지를 틀고 이 집 식구들과 다정하게 살아가는 까치들답지 않게 저들의 새까만 머리와 등에서 풀빛 광택이 뿜어 나온다. 갑자기

까치들이 조용해지자 그녀는 포크를 상 위에 내려놓고 바깥을 살폈다. 잠시 주춤했던 까치들이 위쪽으로 일제히 고개를 돌리면서 다시 속사포를 쏘듯이 짖어대자 그녀도 숨을 몰아쉬며 포크로 상을 마구 쪼아대는 바람에 짙은 갈색 호두나무 밥상이 빠끔빠끔 곰보가 되었다.

"제발 이러지 마세요. 그런다고 해결된 문제가 아니잖아요."

그녀 나이 또래의 파출부가 포크를 앗으려고 손을 내밀었다가 푸른 빛 어린 그녀의 눈과 마주치는 순간 그냥 돌아섰다.

"제기랄! 급살 맞아 죽어버릴 인간 새끼들."

욕지거리를 하는 민희의 입가에 경련이 일건만 그녀는 힘을 다해 남편의 가슴을 겨냥하여 포크를 내리 꽂았다. 주먹크기만한 간의 한 귀퉁이가 뭉그러지고 푹 삶은 소의 간덩이를 수저로 으깨듯이 포크를 상 바닥에 대고 비벼대는 시늉을 하자 전율이 등줄기를 타고 흘렀다. 이번엔 시어머니의 심장을 향해 포크를 들이대고 그녀의 머릿속에 떠오르는 동맥과 정맥이 연결된 부분을 마구 쑤셔댔다.

'죽어버려라. 죽어버려. 아니야, 아니야. 그렇게 쉽게 죽어서는 내 분이 풀리지를 않지. 그 새끼는 간이 돌덩이가 돼 가지고 얼굴이 까치등처럼 까매져서 방바닥을 쥐어뜯으며 헤매다가 죽어야 하구……. 심장이 막혀서 얼굴이 파래지도록 몸을 뒤틀다가 죽어야 한다고. 아니지, 아니야. 그렇게 쉽게 죽으면 고통을 몰라서 안 될 일이지. 내 고통을 조금이라도 알리면 중풍에 걸리는 편이 좋겠다. 오른쪽 반신이 뒤틀리고 입이 귀까지 돌아가서 침을 게엘겔 흘리고…….'

까치들이 다시 숨넘어갈 듯 짖어댄다. 여자의 포크가 까치의 지저귐을 따라 리드미컬하게 상을 찍어냈다. 파출부가 수도꼭지를 한껏 틀어놓고는 라디오의 볼륨을 최대한 올리자 마이클 잭슨의 헐떡이는 괴기한 음성이 집안을 잡아 흔들었다.

발가락을 움직여본다. 감각이 없다. 신경을 발끝까지 주면서 움직여 보려고 안간힘을 쓰지만 두 다리는 앞산 꼭대기의 시커먼 쌍바위처럼 휠체어 밑에 나란히 놓여있을 뿐이다. 전신에 고인 땀이 식어가면서 오스스 한기를 느끼자 진저리를 쳤다. 몇 분간 통증이 가슴을 예리하게 헤집고 지나갔다. 민희는 자신이 병신이라는 사실을 가슴 저미게 받아드리면서 인형처럼 전신에 힘을 빼고 널브러졌다.

얼마간 죽은 듯이 가만있던 그녀는 휠체어의 바퀴를 신경질적인 몸짓으로 굴려 창가로 다가가서 파리한 얼굴을 들어 까치들이 한 몸이 되어 덤벼드는 쪽으로 눈길을 던졌다. 무청처럼 짙어가는 녹음 속에 숨어있던 솔개 한 마리가 까치들의 악다구니에 지쳐 잠자리처럼 활짝 날개를 펴고 유유히 하늘 속으로 떠오르자 눈처럼 흰 어깨 깃을 지닌 수까치 한 마리가 솔개를 따라 악착같이 창공으로 치솟았다. 솔개와 까치가 깊이를 모를 새파란 하늘 속에 두 점으로 사라지는 걸 민희는 눈이 아리도록 뒤쫓았다.

'저렇게 높이 날아갈 수 있는 공간이 있었던가! 삽살개랑 뜰에서 밥그릇을 놓고 다투는 순해 터진 까치가 아니던가. 멀리도 못 가고 집 근처에서 사람들 주변을 알찐거리면서 살아가는 새인 줄 알았는데, 아아! 까치도 저렇게 멀고 높이 하늘 속으로 파고 들어가는 힘이 있구나. 아아! 그런데 나는 아아! 나는……'

민희는 총기가 가신 멍한 눈으로 마당 한쪽에 서 있는 감나무를 올려다봤다. 친정아버지의 아버지의, 아버지의 아버지가 심었다는 감나무, 그 꼭대기에 덜렁 까치집이 걸려있다. 초봄 응달진 곳 잔설에 묻혀있던 나뭇가지들을 수까치가 부지런히 부리로 옮기는 무료한 한낮, 여자는 앨범에서 어린 시절의 사진을 떼어내 벽에 붙였다. 까치 부부는 산기슭에 벌건 몸을 드러내고 서 있는 버짐나무 잔가지를 물어 오기도 하고, 우물가에 울타리를 이룬 앵두나무 밑을 부지런히 헤집고 다니면서 쓸 만한 것들을 부리로 물어 나르는 동안 민희는 오랜만에 철함을 다락에서 끌어내려 달래서 까치들처럼 바쁘게 철함 속의 모든 걸 풀어헤쳤다. 어린 시절 입었던 빛 바란 샛노란 유치원 유니폼을 꺼내 침대 가에 내동댕이쳐 있던 인형에게 입혀 놓고, 백일에 어머니가 손수 떴다는 앙증맞은 모자를 인형의 머리에 씌웠다. 감을 따려고 잠자리채를 들고 가을 하늘을 향해 머리를 한껏 꺾고 있는 단발머리 소녀를 그린 크레파스 그림을 액자에 끼워 텔레비전 위에 놓았다. 까치 부부가 나뭇가지를 엮어 만든 둥지 속에 진흙과 마른풀을 물어다 짓이기는 걸 지켜보며, 그녀도 몸살이 날 정도로 이 일에 몰두해서 어린 시절 물건들로 집을 장식했다. 까치부부는 감나무 우듬지에 둥지를 다 만들고 그녀도 방을 다 꾸며갈 무렵 몸뚱이가 겨우 드나들 수 있는 작은 구멍을 만든 암 까치는 아예 둥지 안에 들어 앉아버렸다. 철함도 비워졌고, 다시 무료해진 그녀가 하염없이 까치둥지를 올려다보았다.

봄 열로 달구어진 산야, 아지랑이가 부옇게 긴 노곤한 봄날, 까치 부부는 부지런히 애벌레를 물어 날랐다. 몇 마리인지 가늠할 수는 없지만 새끼들에게 먹이를 나르는 까치 부부의 날갯짓이 날이 갈수록 바빠지고 있는데 솔개라니! 여자는 근심 어린 눈을 들어 창공으로 사라진 까치를 향해 망연한 눈길을 던졌다. 도심지에서 멀리 떨어진 여름 문턱의 하늘은 깊이를 모를 정도로 맑았다. 무섭도록 나대던 까치들도 사라지고 무료한 한낮이 흘러간다. 어느새 솔개를 쫓아 하늘 깊이 사라졌던 수까치가 돌아와 삽살개의 밥그릇을 넘보지만 초여름의 오수를 즐기던 딸딸이가 밥그릇을 지키려는 의욕도 없는지 졸음 가득한 눈으로 까치를 흘겨봤다.

민희의 앞마당은 산동네 까치들의 놀이터라도 된 듯 날마다 수십 마리의 까치들이 모여든다. 날콩가루를 풀어 쑥국을 끓여보겠노라고 파출부, 난희는 소쿠리를 들고 뒷산기슭으로 나가버린 한낮. 까치들도 둥지로 갔는지 기척이 없다. 라디오도 꺼진 한낮이 인큐베이터의 진공 속처럼 흐느적거렸다. 여자는 구름을 타고 부유하듯 휠체어에 기대앉아 밑으로, 밑으로 가라앉으면서 깜박 졸았다. 주렁주렁 매달린 감들이 크리스마스트리를 장식한 깜박이 등처럼 가을바람을 타고 반짝였다. 감나무 줄기를 타고 앉아 가을하늘 속으로 빨려 들어가는 순간 파란 하늘에 둥실 뜬 감을 하나 따려고 손을 뻗치면서 깊이를 모르는 나락으로 추락하는 찰나 그녀는 전기에라도 댄 듯 몸서리를 쳤다. 영원히 잊으려는 그 순간이 인큐베이터 속에 있는 것처럼 무료해지면 어김없이 찾아든다.

"임신한 여자가 어린애처럼 감나무에는 왜 올라갔어? 이건 누구의 책임도 아니고, 모두 당신의 치기 어린 행동이 가져온 불행이라고."

"당신의 어머니가 감을 따오라고 하도 보채서 올라갔다니까요."

"감나무 가지가 단단하지 않다는 걸 몰라서 그래. 당신은 시골에서 자란 여자가 아니냐고. 당신 친정의 울안에 백 년이 넘는 감나무도 있는데, 거기서 떨어질 것이지 왜 시집와서 떨어져."

남편의 신경질적인 얼굴이 떠오르자 민희는 진저리를 치면서 침대의 발치 쪽 벽에 걸어 놓은 까치와 호랑이 족자에 눈길을 던졌다. 족자의 본바탕 결마다 세월의 이끼가 끼어서 누르퉁퉁한 그림 한가운데 폼을 잡고 웅크리고 있는 백수의 왕, 호랑이의 턱에 눈이 멎었다. 언제 보아도 위엄 있는 눈과 쩍 벌린 입 가장자리에 발딱 일어선 성깔 어린 털들이 섬뜩해서 호랑이 뒤 소나무에서 노니는 세 마리의 까치들에게 슬그머니 눈길을 던졌다. 호랑이와 까치라! 순간 여자의 입가에 엷은 미소가 서리면서 밑바닥에 깔린 대나무와 난초에 이르자 형언할 수 없는 아늑함이 밀려왔다.

부엌에서 달그락 거리는 소리를 타고 구수한 쑥국 냄새가 침선을 자극했다. 그리고 보니, 아침과 점심을 전혀 들지 않아 속이 쓰려왔다. 앞산을 끼고 흐르는 시냇가에 심어진 미루나무 뒤로 산그늘이 긴 그림자를 던질 즈음, 갑자기 까치들이 발작하듯 울어댔다.

날콩가루가 비지처럼 엉킨 쑥국에 검은콩을 듬뿍 넣은 밥을 마악 말아먹으려다 말고 민희는 긴장했다. 다시 산 동네의 정적을 뚫고 왁자한 소리가 마당 안에까지 퍼졌기 때문이다. 까치소리가 아니고 아이들 소리다. 좀처럼 없는 일이라 호기심 어린 눈으로 밖을 내다보니 여섯 명의 아이들이 무례하게 마당까지 들어와서 서성거리고 있었다. 이 동네 아이들이 아니다. 이곳 아이들은 모두 대처

(大處)로 나가고 노인들만 사는 마을에 10대 아이들이라니! 날콩가루 빛깔처럼 뽀얀 저들의 살갗은 농촌의 햇살을 반나절도 받은 흔적이 없다. 아이들은 제각기 돌멩이를 손에 쥐고 나댔다. 계집아이가 까르르 웃으면서 신호를 보내자 사내아이들이 일제히 감나무 우듬지의 까치둥지를 향해 돌을 던지려고 팔을 힘껏 휘었다. 그 순간 까치들이 발작하듯 민희가 악을 썼다.

"스톱, 스톱! 그러면 못써. 까치둥지에 돌을 던지지 말라고. 그 안에 아직 날지 못하는 새끼들이 있다고. 이봐! 부엌에 있는 난희야! 쟤네들을……."

그녀가 아무리 외마디 소리를 내지르며 몸부림쳐도 난희는 냇가에 고둥이라도 잡으러 나갔는지 기척이 없다. 삽살개마저 아이들을 보고 꼬리를 흔들며 저들 주위를 맴돈다. 아무리 야단을 쳐도 창문에 반사되는 빛 때문인지 민희를 눈여겨보는 아이는 없다. 두 번, 세 번, 네 번……. 아이들은 까치집을 향해 돌팔매질을 시작했다.

"한 번만 더! 아직 스트라이크가 아니잖아. 한 번만 더!"

몸에 착 달라붙은 블라우스를 입은 여자아이가 소년들을 부추기며 펄쩍거릴 적마다 갓 피어난 젖무덤이 눈에 띄게 출렁인다.

"어린 까치들이 죽는다니까. 스톱! 스톱!"

민희는 휠체어에서 몸부림을 쳤다.

"까치둥지가 진짜 단단하구나. 너 사격장에 나가보지 그래. 올림픽에 출전하면 메달을 딸 수 있는 재질이 있는 것 같아."

민희는 창문을 사이에 두고 야단을 치다 지쳐서 감나무 위를 올려다봤다. 한창 푸름이 짙어가는 감잎들 사이로 까치둥지가 처참하게 일그러져 있는 몰골이 눈에 잡혔다.

어미까치들은 솔개를 쫓느라고 멀리 가버렸는지 조용하다. 조금 있더니 처량한 까치소리가 들렸다. 무리를 지어 솔개를 향해 아우성쳤던 그런 맹렬한 울부짖음이 아니라 가슴을 도려낼 듯 애달픈 까치의 울음소리에 그녀도 엉엉 소리 내어 통곡했다.

난희도 가버린 저녁, 기어드는 땅거미를 뚫고 차 소리가 들렸으나 여자는 미동도 하지 않고 문을 등지고 부서져버린 까치집을 향해 그대로 앉아있다.

"미숙이가 아들을 낳았어."

"······."

"당신 아닌 다른 여자에게서 아들을 낳았다니까."

"감나무 밑에 가보세요."

"이래도 당신 질투하지 않고 지금 뭐라고 하는 거야."

"감나무 밑에 가면 까치새끼가 있을 거라고요."

이 여자가 드디어 돌아버렸나 하는 생각을 억지로 누르고 있는 남편, 상규의 얼굴을 단 한 번도 보지 않고 여자는 무릎 가를 성가시게 맴도는 파리를 잡으려고 헛손질을 했다. 약삭빠르게 머리가 돌아가는 남편처럼 등이 파란 파리는 용케도 그녀의 손을 피해 갔다. 약이 바짝 오른 민희는 휠체어 옆에 놓인 파리채를 집어 들고 파리가 완전히 으깨지도록 잔인하게 후려쳤다.

"못된 새끼 같으니라고. 여기가 어디라고 이렇게 나대."

가르마 뒤에 수북이 자란 머리털로 인해 얼굴이 더 길어 보이는 상규의 얼굴이 심하게 일그러졌다. 얼마간 아내를 등지고 서서 창밖을 내다보던 그는 마지못해 어기적거리며 감나무 밑으로 갔다. 수북이 떨어진 감꽃이 볼썽사납게 말라서 뭉그러졌지만 쌉쌀한 감내가 코를 찌른다. 여자는 창을 통해 남편의 거동을 살폈고 한참 감나무 밑을 서성이던 상규가 허리를 굽혔다.

"자! 이게 당신이 찾고 있는 거야."

날갯죽지를 다쳤는지 널브러져 있는 까치새끼 한 마리가 남편의 손안에서 퍼덕거렸다. 다리가 부러졌는지 일어서려다 자꾸 주저앉는다. 어미까치처럼 새까만 머리와 검은 부리 때문인지 허리께 흰 잿빛 띠가 선명하다. 가느다란 꽁지가 몸체보다 더 길어서 가냘파 보이는 새끼까치가 자맥질하는 동안 아직 때가 묻지 않은 어깨 흰 깃이 눈부시다.

"길상인 새를 누가 이렇게 만들었지. 요즘 도시 것들이 슬금슬금 이곳까지 기어 들어와서 이런 못된 짓을 한다니까."

상규는 사뭇 분개하는 투다. 민희가 남편의 말에 대꾸도 않고 날개와 다리가 부러진 까치새끼를 어루만지고 있는 사이 해산한 여자를 두고 온 것이 마음에 걸리는지 슬금슬금 눈치를 봐가며 남자가 나가버렸다. 그의 차 소리가 아득하게 멀어져가는 동안 여자는 미동도 하지 않고 손바닥에 올려놓은 다리 부러진 새끼까치만 주시했다. 울지도 못하고 머리를 외로 꼬고 그녀가 하는 대로 몸을 맡기고 있는 까치의 다리에 이쑤시개를 대고 실로 창창 동여매주고는 다친 날갯죽지에는 연한 연고를 발라주었다. 새끼 까치는 흰자위 없는 새까만 눈동자를 순하게 뒤룩거리기만 했다. 작은 밥 알갱이를 손바닥 위에 놓아주자 거침없이 부리로 톡톡 쪼아대자 까치의 입에서 느껴지는 생명력이 전율할 정도로 생생하게 그녀의 손바닥에서 살아났다.

"배가 고픈 모양이구나. 자, 자! 천천히 먹어야지. 체할라."

갓난아기에게 하듯 다정하게 속삭이면서 김치보시기 뚜껑에 잡곡밥 한 수저를 놓아주고는 새끼까치를 상 위에 내려놓자 모로 누운 채 부리로 먹이를 쪼아댔다.

"밥만 먹으면 싱겁지. 김치는 먹을 수 없을 것이고, 가만있자 무엇을 먹어야 하지. 까치의 밥반찬이 무엇이더라."

유년의 뒤안길에 숨겨진 어머니가 다가온다. 그 시절 어머니가 딸에게 해줬던 말들이 그녀의 입에 지금 오르내리고 있는 것이 신기해서 입술을 만져봤다. 밥을 먹지 않는다고 엄마는 날마다 성화였다. 그 말들이 서슴없이 그녀의 입에서 튀어나오다니! 이렇게 말할 상대가 있다니! 콱 목이 막혔다. 새끼까치는 민희를 향해 깍깍 짖어대면서 맛나게 밥알을 쪼아대자 그녀는 누워버린 까치의 몸을 다정하게 쓰다듬어주면서 부리에 밥풀을 하나 넣어주자 까치는 기다렸다는 듯 입을 짝 벌렸다.

'아기도 낳지 못하는 여자를 평생 끼고 살 것이냐. 새파랗게 젊은 년 똥오줌 시중들면서 살 작정이냐고. 이런 여자를 데리고 사는 널 보고 사람들이 뭐라고 하는 줄 아니? 네가 사내구실 못하는 고자가 아니냐고 하더라. 그러게 내가 처음부터 이 결혼을 결사적으로 반대했지! 네 나이 서른다섯이다. 제발 손자를 낳아서 내 품에 안겨다오. 너도 늙으면 자식이 필요한 법이니라. 네 동생이 참한 형수감을 봐놨다니 식은 나중에 치르더라도 어서 합방을 해라. 하반신 마비는 일생 저렇게 살아간다는 뜻이니 나중에 장례식이나 치르고 고이 묻어주면 될 터이니, 어서 마음을 다잡아먹어라.'

창호지문을 사이에 두고 마구 지껄였던 시어머니의 정나미 떨어지는 목소리가 도끼날이 되어 민희의 가슴을 쪼아댔다.

'내가 누구 때문에 이렇게 되었는데!'

3년간 쌓인 미움이 치솟았다. 시어머니 얼굴만 떠올라도 민희는 고압선에라도 덴 듯 몸을 발작하며 떨어댄다. 누렇다 못해 하얗게 들뜬 얼굴에는 버짐이 깔리고 눈가는 멍이 든 것처럼 검적검적 다크 서클이 짙다. 그녀 곁에 짙은 어둠이 깔리고 으스스한 우수가 휘감고 있다. 그녀는 박카스를 담았던 작은 상자에 손수건을 깔고, 새끼까치를 조심스럽게 눕히자 흐릿한 외등 빛을 향해 이따금 다친 날개를 퍼덕이다 잠드는 걸 확인하고 그녀도 오랜만에 깊은 잠 속으로 빠져들었다.

민희는 아들을 낳고 누워있는 남편의 여자가 있는 병실 문을 연다. 권총을 든 손이 심하게 떨린다. 아기를 안고 싱글벙글 웃고 있는 남편을 향해 총을 겨눈다. 새파랗게 질린 산모가 눈을 희번덕거리며 입을 씰룩거린다. 남편은 아기를 번쩍 들어 자신의 머리를 가린다. 시어머니가 두 손을 합장하면서 비겁한 얼굴로 빌어댄다. 그래도 침착하게 총구를 남편의 간에 겨누고 한 방을 쏜다. 귀청이 찢어지는 총성의 긴 여운……. 그녀의 막힌 가슴이 휘엉 뚫린다. 다음에는 시어머니의 심장을 쏘고, 마지막에는 여자의 머리를 겨누었다가 아기의 자지러지는 울음소리에 퍼뜩 눈을 뜬다. 땀으로 목 언저리가 흠뻑 젖었고, 갈증으로 입안이 타들어간다. 얼른 손을 본다. 총이 없다. 우휴! 긴

숨을 토해냈다.

박카스 박스를 더듬자 새끼까치는 밖으로 나오려고 버둥거려서 새를 꺼내 배게 위에 올려놓았다. 까르르르 깍깍 깍……. 새끼까치는 이쑤시개에 묶인 다리를 질질 끌면서 다가와 부리로 여자의 뺨을 부드럽게 톡톡 쪼아대자 뺨이 살아난다. 손등을 쫀다. 손이 살아난다. 입술을 쫀다. 입술도 살아난다. 새끼까치를 쓰다듬는 그녀의 찬 손에 온기가 돈다. 여자의 손이 닿을 적마다 새끼까치는 환희에 가깝도록 까르르르 깍깍거리며 쪼아대고 새까만 눈이 초롱초롱하게 빛났다.

"그래, 그래. 이름을 지어주마. 눈이 초롱초롱 빛나니 넌 초롱이란다. 초롱이. 참 재미있다. 초롱이란 이름이!"

민희는 자신이 지어준 이름에 감동해서 깔깔 웃어대자 눈가에 눈물이 질컥하게 고였다. 한 달이 지나자 초롱이는 몸집도 커지고 다리에도 힘이 생겨 이쑤시개에 묶인 다리로 껑충거리면서 온방을 헤집고 돌아다녔다.

"아니, 까치가 밥상에 올라가다니! 저런! 아무 데나 똥을 내깔기고 밥상의 음식까지 쪼아대다니, 저걸 어쩌지. 쯧쯧……."

언제 들어왔는지 상규의 짜증 어린 음성이 쩌렁하게 방안을 잡아 흔들었다. 그러고 보니 새끼까치는 김치까지 쪼아대서 밥상은 수라장이다. 남편은 밥상의 음식을 몽땅

쓰레기통에 집어 넣어버리고 민희의 손이 닿는 곳에 걸어
놓은 파리채를 집어 들더니 새끼까치를 때려죽이든지 아
니면 창밖으로 집어 던질 기세다. 휠체어의 손잡이를 단
단히 의지하고 민희가 악을 썼다.

"초롱이 대신 나를 죽여. 차라리 나를 번쩍 들어서 앞마
당 우물 속에 거꾸로 집어넣으라고. 그게 싫으면 날 안아
다가 저 앞 강물에 던져버리라니까. 어엉 어엉⋯⋯."

초롱이는 위기감을 느꼈는지 다친 날개를 퍼덕거리면
서 여자의 등 뒤를 파고들어 머리를 요 속에 묻어버렸다.

"세상에! 새끼까치가 자식이라도 되는 줄 알고 저렇게
위하다니! 당신 이제 제 정신이 아니야."

두 사람이 서로 노려보고 말이 없자 새끼까치가 조용해
진 틈을 타고 머리를 들어 눈치를 봤다. 까치의 머리가 잘
닦은 새까만 구두코처럼 윤이 흐르는 건 아침마다 민희가
로션이 묻은 손으로 쓰다듬어준 탓일 게다.

"까치새끼를 계속 집안에 둔다면 나도 생각이 있어. 그
러잖아도 집안에서 이상한 냄새가 나는 판에 새까지 있으
니, 이건 집안이 쓰레기통이라고. 내가 왜 이따위 쓰레기
통을 돌봐야 하는지 모르겠네. 아이쿠! 머리야."

날마다 올려다보는 감나무의 뭉그러진 까치둥지는 감
잎사귀들이 무성해지면서 잘 보이지 않지만 산들바람이
일렁일 적마다 살짝살짝 찌그러진 모습을 드러냈다. 초롱
이도 감나무 잎들 속에 감춰진 부서진 둥지처럼 상규가

오는 날은 가련할 만큼 몸을 떨면서 민희의 등 뒤에 숨거나 그녀의 품으로 파고들었다.

'아아! 나는 절대로 죽지 않을 거야. 이런 불쌍한 초롱이를 두고 내가 어떻게 죽을 수가 있어.'

일주일에 한 번 꼴로 남편은 시장을 봐 가지고 들어왔다. 그날따라 초롱이는 묽은 똥을 방바닥 여기저기 갈겨서 심사가 뒤틀린 상규는 밖으로 나가더니, 감을 따는 긴 작대기를 들고 들어오자 초롱이는 남편의 손을 피해 방구석 여기저기를 푸덕거리면서 피해 다니다가 민희의 무릎으로 뛰어들었다. 작대기가 그녀의 무릎 위에 머리를 박고 있는 새끼까치를 내리치려는 순간 여자는 새끼까치를 얼른 등 뒤로 감추었다.

"이리 내놓지 못해. 당신을 돌보는 것도 억장이 무너지게 힘들어 죽겠는데, 저 새 새끼까지 돌볼 생각을 하면 눈앞이 빙빙 돈다고."

상규의 얼굴에 소름 끼치는 살기가 돌면서 뺨 근육이 심하게 경련을 일으켰다.

"나를 죽이고 싶어 그러는 거지. 그 분풀이를 까치새끼에게 하는 거야. 당신이 원하는 것이 무엇인지 내가 다 안다고."

"자꾸 이러지 말고 이리 내놔. 이 새끼를 칵 죽여야 내 분이 풀린다니까. 이리 내놓지 못해."

"여보! 우리 초롱이를 살려주세요. 가엾은 새끼까치를

건드리지 마세요. 으흐흑…… 당신이 원하는 서류에 도장을 찍으면 되잖아요. 내겐 초롱이가 있어야 해요."

갑자기 아내가 비열할 정도로 까부라져 빌면서 서류란 말을 하자 상규는 까치새끼를 든 손을 슬그머니 내려놓고는 요상한 미소를 삼켰다.

"당신이 원하는 서류에 도장을 찍으면 되잖아요. 왜 죄 없는 불쌍한 까치새끼를 죽이려고 해요. 그 어린 까치는 나처럼 다리도 날개도 온전히 못한 걸 가지고 저렇게 푸덕이는데……."

민희가 목이 메어 말끝을 흐리자 남자는 새끼까치를 죽이려던 작대기를 천장에 잎이 닿도록 자란 바퀴라 나무 옆에 내던지고는 새끼까치를 한참 내려다보다가는 까치를 손에 든 채 나가버렸다.

"초롱이를 주고 가지 않으면 도장을 찍지 않을 거라고."

아내의 말에 남편은 휙 돌아서서 한참 아내를 노려보다가 새끼까치를 아내의 휠체어 쪽을 향해 휙 던졌다. 초롱이는 결사적으로 민희의 무릎 위로 기어올라 치마 속에 머리를 박아버렸다. 문을 꽝 닫는 소리에 바들바들 떨던 새끼까치가 후루룩 날아서 바퀴라 나무의 푸른 잎사귀들 사이에 몸을 숨기고는 깍깍 거리지도 못하고 숨을 죽이다가 너무 조용하니까 이따금 머리를 민희 쪽으로 내밀면서 동정을 살폈다. 새카만 머리와 가슴의 흰색이 나무색과 어울려 삼빡할 만큼 예뻤다.

"이리 온! 초롱아! 괜찮아. 이리 오라니까. 내가 네 엄마가 아니냐. 영원히 네 곁을 떠나지 않을 네 엄마라고."

다정한 목소리와 손짓에 끌려 새끼까치는 다친 다리를 절뚝거리고 찢어진 날개를 조심스럽게 퍼덕거리면서 어렵게 민희의 발밑까지 다가와서는 힘을 모아 푸드덕 날아올라 여자의 무릎 위에 앉았다. 그녀의 뺨 위로 굵은 눈물이 줄줄 흘러내리면서 말할 수 없는 뜨거움이 초롱이를 향해 흘러내렸다.

"꺄르르르 깍깍……, 까악까악."

초롱이가 그걸 아는지 서럽게 울어가면서 민희 무릎에 부리와 머리를 비벼대자 그녀는 새끼까치의 등과 머리를 가만가만 쓰다듬어 주었다. 여자의 손길에 몸을 맡기고 초롱이는 행복한 듯 머리를 애교를 떨면서 비비 꼬았다.

두 대의 차 소리가 요란하게 들리더니 서류가방을 든 변호사를 대동한 상규가 노크도 없이 앞장을 서서 들어섰다. 시내 중심가에 있는 15층짜리 빌딩의 명의를 남편 앞으로 넘겨주는 일은 단 10분도 걸리지 않았다. 친정아버지가 일생을 두고 일군 재산이다. 비행기 사고로 한날 한시에 죽은 부모의 재산이다. 새끼까치는 두런대는 남자들 음성에 지레 겁을 먹고 그녀의 허리춤으로 기어들며 머리를 묻었다.

"새끼까치를 무어라 부릅니까?"

엄청난 재산이 상규의 명의로 넘어가는 동안 그간의 갈등을 익히 알고 있던 변호사는 뒤통수를 긁적이며 멋쩍게 물어본다. 그의 머릿속으로 이런 생각들이 주마등처럼 지나갔다.

'저 여자 정신이 나갔어. 새 여자가 들어와 아들까지 낳은 터에 빌딩을 주다니. 새끼까치 때문에 빌딩을 포기해. 미국에 가서 세상에 좋다는 치료를 다 받아보고, 하녀를 수십 명씩 부리면서 일생을 써도 다 쓰지 못하고 죽을 엄청난 재산을 새끼까치를 살리려고 내던져버려. 이 일 다음엔 이혼장에 도장을 찍는 순서인데, 저런 바보가 세상에 어디 있어. 하긴 이래서 나 같은 사람도 돈을 벌어먹고 살지.'

민희는 두 남자를 등지고 앉아서 창밖을 내다보았고 허리춤에 숨은 까치는 미동도 하지 않았다.

"내가 앞으로는 한 주일에 한 번 여기에 올 수가 없어. 사람을 시켜 장을 봐 날라줄 터이니, 걱정하지 말라고. 파출부도 매일 보내줄 것이고."

상규는 선심을 쓰듯 말하면서 잠시 멈칫거렸다. 아직 앗아갈 것이 남아있지 아니한가. 이 집과 수만 평이 넘는 산, 또 이 집 주변에 널린 논밭들이 그의 입속으로 빨려들어갈 차례다. 남편의 검은 속셈을 알고 있는 민희는 울컥 분노가 치밀었으나 허리말기에 머리를 묻고 발발 떨고 있는 초롱이의 몸놀림이 그녀의 끓어오르는 마음을 수그러들게 했다.

한여름의 무더위를 먹으며 아기까치는 큰 까치로 변해 갔다. 까치둥지를 넘보는 솔개를 향해 창공으로 점이 되어 치솟던 어미까치처럼 앞가슴이 튀어나오고 방안을 맴돌며 깍깍거리는 소리가 제법 우렁차다. 민희가 식사를 하는 동안 밥상 가에 앉아 얌전하게 기다리다가 손끝으로 집어주는 먹이를 부리로 찍어 먹고는 신나게 방안 여기저기를 콩콩거리면서 돌아다녔다. 방바닥에 떨어진 작은 핀을 집으려고 휠체어를 힘주어 돌리면 초롱이가 재빨리 알아차리고 입으로 물어다 손에 떨어뜨려주었다.

아침 10시면 어김없이 나타난 파출부는 저녁 5시면 가버리고, 민희는 초롱이와 둘이 남는다. 까치가 여기저기 헤집어 놓으며 싸놓은 오물이 싫다고 오십대 파출부는 신경질을 내면서 떠나버리고, 교체된 파출부는 옆집에 사는 8순을 넘긴 할머니다. 그녀는 까치가 더럽힌 것들 때문에 흔들리는 표정을 애써 감출뿐 언제나 조용하다. 한여름의 더위가 파도처럼 창문을 통해 쏟아지는 늦은 오후, 방충망을 통해 파리와 벌레들을 채처럼 걸러내고 들어오는 후덥지근한 바람을 타고 졸음이 엄습하는 한나절. 까치들이 한가롭게 텃밭에서 벌레를 쪼아대고 있다. 이제 큰 까치가 된 초롱이가 방충망 밖에 떼를 지어 흙을 헤집고 있는 까치들을 하염없이 바라봤다. 감나무에 앉은 두 마리의 까치가 마당의 잔디에 내려앉아 서로 주거니 받거니 톡톡 거리면서 깍깍거린다.

파출부가 빨래를 널려고 나가면서 현관문을 열어놓았다. 초롱이가 저 문을 통해 나가버린다면……. 아아! 그건 상상도 할 수 없는 일이다. 이따금 염소가 길게 울음을 토해내고, 멀리 산 뿌리를 휘감고 흘러가는 냇가에 송아지가 어미를 찾아 청승맞게 울어대는 대낮. 초롱이가 열어놓은 현관문을 흘끔거리면서 밖의 까치들을 향해 날갯짓을 하더니 비상하고픈 욕정을 누르는 듯 몸을 떨었다.

"할머니! 어서 문을 닫아요. 까치가 날아가버리면 어찌하려고 문을 열어놨어요. 빨리빨리 문을 닫으라니까요."

아무리 고함을 쳐도 뒤란으로 돌아간 할머니는 대답이 없었다. 하긴 가는귀까지 먹어서 집안에서도 눈치로 몸을 놀리는 노인이다. 초롱이가 이런 그녀의 걱정을 무시하고 깡충깡충 뛰어갔다.

"안 된다니까! 초롱아! 이리로 돌아와. 제발 나가지 말아 줘."

절규하는 그녀를 한 번 흘끔 돌아본 초롱이는 우뚝 멈춰 섰다. 민희가 손을 흔들며 어서 이리로 오라고 소리를 치지만 꼼짝 않고 현관문을 통해 펼쳐진 광활한 천지를 보고는 잠시 어리둥절해서 물끄러미 밖을 응시했다. 남편이 놓고 간 작대기로 상을 마구 두드려대자 파출부가 놀래서 현관문에 나타났다.

"와 그래요. 무슨 일루 그래요."

"어서 현관문을 닫아요. 빨리빨리. 초롱이가 나갈 뻔했잖아요. 나가면 돌아오지 않을 터이니, 큰일 날 뻔했어요."

파출부 할머니는 현관문 근처까지 나와 엉거주춤 서 있는 초롱이를 보고는 얼른 문을 닫았다. 광활한 자유의 공간을 잠시 기웃거리던 초롱이는 깍깍거리면서 그녀 곁으로 다가와서 여자의 어깨를 나뭇가지 삼아 내려앉더니 머리를 조아리면서 잠시 쉰 뒤 부산하게 까악까악 거리면서 거실을 맴돌았다. 초롱이가 좋아하는 검은콩을 손바닥에 두어 알 올려놓자 방을 운동장 삼아 깡충깡충 빙빙 돌던 초롱이가 손바닥 위에 사뿐히 앉았다가 무릎 위로 내려앉았다. 살이 통통히 오른 초롱이가 그녀의 가녀린 손에 앉기에는 너무 커버렸기 때문이다.

"이 집은 너와 나의 둥지란다. 나무 위 네 둥지보다 여기가 얼마나 크고 좋니! 그렇지. 넌 항상 내 곁에서 나랑 함께 사는 거야. 죽을 때까지 영원히 말이다. 너마저 떠나버리면 난 어떡하라고 현관문을 기웃거리니. 너 내 말을 알아들었지?"

초롱이는 그 말을 알아들었다는 듯 몸보다 더 긴 꽁지를 아래위로 까닥거리면서 부리로 톡톡 그녀의 손바닥을 쫘대는 통에 약간 아플 정도로 짜릿짜릿했다.

하나뿐인 혈육, 민회가 고부간의 갈등으로 고생하다가

울안 감나무에서 떨어져 하반신 마비가 된 뒤부터 친정어머니의 눈에 눈물이 마르질 않았다. 무릎에 낙타처럼 군살이 박히도록 어머니는 꿇어앉아 기도를 하면서 딸을 세워보려 했었는데……. 그 어머니 대신 초롱이가 곁을 맴돌면서 깍깍거리는 소리가 마치 이렇게 외치는 듯했다.

'일어나라. 일어나. 두 다리로 벌떡 일어나라.'

척추의 신경 줄이 끊어졌는데, 어찌 일어설 수 있단 말인가.

어머니는 미 대륙을 횡단하는 비행기를 타기 전 이미 죽음을 예견했는지 민희 앞에서 돋보기를 걸치고 아주 천천히 확신에 찬 목소리로 성경을 읽어 내려갔다.

'우리가 갈 그곳은 이리와 어린 양이 함께 먹을 것이며, 사자가 소처럼 짚을 먹을 것이며, 뱀은 흙으로 식물을 삼을 것이니, 그곳에서는 해함도 없겠고 상함도 없으며…….'

어머니는 민희에게 이렇게 말해주고 싶었던 모양이다.

'이 세상은 잠시 쉬어가는 둥지란다. 여기서는 하반신을 쓰지 못하고 있지만 그곳, 네가 영원히 살 그곳에서는 모두가 완전한 몸을 지니고 산단다. 거긴 아픔도 없고 슬픔도 없으며, 괴로움도 근심도 없으며 어두운 밤도 없이 빛만 있는 곳이다. 서로 용서하고, 미워하지 않고, 사랑해서 기쁨이 넘치고 평화만 있는 곳이 바로 민희 네가 갈 곳으로 우리의 영원한 둥지인 본향이다.'

해가 중천에 떴건만 파출부가 오질 않자 초롱이가 배가 고픈지 그녀의 귀에 대고 까악 까악 울어댔다. 한 손으로 까치를 쓰다듬며 천천히 윗몸을 움직였다. 발가락을 움직이려고 신호를 보냈으나 감각이 없다. 전화기의 다이얼을 돌리듯 신호를 보냈으나 발가락이나 다리에 신호음이 미치질 못한다. 초롱이가 너무 배가 고픈지 식탁 위로 푸드득 날아가서 서럽게 까악 까악거렸다. 시계를 보니 벌써 정오. 왜 파출부가 오질 않을까. 그녀는 굳어버린 하반신을 짐짝처럼 두 손으로 들어봤지만 무거워 거대한 바위 같다. 두 팔에 힘줄이 퍼렇게 드러나도록 힘을 써보지만 꼼짝 않는다. 초롱이는 휠체어에 앉아 어서 밥을 달라고 까악거리니 손톱만큼이라도 휠체어 쪽으로 옮겨가 보려고 몸부림을 쳤으나 허사였다. 너무 애를 쓴 탓인지 침대가에 놓인 휠체어를 잡았을 때는 전신이 땀으로 흥건하게 젖어버렸다. 힘을 다해 끄응 몸을 휠체어에 실으려고 움직이는 찰나 나무토막처럼 쿠웅 방바닥으로 나동그라져 버렸다. 초롱이가 파드득 날아와서 잠옷자락을 물기도 하고, 얼굴을 날개로 치고 맴맴 돌면서 애처롭게 울어대다가 애타게 그녀의 몸 주위를 빙빙 돌았다.

'아아! 나는 행복하다. 이렇게 나를 위해 걱정하며 울어대는 초롱이가 있지 아니한가! 아아! 나는 초롱이를 위해서라도 일어서야 한다. 나는 살고 싶다. 일어서고 싶다.'

머리를 꺾은 상태로 한 시간이나 누워있던 여자를 늦게 온 파출부의 힘으로 간신히 휠체어에 앉히긴 했으나 목뼈를 다쳤는지 손까지 쓸 수가 없게 되었다. 간신히 입과 눈만 살아서 초롱이를 볼 수 있을 뿐이다.

민희는 침대에서 떨어진 뒤부터 건강이 급속도로 나빠졌다. 새털구름이 파란 하늘을 유유히 떠도는 한낮. 세탁기 돌아가는 소리가 집안에 가득하고 망가진 까치둥지가 걸린 감나무의 감들이 탐스럽게 가지가 휘도록 매달려 있을 즈음, 까치들 떼거리가 마당에 내려앉아 수선을 떨었다.

"초롱아! 너도 이 둥지를 떠나고 싶지? 저들과 놀고 싶지?"

그 말뜻을 알아들었다는 듯 초롱이가 손등을 콕콕 쪼면서 깍깍거리는 걸 보고 민희가 파출부를 불러 방충망을 열게 했다.

"까치가 날아 가버리면 어찌하려고 그래요."

"내가 너무 답답해서 저 넓은 창공을 똑똑히 보고 싶어서 그래요."

뺨을 날개와 부리로 톡톡 치며 재롱을 떨고 있는 초롱이를 민희는 머리로 밀어냈다. 그녀의 말을 알아들었는지 초롱이는 창틀에 앉아 기다란 꽁지를 위아래로 까불거리다가 창밖 정원으로 푸드덕 날아갔다. 까치들 한 떼가 마당에서 오수를 즐기려다가 초롱이가 그들 곁으로 오니,

모두 훨훨 날아 앞집 헛간지붕 위에 내려앉았고 초롱이 혼자 덜렁 남아서 두리번거렸다.

"초롱아! 너도 저 애들을 따라가야지. 그러고 있으면 어떻게 하려고 그래."

그녀가 힘을 다해 목청껏 초롱이를 향해 소리치자 민희와 헛간 위를 번갈아 바라보던 초롱이가 마지못한 날갯짓을 하면서 헛간 지붕 위로 날아올랐다. 초롱이가 그들 곁으로 가자 까치들은 일제히 창공으로 치솟아 멀리 냇가의 미루나무 쪽으로 가버리는 걸 보고 민희는 마음을 졸였다. 초롱이가 저기까지 날아갈 것인가. 그녀의 예상을 뒤엎고 뒤에 처져 멈칫거리던 초롱이가 그들이 있는 미루나무 쪽으로 힘찬 비상을 했다.

'아아! 너마저 나를 떠났구나.'

땅거미가 내려앉으면서 방안까지 어둠이 기어들어왔다.

"방충망을 닫아야 불을 켜지. 요즘 모기들은 독이 올라서 한 번 물리면 주먹만큼 부어오른다니까."

파출부 할머니가가 대답을 기다리지 않고 방충망을 닫아버리자 그녀가 발작하듯 소리질렀다.

"아니야. 아니야. 열어놓고 가요."

파출부는 그녀 특유의 신경질에 지쳤는지 방충망을 열어놓고 가버렸다. 불도 켜지 않고 가버려서 손톱달이 방안까지 밝히지를 못해 방안은 어두웠고 모기들이 극성스럽게 앵앵거리면서 다가왔으나 그녀는 눈을 창문에서 떼지를 못하고 멀리 밤하늘을 쳐다보며 초롱이의 날갯짓을 잡으려고 귀를 기울였다.

'초롱이는 분명히 돌아올 거야. 나를 찾아서 돌아올 거라고. 지금 친구들을 따라 산을 넘어가서 길을 잃었을 뿐이야.'

얼마나 시간이 흘렀을까 깜박 잠이 들었던 모양이다. 뺨을 찍어가며 짖어대는 초롱이의 발버둥에 민희는 퍼뜩 눈을 떴다.

"아아! 너로구나. 돌아올 줄 알았어."

그건 환희였다. 초롱이가 돌아오다니! 초롱이는 폭포수가 쏟아지듯 엄청난 힘으로 그녀 주위를 맴돌면서 꺅꺅거렸다. 사랑을 표현할 적에나 무엇을 요구할 적에 언제나 왼쪽 어깨에 앉는 버릇이 있는데, 이렇게 누워있어도 왼쪽 어깨에 사뿐히 앉아서 부리로 그녀의 입가를 톡톡 쪼아댔다. 사랑한다는 뜻이다.

"초롱아! 이 녀석아. 네 친구들을 만나니, 재미있었어. 이렇게 늦게 돌아오면 어떡해. 창문을 닫지 못해서 모기들이 난리란다. 네 부모를 만났었니? 그들이 널 구박하지 않던?"

초롱이는 둥지에 돌아온 것이 기쁘다는 듯 집안 구석구석을 돌아다니면서 꺅꺅 짖어대고 꽁지를 위아래로 까불어댔다. 다음날 비가 부슬부슬 내리건만 까치 떼들이 헛간 지붕 위에 앉아서 민희 쪽을 향해 기웃거렸다. 초롱이를 찾고 있는 눈치다. 어제 함께 놀았던 초롱이에 대한 호기심인 듯 두 마리 까치가 과감하게 창가로 날아와서 안을 기웃거리자 초롱이도 안타깝게 저들을 바라보면서 민희의 눈치를 봤다.

"초롱아! 가거라. 내 대신 창공을 날면서 자유를 누려라. 가거라. 네 가슴에 나를 안고 멀리멀리 날아가거라."

민희는 파출부를 시켜 다시 창문을 열게 했다. 초롱이는 뒷걸음질을 치면서 몇 번 날갯짓을 하더니, 창문을 통해 호로록 마당으로 날아갔다. 마당가를 맴돌다가 창틀에 앉아 안쪽을 기웃거리더니, 힘차게 휘얼휘얼 냇가로 날아가버렸다. 초롱이가 사라진 냇가 쪽은 두루뭉실 순한 봉우리들로 이어진 산맥이 거무튀튀한 색의 구렁이처럼 길게 몸을 펴고 부슬비 속에 편안한 모습으로 누워있다. 처음 민희가 병신이 되었을 적에는 동정하면서 많은 사람들이 드나들었고 거센 울음소리가 흐느낌으로 변하더니, 차츰 냉담해지기 시작하고 자연스럽게 병신 대우를 받기 시작할 무렵, 남편은 말했다.

"여보! 난 저 창공으로 날아가고 싶어."

"나랑 함께 가요."

"당신이 날 수 없으니, 나 혼자 가고 싶어."

"어디로 날아갈 거요?"

"나처럼 움직일 수 있는 사람들 틈에 끼고 싶어. 당신 곁에 있으면 당신처럼 하반신이 마비되는 듯해. 숨이 막혀 죽을 것 같아. 난 하반신을 쓸 수 있는 사람이라고."

그리고 남편은 날아가버렸다. 이제 초롱이도 가버렸으니…….

그러나 그녀의 기대를 어기고 초롱이는 저녁에 다시 민희를 찾아 돌아왔다. 비에 흠뻑 젖어서 말이다. 어제보다 더 의기양양한 모습으로 돌아와서는 기다란 검은 꽁지를 아래위로 더 힘차게 꺼덕이며 그녀의 얼굴을 부리로 쪼아대고 몸을 비볐다. 마치 아내를 위해 먹이를 가져온 수까치처럼 당당하게 앞가슴을 펴고 어깨 위에 앉아서 까악까악거렸다.

"너 색싯감을 만난 모양이구나."

"꺄꺄꺅……."

"내게 데려와 보렴. 엄마가 봐야지."

"꺄꺄꺅……."

"우리 거실 한구석에 둥지를 틀어주마. 여기서 새끼를 낳으면 좋겠다. 뱀도 없고, 매나 독수리도 없어 평화로운 곳이지. 여긴 고압선도 없다고. 늘 문을 열어놓을 터이니, 냇가에 가서 놀다가 새끼들 거느리고 들어오면 되잖니. 여긴 너희들의 둥지란다."

초롱이는 민희의 말을 알아들었다는 듯 신나게 잰 몸짓을 하면서 깡충깡충 뛰어다녔다. 그녀는 방안에 새끼까치들이 우글거릴 생각만 해도 기뻐서 절로 웃음이 터졌다.

바깥출입을 해본 초롱이는 날마다 밖에만 나간다. 어쩌다 파출부가 늦게 오는 날이면 어서 나가겠다고 유리창을 쪼아대고 몸을 창문에 부딪혀가면서 몸부림을 쳤다. 아침마다 까치들이 떼거리로 몰려와서 창문을 향해 깍깍 초롱이를 불러대고 파출부는 출근하자마자 창문을 열어 초롱이를 먼저 내보내야만 집안이 조용해졌다.

비가 억수로 쏟아지는 밤에 초롱이는 집에 돌아오지 않았다. 저녁 식탁에 오른 갈치토막을 그를 위해 아껴 두었지만 초롱이는 다음날도 또 다음날도 귀가하지 않았다. 밤에도 전등불을 끄지 않고, 창문을 열어놓고 기다렸건만 벌써 보름이 되어도 그는 돌아오지 않았다.

파출부가 중얼댄다.

"아주 날아가버린 모양이군. 하긴 새가 어떻게 사람하고 같이 살아. 집에서 길들인 놈이라 살쾡이나 수리에게 물려가 죽었을 거라고. 그러니까 새장에 가두고 기르라 했잖아. 새는 그저 새일 뿐인 걸, 사람처럼 생각하다니. 쯧쯧……."

"초롱이는 절대로 죽지 않아요. 어딘가에 살아있을 거야. 너무 멀리 가서 내게 오질 못하고 있다니까. 꼭 돌아올 거라고."

초겨울의 한기가 방안으로 밀려들어오건만 민희는 창문 닫는 걸 거부한 채 얼굴을 창 쪽으로 돌리고 누워 밤하늘을 우러러보고 있다.

보름달이 뜬 하늘은 호수처럼 맑다. 그 하늘로 커다란 까치 한 마리가 달 근처까지 날아오른다. 유리바다처럼 온몸이 비치는 수정 같은 하늘을 날아다니며 깍깍 힘차게 짖어댄다. 그녀도 침상에서 일어나 자유롭게 까치를 따라 창공을 훨훨 날기 시작한다. 사뿐히 까치의 등에 올라앉는다. 마비된 두 다리에 힘이 생긴다. 몸에 스치는 바람이 싱그럽다. 진저리치도록 상쾌한 창공을 민희는 초롱이와 함께 날면서 힘차게 외쳐댄다.

"내가 기른 까치, 초롱이는 나와 함께 자유를 찾아 힘차게 비상하여 영원한 우리의 둥지를 찾아가고 있다."

파출부가 오고, 경찰이 오고, 남편이 오고……. 민희의 시신이 실려 나갈 참이다. 아무도 울어주는 사람이 없는 쓸쓸한 죽음을 맞은 여자가 마지막 이 세상 둥지를 떠나는 날은 구렁이처럼 누운 산 위에도 헛간 위에도 마당에도 하얀 눈이 수북이 내렸다. 동네 아이들까지 아직도 따뜻한 이불 속에서 나오지 못하는 신새벽, 찬바람이 살을 에우게 몰아치는 바람을 타고 까치 한 마리가 마당으로 휘잉 날아 들어왔다. 갑자기 셀 수 없이 많은 까치들이 떼거리로 헛간 위에 내려앉아 서럽게 울어대서 동네가 떠나갈 듯 출렁거렸다. 너무나 요란한 까치들의 울음소리에

동네 사람들이 하나 둘 민희네 집으로 모여들었고 시신이
대문을 벗어나는 순간 까치들의 울음소리가 더욱 거세졌
다. ✤

메꽃 피는 땅

이놈의 자식! 차라리 날 보고 어서 죽어 땅에 묻히라고 해라. 세상에 둘도 없는 후레자식 같으니라고. 미국이 내 나라하고 어떻게 같아. 여긴 우리 조상들의 피와 땀이 범벅이 된 땅이다. 저들의 한숨과 기쁨의 소리가 고여 있는 땅이야. 이 땅 위로 부는 바람소리에도 저들의 숨결이 담겨있어. 그런 땅을 두고 양코배기들이 사는 곳으로 가자고. 내가 왜 남의 땅을 일궈야 하니. 난 내 조상의 피가 녹아있는 이 땅을 파먹고 살아가는 사람이다. 에이! 새벽부터 재수 옴 붙었네."

"아버지! 제발 이젠 고만하세요. 이거 다 던져버리고 미국으로 갑시다. 옥스나드(Oxnard)는 천국 다음 가는 곳이라고요. 아버지 모셔가려고 집을 엄청나게 큰 것으로 마련했습니다. 자식들의 낯을 봐서라도 손에서 흙을 털어 버리세요."

큰아들 강대식이 불만이 덕지덕지 서린 얼굴로 한숨을 토해내며 밭 한쪽에 서 있었다. 간밤에 마신 술이 아직 덜 깨었는지 혀 꼬부라진 소리였다. 새끼손가락 크기로 자란 열무 밭에 엎드린 강동일(康同一) 노인은 귀가 먹었는지 아들의 말에 대꾸가 없다. 노인의 손은 잽싸게 늦가을 무청보다 더 강한 색을 띤 큼직한 호박잎을 따서 듬성듬성 열무 위를 덮었다. 폭우를 동반한 태풍이 곧 불어올 것이란 일기 예보를 들은 끝이라 그는 어린 열무를 보호하기 위해 호박잎을 우산 대신 열심히 씌우고 있다. 동이 트려면 아직 먼 시각, 어둠의 색이 옅어지긴 했으나 상대방 얼굴 윤곽을 알아보긴 힘들었다.

"곧 땅을 파는 작업이 시작될 것입니다. 그렇게 열심히 농사 지으셔도 쓸데없다니까요. 포클레인이 한 삽 퍽 뜨면 끝장이 나요. 아버진 일생 이런 일로 고생하시느라고 세상 돌아가는 걸 하나도 모르시잖아요. 제 말을 좀 들으세요. 이젠 저도 내년이면 육순이란 말이에요. 늙어가는 아들 체면을 봐서라도 아랫목에 가만히 앉으셔서 텔레비전도 보고 마실이나 다니세요. 미국은 우리나라의 50배가 넘는 땅덩어리를 가졌어요. 아직도 개간되지 않은 땅이 많아요. 하늘과 땅이 맞닿은 지평선을 이룬 거대한 땅들이 그냥 버려져 있는데, 농사짓는 것이 그렇게 좋으면 거기 가서 농사를 지으면 되잖아요."

"이놈의 자식! 차라리 날 보고 어서 죽어 땅에 묻히라고 해라. 세상에 둘도 없는 후레자식 같으니라고. 미국이 내 나라하고 어떻게 같아. 여긴 우리 조상들의 피와 땀이 범벅이 된 땅이다. 저들의 한숨과 기쁨의 소리가 고여 있는 땅이야. 이 땅 위로 부는 바람소리에도 저들의 숨결이 담겨있어. 그런 땅을 두고 양코배기들이 사는 곳으로 가자고. 내가 왜 남의 땅을 일궈야 하니. 난 내 조상의 피가 녹아있는 이 땅을 파먹고 살아가는 사람이다. 에이! 새벽부터 재수 옴 붙었네."

"아버지의 그런 편견과 고집이 우리 집을 망쳤다니까요. 3년 전 제 말을 들었어도 이 지경까지 가지 않았을 터인데……. 그때 내 말대로 이 땅을 분할해서 팔아넘기고 개발 지역 아파트를 샀더라면 지금 열 배도 더 뛰었는데 에이! 내겐 왜 이렇게 운이 없는지. 우린 이제 망했어요. 알거지가 됐단 말이에요. 길거리로 나가 앉게 되었어요. 제 말이 틀려요? 아버진 정보사회 물결에도 끼지 못하는 낙오자라니까요. 지금은 시대가 달라졌어요."

"아무리 시대가 변해도 사람이란 땅에서 나는 식물을 먹게 마련이야. 농사짓는 사람 없이 어떻게 사람이 먹고 사냐. 이 망조가 든 녀석아! 넌 그 알량한 정보사회라는 걸 먹고 잘 살아라."

대식이 가래침을 푸짐하게 아스팔트 길 한복판에 칵 뱉으며 미움이 이글이글 타는 눈으로 아버지 쪽을 노려보았다. 너무 대화가 통하지 않으니까 답답해서 혼자 허공을 향해 주먹질을 하고 몸을 비틀다가 새벽안개 속으로 사라져버렸다.

큰아들 목소리만 들어도 욱하고 가슴 한가운데를 뚫고 치밀어 오르는 덩어리가 있다. 심할 때는 주먹크기만한 것이 목젖에 걸려 끼억끼억 소리가 나도록 숨이 막혀 몸부림을 칠적도 있다. 그럴 때 고함이라도 내지르면 목이 터질 것 같은데 그런 소리도 나오지 않는다. 안개가 걷혀가며 강동일 노인이 서 있는 언저리가 드러나기 시작했다. 메꽃이 제일 먼저 눈을 뜨는 것은 아침에 해가 어김없이 동쪽에서 뜨는 원리와 같다. 연분홍색 메꽃이 은은하게 귀(貴)티를 서서히 피어 올리며 그윽한 우아함을 안으로 삼킨 채 소리 없이 입을 벌리기 시작했다.

"아버지 취미는 아무튼 희한해요. 메꽃을 이렇게 많이 가꾸면 누가 돈 줘요. 아버질 보고 모두 노망났다고 수군거려요. 한 평에 천만 원이 넘는 땅에 메꽃을 기르다니."

언제 나왔는지 며느리가 깻잎을 따면서 꽁알거렸다.

"시장에 지천으로 널린 깻잎을 사먹지 무엇 하러 꼭두새벽부터 옐 나와서 그걸 따는고."

"저도 그편이 편해요. 미국은 마켓에서 사먹지 이렇게 농사지어먹지 않아서 편해요. 소독을 해서 깨끗하고 나물까지 손질이 되어있어 다듬을 필요가 없어요."

"어서 미국으로 가버려라. 제 땅을 버린 것들이 왜 이따금 나와서 날 이렇게 속상하게 하니."

"아범이 아버지를 모시고 들어오자고 해서 나왔어요."

큰아들이 몸이 달아서 제 여편네까지 동원한 모양이다. 어서 가서 아버지를 모시고 들어와 해결을 봐야 미국에 들어가 비즈니스를 할 수 있다고 보챈 것이 틀림없다. 제 아내 쪽 돈도 숱하게 가져갔다고 들었던 터라 강 노인은 속이 부글부글 끓었다.

'에이! 집안을 망칠 놈이야. 사람 구실 못하려면 일찍 칵 죽어버리는 편이 낫지.'

"아버님, 메꽃을 따다 아버지 방에 꽂아 놓을까요?"

며느리는 시아버지의 눈치를 보면서 조심스럽게 접근했다. 아들에 비해 며느리는 너무 약했다. 줏대가 강해서 남편을 콱 꺾어야하는데, 늘 비실거리니, 그것이 측은하고 못마땅했다.

"아서라. 메꽃이 얼마나 피어있다고 그러냐. 한낮이면 입을 오므릴 터인데."

"그렇게 빨리 시들고 꽃병에 꽂을 수 없는 꽃을 무엇하러 밭둑에 그렇게 많이 심으셨어요."

"메꽃이 피어야 들판 맛이 나지."

"아버님도 너무 하셔. 여기가 들판입니까? 여긴 도시의 한 복판이라고요."

"여기가 지붕 위니라 하면 지붕으로 알 것이지, 무슨 말이 그렇게 많아. 요즘 것들은 노인을 존경할 줄 모른다니까."

강 노인의 목소리가 지나치게 컸는지 오른쪽 어깨가 휘도록 책가방을 메고 학교로 향하던 남학생들 세 명이 노인이 서 있는 쪽을 힐끔 쳐다보고는 킥킥 웃어댔다. 저들은 머리를 노랗게 물들였고, 하늘을 향해 밤송이처럼 무스를 발라 곤두 서 있어 새벽안개 속에서 갑자기 몸을 드러낸 귀신처럼 보였다. 하필이면 이때 누가 지었는지 모르지만 젊은 시절 들었던 노래가 떠올랐다.

'소련에 속지 말고, 미국을 믿지 마라. 일본은 일어선

다. 조선아! 조심해라.'

망했다는 일본이 서서히 머리를 드나 싶더니, 진짜로 일어섰는지 젊은것들이 왜색을 즐기고 음식까지 좋아하니 기가 찼다. 게다가 미국까지 합세해서 온통 나라가 외국물로 물들고 있으니, 세상이 온통 큰솥 속에서 범벅이 되어 함께 녹아내리는 것이 아닌가 하는 걱정이 앞섰다. 아들까지 미국으로 이민 가서 게가 좋다고 야단이니, 정말 정신을 차릴 수가 없었다.

강 노인의 밭 둘레에 들어선 건물에는 일본 음식점 간판은 물론 영어로 쓴 서양 음식점도 있다. 노골적으로 일본 글자를 써서 매단 음식점도 등장했다. 무엇보다도 그를 슬프게 하는 것은 밭 바로 옆에 들어선 15층 아파트의 창문들이었다. 그 건물로 인해 가리어진 햇살은 밭 한쪽을 그늘로 죽였고 창문마다 거꾸로 세워놓은 우산 같은 안테나가 그의 가슴을 아프게 했다.

"요즘 것들은 소갈딱지가 없단 말이야. 과거를 잊고 어찌 살려고 저러는지 모르겠어. 그래도 우리 세대는 미워할 것은 분별하여 미워할 줄 알았는데, 요즘 것들은 돈에 눈이 어둡고 눈을 현란하게 하는 것이 무엇이나 좋다고 덤비니, 쯧쯧……. 이러다간 독약이 몸에 좋다고 해도 덤벼들어 먹을 것들이야."

아침 해는 어둠을 뚫을 적에 조금 머뭇적거리지만 일단 떠오르면 일사천리로 달음박질을 한다. 일기 예보가 틀렸는지 억센 호박잎으로 어린 열무를 열심히 덮어놓았건만 큰비가 올 낌새가 전혀 없다.

햇살이 마치 봉숭아 씨앗처럼 툭 터지자 밭가의 건물들이 괴물처럼 그 거대한 자태를 드러내기 시작했다. 건물들이 들어선 땅들이 한때는 모두 그의 소유였다. 조상 대대로 이어 내려온 대물림 땅인 논과 밭이 제 모습을 잃고, 그 위에 대형 건물들이 들어서서 흙을 시멘트로 덮어버렸다. 밭에서 조금 떨어진 비탈에 들어선 6층 신문사 건물은 연갈색 타일을 입혀서 아침햇살을 받고 눈이 시리게 번쩍였다. 원래 그 자리는 콩밭으로 메주콩을 스무 가마도 더 수확하던 둔덕진 밭이었다. 5대가 넘도록 그 땅에서 난 콩으로 메주를 쑤어 간장과 된장을 만들어 먹었으니, 조상 대대로 뼈와 살을 형성해 주었고, 그 콩물이 조상과 자손의 핏속을 줄기차게 흐르고 있지 아니한가. 콩밭 가에 서 있는 감나무 한 그루는 백 살이 넘는 나이라고 했다. 강 노인이 태어났을 적에도 하늘을 찌르게 큰 나무였으니 말이다. 가을이면 맨 꼭대기의 감을 딸 수가 없어 장대를 들고 어른들도 춤을 추듯 매달렸고, 아이들은 돌을 던지면서 안달을 했다. 맨 꼭대기에 달린 감들은 감잎이 다 떨어지고 흰 눈이 소복이 내릴 때까지 매달려서 까치밥이 되었다. 다섯 살 어린 시절 그 감을 따보려고 돌멩이를 들어 힘껏 팔매질을 했던 기억이 생생했다. 아무튼 콩밭 가의 감나무는 군것질이 귀했던 이 마을 아이들의 군침을 삼키게 하는 나무였다. 겨울이면 잿빛하늘을 이고 등불처럼 매달린 감을 고개가 휘게 올려다보았고, 가을엔 새파란 하늘을 이고 잎사귀에 살짝 몸을 들어낸 감을 머리를 꺾고 쳐다보느라고 동네 아이들은 언제나 감나무 밑에 모여들었다. 감나무 밑엔 샘이 있었는지, 거기서 스민 물이 감나무 주변에 늘 질척질척 고여 있었다. 그래서인지 심한 가뭄에도 콩밭은 언제나 푸르렀다. 이 콩밭은 큰 아들 대식이 대학에 들어가서 공부하는 동안 학비와 하숙비로 팔려나갔다.

아파트 단지가 들어선 곳은 과수원이 자리 잡았던 곳이었다. 사과와 자두가 주축을 이뤘던 과수원은 증조부가 심은 나무들이었다. 3대까지 내려오니 열매가 시원찮아 그 당시 수입이 좋았던 '거포'로 바꾸려고 계획을 면밀하게 세우고 있던 참에 둘째아들이 몹쓸 병에 쓰러져 병원에 1년 가까이 입원해 있는 바람에 날려버렸다. 그 땅을 쌀 스무 가마에 팔았는데, 아들의 생명을 구하겠다는 일념에 조금도 아까운 줄 몰랐다. 폐암을 앓았던 아들은 과수원을 통째로 삼키고 죽어버렸다. 사람들 말을 빌리면 이 자리에 들어선 아파트 가격이 대단하다고 했다. 24평짜리 한 채를 사려면 쌀 250가마 값을 쳐야 한다니 얼마나 엄청난 가격인지! 스무 동이나 들어선 아파트가 쌀가마를 차곡차곡 쌓아 올려놓은 창고로 보이기도 하고, 돈뭉치를 산처럼 쌓아 놓은 괴물로 둔갑해서 강 노인을 찍어 누르기도 했다.

달걀의 노른자위처럼 빌딩 숲으로 둘러싸여 한가운데 자리 잡고 있는 밭을 강 노인은 결사적으로 사수했다. 하늘색 천막을 고물상에서 사다가 혼자 들어앉을 수 있을 정도의 움막을 밭 한쪽에 지었다. 한여름의 폭염을 막기 위해 두터운 스티로폼을 사다 위에 얹고 등을 기대는 쪽에도 세워놓았다. 비가 억수로 와도 거기에 기어들어 가면 몸이 젖는 걸 피할 수 있었다. 3면이 막혀서 콩밭이었던 자리에 들어선 신문사를 등지고 있어 좋았고, 오른쪽 대로를 끼고 있는 아파트 단지는 옆의 천막이 가려주어 눈을 돌리지 않는 한 그의 시야에 잡혀 오지 않아 큰 위로가 되었다. 그러나 앞에 선 10층 빌딩은 어쩔 수 없이 그와 늘 마주 바라보게 되었다. 도시사람들은 날마다 먹는 일로 지새우는지, 그 건물은 항상 사람들로 북적거렸다. 음식점 이름도 징그럽게 '암소 한 마리'라고 해서 커다란 풍선을 하늘 높이 날려놓았다. 초저녁 땅거미가 내려오면서 휘황찬란하게 켜놓은 네온사인 때문에 강 노인의 눈에는 하늘을 헤엄치고 있는 '암소 한 마리'가 항상 자릴 잡고 있다. 어둠이 내려 덮이면 '암소 한 마리'는 음식점 꼭대기에서 핏빛 몸을 하고 초록빛 왕방울 눈을 쉴 새 없이 깜박거린다. 암소 한 마리란 음식점이 들어선 자리는 동네 입구의 공터였다. 그 자리엔 세월의 때가 덕지덕지 켜로 앉은 아름드리 정자나무가 넓은 그늘을 던져주며 서 있었다. 폭염을 피해 농사를 짓던 이웃들이 모여 담소하며 늘어지게 누워있던 곳이요, 강 노인이 아내를 데려올 적에 가마를 메고 온 교군들이 잠시 쉬며 땀을 들이던 곳이기도 했다. 첫아이를 배고 아내가 앞치마자락을 입에 물고 얼굴을 붉히며 알려준 자리도 바로 거기였다. 지금 생각하면 성스럽기까지 한 그 자리에서 얼마나 많은 소들이 시뻘건 불 위에서 지글지글 타서 사람들의 입속으로 들어가고 있을까. 매일 뿜어 나오는 고기 굽는 냄새가 이따금 강 노인의 코를 자극하기도 했다. 한 접시에 암소의 모든 부위가 조금씩 골고루 담겨 나오는 탓에 거길 들어가는 사람은 누구나 암소의 모든 부위를 조금씩 다 맛을 본다나. 비가 구질구질 오거나 안개가 짙게 드리운 날이면 암소 굽는 냄새와 연기가 화장터의 시체 타는 냄새로 둔갑해서 밭으로 밀려 내려와 강 노인은 욕지기를 참느라고 밭 한가운데서 끼룩거리기도 했다.

그의 움막 왼쪽엔 시민들의 문화공간인 시민회관이 들어서서 비가 오나 눈이 오나 허공에 뜬 애드벌룬이 바람에 휘날린다. 무슨 행사가 그다지도 많은지 회관의 지붕에서 땅까지 내린 긴 천들이 5색 찬란하게 날마다 펄럭거렸다. 그 땅도 강 노인의 소유였다. 그 자리는 논이었는데, 한쪽에 샘물이 솟는 웅덩이가 있어서 어떤 가뭄이 와도 끔쩍하지 않는 금싸라기 같은 문전옥답이었다. 이 땅은 조상대대로 애지중지하며 지켜온 논이었기 때문에 강 노인이 끝까지 내놓기를 꺼려해서 셋째아들 대학 등록금이 모자라 한 학기를 휴학할 적에도 끌어안고 있던 땅이었다. 논둑에 메꽃이 유난히도 많이 피어서 이른 봄이면 아내가 호미로 메 뿌리를 캐러 다녔던 곳이다. 씀바귀와 달리 메 뿌리는 달짝지근해서 밥맛이 없는 봄에 식초를 넣어 새콤하게 무치면 봄나물로는 가장 인기가 있었다. 그 논은 큰아들이 미국으로 이민가면서 나성에 큰 공장을 차린다고 졸라대는 바람에 견디다 못하고 빼앗겨버렸다. 제 땅도 아니고 남의 땅에서 큰 장사를 한다니, 어쩔 것인가. 논을 팔기 전에 논 한가운데로 대로가 뚫려 동강 난 것도 가슴이 아팠는데, 큰아들은 땅값이 올랐다고 어찌나 좋아하는지! 문전옥답 한가운데로 자동차들이 수없이 날마다 지나가고 있으니, 그 밑에 깔린 논은 얼마나 힘이 들까. 비가 오거나 눈이 내리는 날, 옛날이 그립고 죽은 아내가 보고 싶을 적에는, 강 노인은 슬그머니 길 한가운데 앉아서 아스팔트가 깔린 길을 쓰다듬어 보기도 했다. 시민회관 뒤쪽으로 시장이 들어서 올망졸망 많은 점포들이 자리를 잡은 탓에 그의 금싸라기 논은 시장과 시민의 공간과 큰길로 변해서, 그의 손에서 물처럼 빠져 나가버렸다. 시민회관 바로 옆에 '으뜸장'이란 여관이 들어서서 해가 지기 무섭게 사람들을 끌어 모으느라고 네온사인이 새벽까지 깜빡거렸다. '으뜸장'이 들어선 자리는 미나리꽝으로, 미나리가 수북이 자라 늘 질벅이는 논이었다. 미나리꽝엔 거머리가 너무 많아 젊은이들이 꺼려해서 노인들만 들어가 일하던 곳이다. 강 노인의 종아리에 수없이 들러붙던 거머리의 촉감이 지금도 생생하게 살아났다. 거머리가 많던 곳에 여관이라니! 거머리와 여관이라. '으뜸장'을 볼 적마다 비실비실 웃는 강 노인을 놓고 이웃들은 약간 정신이 돌았다고 수군덕거렸다. 찬란한 햇볕 밑에 퇴색한 시멘트 빛을 뿜어내는 허름한 여관엘 요 며칠 사이엔 대낮에 밤보다 더 많은 남녀가 드나들어 늘 붐볐다. 미나리꽝은 큰딸 혼숫감으로 팔아버렸다. 강 노인 대(代)에 와서 자식들이 땅을 갈가리 찢어 쪼개 공중으로 흩어버린 셈이다. 여관·시민회관·신문사·아파트, 그 옆에 몇 천 명 모인다는 교회·시장·음식점들이 들어선 그의 땅은 인간이 만든 빛깔로 채색되어서 본래 색은 눈을 비비고 봐도 남아있질 않았다. 조금 빼뚤 빈 땅은 주차장으로 변해 차들이 차지했고, 옥상 위 나무들을 올려다봐야 초록색을 볼 수가 있었다. 어쩌다 나무가 건물 틈새에 박혀있긴 하지만 건물에 치어서 제 빛을 드러내지 못하고 먼지를 잔뜩 뒤집어쓰고 축 처져있다.

이제 남은 땅이라곤 강 노인이 끝까지 지킨 3백5십 평 땅뿐이다. 고층 건물들이 둘러싼 한가운데, 태풍의 눈처럼 빼끔하게 빈 밭은 강 노인이 목숨을 걸고 지켰기에 그나마 건물이 들어서질 못하고 있다. 몽땅 팔아먹어도 가문의 간판격인 솟을대문과 행랑마당 그리고 중문, 그 안에 안마당이 있던 자리를 어찌 남의 손에 넘겨 건물을 짓게 할 수 있단 말인가. 신문사 주차장으로 흡수된 안채는 9·28 수복 때 폭격으로 없어졌지만, 그 자릴 신문사에 넘긴 걸 생각만 해도 가슴이 후드득 뛰고 얼굴이 화끈해진다. 강 노인이 이 땅 한 쪽에 움막을 짓게 된 동기는 돌확 때문이었다. 사랑채의 모란꽃 옆에 놓여있던 돌확은 아주 투박한 것으로 커다란 돌덩어리의 중앙에 큰 홈을 파서 마당가에 놓아두었다. 돌확 안엔 물이 늘 고여 있어 호수처럼 많은 것을 끌어안았다. 파란 하늘과 흘러가는 구름이 담겼고, 모란꽃과 사랑채의 나뭇잎까지 마치 산중의 깊은 호수처럼 돌확의 자그마한 물 위에 어렸다. 좁았던 사랑마당이 돌확에 고인물이 담고 있는 공간으로 인해서 널찍하게 보였다. 작은 돌절구를 연상케 하는 석물(石物)로 사가(私家)에 있던 것이라 정말로 볼품없는 소박한 것이었다. 왕궁의 후정(後庭)에 놓인 돌확처럼 연잎으로 가장자리가 장식된 것도 아니고, 앙증맞은 개구리로 조각된 귀족적 냄새가 풍기는 것도 아니다. 강 노인이 이 돌확을 그 와중에도 버리지 않고 끝까지 두었던 이유는 어린 시절 사랑채에 들렸다가 고인물 위에 떠도는 구름 때문이라고 할까. 할아버지가 큼큼 재떨이에 담뱃재를 떨면서 마실 온 이웃들과 담소를 나누는 사이, 몰래 숨어 들어가 본 돌확에 고인물 위엔 광활한 하늘이 담겨있어 어린 가슴을 뛰게 했다. 잠자리에 들어서도 돌확에 갇힌 넓고 큰

하늘 속을 비행하는 꿈을 꾼 적이 많았다. 모든 것을 도시의 물결이 삼켜버렸지만, 강 노인의 유년의 숲을 간직한 이 돌확만은 그 누구도 탐하질 않았다. 하긴 거친 팥고물을 묻힌 수수팥떡처럼 보잘 것 없는 돌덩어리를 탐하는 사람은 없었다. 그저 땅만 앗아가려고 자식들과 돈 많은 사람들이 눈에 불을 켜더니 도시의 물결이 거세지자 사람들은 옛것을 그리워하는 것일까. 강 노인이 아끼던 돌확은 긴 세월 밭 가장자리에 놓아두어도 그 누구도 눈독을 들이는 사람이 없었는데 갑자기 어느 날 새벽에 사라져버렸다. 감쪽같이 도난을 당한 셈이다. 땅이 파이고 흙이 사방에 흩어진 걸로 봐서 장정들이 트럭을 가지고 와서 옮겨간 것이 틀림없었다. 더구나 아파트 입주가 시작되면서 그토록 정성스럽게 가꾼 푸성귀들이 쥐가 갉아먹듯 야금야금 사라지기 시작했다. 갓난아기 주먹만 하게 맺히기 시작하는 애호박을 따가 버렸고, 삶아서 쌈 싸 먹느라고 그러는지 연한 호박잎도 남아나질 않았다. 심지어 파는 뿌리째 뽑아 갔고, 아직 어려 어린아이 잠지만한 고추도 얼음 녹듯이 없어졌다. 심한 경우 아직 알이 여물지도 않은 옥수수까지 꺾어가는 바람에 미칠 지경이었다. 어쩔 수 없이 강 노인은 움막을 짓고 도시 사람들보다 일찍 출근하여 움막에 앉아 아파트 창문의 불들이 꺼지기를 기다려야 했다.

　지나가는 사람들은 강 노인이 앉아있는 움막을 기웃거

리면서 이따금 흥미 있는 미소를 흘리기도 했다. 밀집한 빌딩숲 속에 옴팍 들어앉은 밭에 파·옥수수·호박·가지·들깨·열무·고추·콩 등을 골고루 심고, 움막까지 지어놓고 이른 새벽부터 지키고 있으니, 도시인들의 흥밋거리가 되지 않을 수 없었다. 참으로 이상한 것은, 돈을 내고 손쉽게 시장이나 슈퍼마켓에서 사먹는 푸성귀에 식상했는지 모두가 강 노인의 밭에서 자라는 채소에 눈독을 들였다. 밭을 둘러싼 야트막한 둑에 자란 쑥을 캐러 오는 얌체들도 있었다.

강동일 노인이 입은 옷은 옛날 농부들처럼 베잠방이 차림에 어디서 사 신었는지 검은 고무신을 끌고 다녔다. 이 옷차림보다 사람들의 호기심을 더 자극하는 것은 밭둑에 심어진 메꽃이었다. 금년에는 나팔꽃과 함께 극성스럽게 우거져서 움막주변은 이른 새벽부터 나팔꽃과 메꽃이 흐드러지게 피어올라 이곳을 지나는 여학생들의 탄성이 요란했다. 나팔꽃이 먼저 도넛처럼 꽃잎을 안으로 도르르 말아가며 시든 뒤에야 메꽃이 서서히 얌전하게 꽃잎을 오므렸다. 밭둑에 피어났던 메꽃과 나팔꽃이 초록 잎 속으로 자태를 감추면 정오를 지난 시간임을 알 수 있다. 그러니 게으른 사람이나 오후 직장에 나가는 사람들은 메꽃과 나팔꽃을 절대로 볼 수가 없다. 이날도 강 노인은 메꽃이 완전히 시든 다음 집에 가 점심을 들려는 참이었다. 그때 큰아들 대식이 사색이 되어 밭으로 뛰어들었다.

"아버지! 제발 이제 농사는 고만 짓고 어서 집에 들어갑시다. 이 땅이 다른 사람 손에 완전히 넘어갔어요. 이젠 우리 땅이 아닙니다. 아버지가 여기 이러고 있으면 제 얼굴에 똥칠하는 것입니다."

"어림없는 소리. 이 땅문서는 내 장롱 안에 단단히 감춰두었는데, 누가 감히 그걸 가져가겠어. 여기 보라고. 농 열쇠가 내 주머니에 있잖아. 다른 땅은 몽땅 사라졌어도 이곳만은 내가 죽기 전에 절대로 내놓을 수 없어. 너도 그걸 알지? 이 땅은 내 생명이야."

"아버지! 제가 이걸 팔았단 말이에요. 미국의 사업이 망해서 여기까지 온 걸 모르세요. 제가 감옥에 가길 원하세요. 파산한 아들이 감옥살이를 하면 속이 시원하시겠어요. 조금 있으면 포클레인이 들이닥치고, 여기 빌딩이 들어서게 되어있습니다. 제발 제 말을 들으세요. 아버지의 나이가 농사지을 연세냐고요. 8순이 넘어선 나이잖아요. 아버지가 그렇게 농사짓기를 소원하신다면 산속에 작은 밭과 집을 사드릴 터이니, 거기 가셔서 농사를 지으시면 되잖아요. 어째서 꼭 여기여야 한단 말입니까. 저도 이제 나이가 환갑을 지났으니 장남의 말도 들으세요. 이 땅 때문에 도시 외양이 사납다고 시청에서 얼마나 저를 주눅들게 했는지 아세요."

"난 꼭 여기서 농사를 지어야겠다. 이 땅에서 우리 모두 태어났고, 너의 뼈와 살도 받았다. 우리 조상이 대대로 살아왔던 터전이다. 내가 죽은 뒤에나 이 위에 건물이 들어설 수 있지 내 코끝에 호흡이 있는 한 어림없는 소리다."

"다 끝장이 난 일이에요. 곧 일꾼들이 들이닥쳐 이 밭을 갈아엎을 것입니다. 아무리 아버지가 야단해도 소용없어요. 창피당하기 전에 어서 집으로 가십시다."

"좋다. 난 포클레인가 뭔가 하는 것에 받혀 죽을 터이니, 내가 죽은 뒤에 여기에 건물을 짓게 해라. 넌 내 말을 듣지도 않고 내 농을 부수고 땅문서를 가져갔단 말이냐. 아비도 몰라보는 후레자식 같으니라고."

"아무튼 땅주인이 바뀌었어요. 주인이 따로 있단 말이에요. 아버지 권리를 주장할 수 없어요. 제발 제 말을 들으세요."

대식은 애가 탔다. 로스앤젤레스에 봉재공장을 차린 것이 화근이었다. 불법체류자인 히스패닉들을 쓴 것이 문제였고, 세금을 속인 것이 파산의 뿌리가 되었다. 갑자기 들이닥쳐 앗아간 서류들은 꼼짝없이 걸려들었고, 배보다 배꼽이 클 정도로 무섭게 저들은 세금을 때렸다. 그러잖아도 중국의 싼 인건비 때문에 봉제공장들이 흔들리고 있는 판에 당했으니, 칼날 위를 걷는 것 같던 사업이 와장창 무너져 내린 셈이다. 게다가 홧김에 라스베이거스로 가서 한판 해서 돈을 번다는 것이 집까지 잡히고 나중에는 차까지 저당잡는 노름을 하다가 알거지가 되어버렸다. 빈손 털고 그냥 돌아왔으면 좋으련만, 일확천금을 노리고 노름

판에서 돈을 꾼 것이 문제였다. 그것을 되돌려 주지 않으면 그는 그 일당 중 누구의 손에 개죽음을 할지 몰랐다. 그러니 그까짓 늙어버린 아버지의 장롱에서 땅문서를 꺼내 팔아먹는 일은 미국 가서 고생한 것에 비하면 아주 쉬운 일이었다. 하지만 아버지에겐 미안했다. 그러나 어쩔꼬. 그가 하는 일은 모두가 그 꼴이었다. 잘 하려고 하면 할수록 모든 것이 백지로 돌아가거나 아니면 지금처럼 밑으로 꺼져내려 돈이 더 필요하니 말이다. 불이 활활 잘 타다가도 그가 가면 마치 소방관이 소화전을 들이대는 것처럼 연기를 내며 꺼져버리기 일쑤니, 왜 그렇게 운이 없는지 모르겠다. 아무래도 여자를 잘못 만난 탓일까. 미국에 가서부터 이웃 사람을 따라 교회생활에 미쳐버린 아내 탓일 거라는 생각으로 아내의 교회출입을 결사적으로 막기도 했지만 일은 점점 더 꼬여갔다.

처음부터 아버지의 노른자 땅을 팔아먹을 마음은 없었다. 하도 하는 일마다 그 꼴이라 아버지의 소원대로 이 땅만큼은 지키다가 돌아가신 뒤 빌딩을 지어 세를 놓아먹기로 작정하고 어렵더라도 꾹꾹 참고 지내던 참에 그놈의 아이알에스(IRS)인가 뭔가 하는 데서 세금조사에 걸려 일은 초장부터 엉망이 되어버린 셈이다. 게다가 하필이면 라스베이거스에 가 한바탕 해서 번다는 것이 빚만 졌으니…….

미국으로 이민 간 것도 따지고 보면 그놈의 주식 때문

이었다. 주식에는 일자무식인 대식이 어느 날 우연히 길에서 초등학교 동창을 만난 것이 일생을 비꼬이게 한 시발점이 되었다. 그래도 아버지 말을 잘 듣고 고분고분하니, 장남답게 또 아내는 맏며느리답게 함께 잘 지내던 시절이었다. 그런 대식에게 동창 녀석은 넌지시 기막힌 제의를 해왔다. 지금 살고 있는 집을 담보로 잡고 은행에서 돈을 꺼내 주식을 사면 엄청난 돈을 벌 수 있다는 것이다. 친구들 사이에서도 주식을 사지 않으면 얼간망둥이로 치고 있다고 대식을 아주 바보로 깔아뭉갰다. 어떤 친구는 집을 팔고 사채까지 얻어 보태 주식을 사서 석 달 만에 팔았는데, 두 배가 남아 재미를 톡톡히 보았노라고 했다. 동창 중 아무개는 퇴직금을 앞당겨 꺼내 주식을 샀더니 엄청나게 올라서 어깨가 으쓱해 땅땅거리고 다닌다고도 했다. 주식에 들어가면 돈 벌기가 땅 짚고 헤엄치듯 쉽다는 것이었다. 그들 틈바구니에서 주식을 사지 못한 대식은 세상에 제일가는 얼간이·멍청이·바보라는 생각이 들어 밤잠을 설쳤었다. 그러던 참에 증권회사의 지점장이 된 친구의 권유로 아버지가 숨겨놓은 다른 카드, 지금의 땅이 아닌 숨겨진 집안의 산(이건 조상들이 묻힌 땅인데) 문서까지 가져다주고 돈을 빌려 주식을 샀다. 대식이 주식을 산 다음 몇 개월은 재미나게 주식 값이 급등해서 얼씨구나 춤을 추고 돌아다녔다. 손가락으로 얼추 잡아 계산해도 하루에 몇 백만 원씩 버는 신나는 게임이었다. 아버지가 그토록 애타하는, 팔아 없어진 농토들을 다른 곳에 사 줄 수 있다는 자부심에 아버지 앞에서도 어깨를 쫙 펴고 으름장을 놓아가며 아버지의 지청구를 듣기도 했다. 나중에 주식을 팔아 갚기로 하고 빚을 얻어 외제승용차도 사서 몰고 다녔다. 아내를 위해서도 그토록 원하는 자개농을 천만 원을 넘게 주고 사주었다. 시외에 있는 갈빗집에 친구들을 불러 흥청망청 먹이고, 자식들도 질세라 모두모두 명품으로 사 입고, 먹고, 쓰고 야단이었다. 날마다 씀씀이가 커져서 나가는 돈이 눈덩이처럼 불어났으나 그까짓 거 매일 치솟는 주식이 있으니, 급하면 증권회사에 나가서 주식 일부 팔아 갚으면 그만이라는 느긋함에 빠져 있었다. 주식을 산 몇 개월은 참으로 신바람 나는 삶이었다. 그런데 이를 어쩔꼬! 그 주식이 미친년 널 뛰듯 요동을 부리기 시작했다. 그것도 가진 돈만큼 주식을 샀으면 좋으련만 증권회사 지점장인 친구의 지혜(?)로 은행돈을 높은 이자로 얻어 실제 액수의 배가 되는 주식을 사놓고도 직성이 풀리지 않아 사채까지 얻어 힘닿는 대로 주식을 매입하고 뻥튀기가 되기를 기다렸는데, 그게 아니었다. 주식 값이 처음에는 서서히 밑으로 꺼져 내리더니 가속도가 붙어 이젠 깡통구좌가 돼버려 집이랑 산까지 팔아 물어도 빚더미 위에 앉게 되어버렸다. 사채로 얻은 빚은 갚아야 하는데 미칠 지경이었다. 처음 길에서 만나 주식을 소개했던 친구는 자살을 했다는 소문이었다. 다행히 장인이 그 빚을 갚아주었고, 미국남자와 결혼해서 시애틀에 사는 처형의 도움으로 이민을 떠나게 되었다.

조상들이 묻힌 산이 남의 손에 넘어간 것을 안 아버지의 애통함은 곁에서 지켜볼 수 없을 정도였다. 근 열흘간 식음을 전폐하고 통곡하던 아버지에게 미국 가서 돈을 벌어 효도하겠다고 엎드려 사죄하고 떠났는데, 다시 이런 짓을 하고 있으니, 자신이 생각해도 참으로 못된 자식이었다. 그렇게 넘어간 선산에 지금은 고급 호텔이 들어서서 성황 중이고, 땅값은 황금같이 치솟았다.

아침햇살이 점점 힘을 얻어 살 속으로 따갑게 파고들 적에 강 노인은 이성을 되찾은 듯 차분한 목소리로 물었다.

"이 땅이 지금은 한 평에 상당히 나간다고 들었는데, 도대체 어디에 쓰려고 몽땅 팔아버렸단 말이냐. 너 미국 가서 돈 벌어와 효도하여 조상들이 묻힌 산을 사겠다고 하구선 이 땅까지 팔아먹어, 이 몹쓸 놈아! 차라리 태어나질 말지 왜 태어나서 강씨 집안을 쑥밭으로 만들어."

"그냥 우습게 없어져 버렸어요. 그래도 아버지! 제가 죽지 않고 살아서 곁에 있는 것이 효도가 아닌가요."

"내가 너희들 기를 때처럼 병이 났다거나 학비를 대야 한다거나 혹은 시집장가 가기 위해 필요한 경비라면 내가 이러지 않는다. 너희들 몫을 다 가지고 떠난 뒤에 이게 무슨 날벼락이냐. 아이쿠! 내 팔자야. 어어엉……, 이제 내가 죽어 저승에 가면 조상들이 나를 향해 돌팔매질을 할 거다. 그러니 그냥 죽을 수도 없고, 이를 어쩌지."

"어쩝니까. 저도 살아보려고 했는데, 이렇게 되었단 말이에요. 제 팔자가 이런 걸 어떡해요. 아무래도 여자를 잘못 얻었나 봐요. 그게 예수를 믿는다고 교회에 다닌 뒤부터 이런 일들이 터져 나온단 말이에요."

강 노인은 곰방대를 허리춤에 꽂고 두 손을 모아 아들 앞에서 빌기 시작했다. 무릎을 꿇고 앉아 울어가면서 말이다. 이런 자세는 강 노인이 50여 년 전 머리에 새겨진 그런 자세였다. 맏형인 강 노인의 큰 형이 일본으로 유학을 갔다가 징용으로 끌려가 죽었고, 그 비보를 듣고 맏며느리인 그의 큰형수가 졸도하여 한꺼번에 둘을 잃은 쓰라린 아픔을 가진 시기였다. 그 와중에 둘째형이 중국에 가 돈을 벌어오겠다고 떠나서 소식이 없으니, 마지막 남은 막내아들, 강동일이 그 집안의 유일한 핏줄이요, 끈이었다. 조상 대대로 살아온 땅을 뜬 형제치고 돌아온 사람이 없었다. 누구나 떠나면 죽든지 소식이 끊겼다. 많이 배워도 떠나고 돈을 벌려고 욕심을 내도 떠나게 되는 땅이었다. 농촌 생활이 하도 답답해서 강동일이 대처로 나가 돈을 벌어오겠다고 했을 때 그의 아버지는 두 손을 맞잡고 무릎을 꿇으며 그의 앞에서 빌지 않았던가. 강 노인은 아버지의 이런 고집 때문에 단 한 번도 이 땅을 떠나 살아본 적이 없었다. 하지만 그의 대에 와서 모두 자녀들을 공부시킨 것이 잘못이었다. 가르쳐 놓으니까 모두 떠났고, 나중엔 남은 땅까지 몽땅 삼켜버리게 되는 지경에 이른 셈이다. 이건 순전히 강 노인의 아내 때문이었다. 배워야 산다는 아내의 권유를 못 이겨 모두 대학까지 공부시킨 것이 죄라면 큰 죄에 속했다.

큰아들 대식은 아버지가 그의 앞에 꿇어앉아 빌건만 얼굴을 돌리고 몸을 꼬았다. 물은 이미 엎질러졌는데, 어떻게 한단 말인가. 이런 부자의 고통을 무시한 채 괴물소리를 내면서 포클레인이 다가왔다. 그의 모든 땅은 포클레인의 괴물 손에서 하나씩 사라졌기에 그는 그 위력을 잘 알고 있었다. 조상이 묻힌 산이 험했건만 그것도 저 괴물 손이 다 허물어서 호텔을 짓지 않았던가. 그러나 이번엔 각오가 단단히 되어있었다. 밭가의 심어놓은 메꽃과 나팔꽃이 짓이겨지고, 그토록 정성을 다해 심어 자라고 있는 고추와 호박, 깻잎들이 짓이겨지기 전에 먼저 포클레인의 거대한 손에 그가 죽기로 결심했다. 빙 둘러선 건물들이 무너져 내릴 것처럼 악을 쓰는 노인을 보고 포클레인은 서서히 뒤로 물러서서 가버렸다. 그건 강 노인에게 큰 개가였다.

다음날 새벽 일찍 일어난 강 노인은 검은 고무신에 베잠방이차림으로 비장한 각오를 하고 집을 나선 뒤 움막에 가부좌를 틀고 앉았다. 죽을 각오를 단단히 하고 있었다. 예상대로 우웅 소리를 내며 밭가로 포클레인이 다가오기 시작했다. 천천히 거대한 손을 빙그르르 돌리더니, 아침 나절 한창 피어나는 메꽃을 으깨서 퍼낼 참이었다. 바로 그 순간 신문 기자들이 달려와서 포클레인 기사에게 소리쳤다. 이 도시에서 이 땅 문제는 유명한 기사거리였다. 강노인의 고집으로 그 달걀노른자 같은 3백50평 땅이 비어 있어 모든 부자들이 침을 삼키고 있었는데, 드디어 이 땅이 사라질 순간이니, 얼마나 큰 기사거리란 말인가!

"조금 있다 하세요. 조금만 참아주세요. 사진을 찍어야 합니다. 폼을 잡아주란 말이에요. 이건 신문 전면의 톱기사감이니, 사진을 아주 멋지게 찍어야 합니다. 빌딩 숲 속에 점처럼 남아있는 땅과 포클레인을 전부 담아야 합니다. 게다가 움막까지 찍자면 시간을 주셔야 합니다."

"제발 비켜요. 어제도 노인의 악다구니에 그냥 갔는데, 빨리 뚝딱 해치워야 합니다."

"이건 수십 년이 지나면 좋은 역사적 자료가 될 것입니다. 포클레인 아저씨까지 사진에 담을 터이니, 조금만 기다리세요."

연이어 텔레비전 중계차가 달려왔다.

"오늘 저녁 뉴스에 나갈 것이니, 잠깐만 참아주세요."

어느새 소문이 퍼졌는지 사진작가들도 모여들었고, 아마추어 사진사들도 벌떼처럼 덤볐다. 신문사 기자들의 플래시가 터지고 어깨에 영사기를 멘 방송국의 직원들이 웅성거리며 강 노인의 밭을 촬영하기 시작했다. 아침이라 그의 밭둑엔 메꽃이 한창 예쁘게 입을 벌렸고, 나팔꽃도 한껏 고운 빛을 토해내고 있었다.

"아유! 예쁘기도 해라. 빌딩숲 속에 야생화라니. 참 기가 막히게 아름다운 들꽃이네."

사진사들은 연신 밭둑의 메꽃에 카메라를 맞추고 있었다. 햇살이 살살 퍼지면서 날개의 습기가 마른 푸른 부전나비 한 마리가 한가롭게 열무 밭 위를 날아다녔다. 노랑나비도 어디선가 날아들어 꽃을 찾아 너울거렸고, 호랑나비 두 마리가 연이어 날아들어 웅성거리는 사람들 곁을 무심코 지나쳤다. 벌 한 마리가 위잉 나비들 사이를 날다가 밭둑에 핀 메꽃 속을 파고들었다. 카메라의 초점이 나비들과 벌에 집중되어 연신 번쩍번쩍 플래시가 터졌다.

한동안 시끌벅적 떠들던 취재진들이 밭의 촬영을 끝내고 포클레인이 마악 흙을 푸려는 찰나 강 노인이 거대한 삽을 향해 돌진했다. 포클레인 기사의 외마디 비명과 함께 기자들의 눈이 일제히 노인에게 향했다.

"뭐야? 무슨 일이야?"

"글쎄 이 노인이 죽으려고 환장했나. 이렇게 무식하게 덤벼들면 어떡해요. 큰일 날 뻔했잖아."

누가 뭐라든지 강 노인은 죽은 듯이 포클레인 괴물손 안에 들어가 웅크리고 있었다.

"아니 이 노인은 이 밭을 가꾸던 분인데. 어엉! 어쩌자고 이러시지."

'포클레인 안에 노인이 안기다' 이건 특종감이었다. 노인의 얼굴에 카메라의 초점이 맞춰지고 포클레인을 부여잡은 노인의 거친 두 손과 일그러진 얼굴, 괴물 같은 포클레인의 거대한 손을 찍느라고 기자들은 정신이 없었다. 사진작가란 이런 때 수상작을 찍어낼 욕심으로 더 나대기 때문에 서로 밀고 당기느라고 수라장이었다.

다음날 아침 조간에는 이 기사가 특종으로 실렸다. 죽은 듯이 포클레인 안에 앉아있는 노인과 곱게 핀 메꽃, 거기에 공포심을 불러일으키는 거대한 포클레인의 괴물 같은 손이 클로즈업된 사진을 보고 이 도시의 모든 시선이 집중되었다. 그 바람에 메꽃과 나팔꽃, 그리고 나비와 강노인의 푸성귀는 오늘도 무사히 살아남았다.

다음날 도시의 눈과 귀가 이 밭과 노인에게 집중되었다. 많은 사람들이 빌딩숲 속 한가운데 태풍의 눈으로 남은 밭으로 모여들기 시작해서 시장터처럼 북적댔다. 밤이슬을 맞으면서도 밭에 '대(大)'자를 그리며 포클레인 곁에 누워있는 강 노인의 사진이 신문과 텔레비전으로 연신 보도되었다. 고추나 파 그리고 애호박까지 재미로 서리해 먹던 이웃들이 더 기승을 부리며 포클레인의 움직임을 막아섰다.

"이건 제 땅입니다. 합법적으로 돈을 지불하고 산 제 소유입니다. 제 이름으로 등기가 났습니다. 어째서 모두 남의 땅에 이렇게 관심이 많으십니까. 법질서를 존중히 여기는 민주주의 국가에서 개인의 권리를 이렇게 짓밟아도 되는 것입니까. 여러분! 이성을 찾으십시오. 진정들 하시고 집으로 돌아가십시오."

노인의 땅을 산 주인이 인터뷰에 나와 항의를 했다. 그 자리에 세워질 빌딩 안에는 사우나를 갖춘 대중목욕탕을 위시해서 아픈 사람들을 위한 안마시술소와 이발소가 들어설 계획이라고 했다. 가운데층은 호텔이 되고, 맨 위 고층에는 고급 레스토랑과 스카이라운지가 들어서서 심리적으로 스트레슬 받고 지쳐 병들어 가고 있는 도시인을 위할 시설이 들어서니, 제발 고만 떠들어 달라고 애걸했다. 이런 빌딩은 지역사회를 위해 기여하는 것이 아니냐고 주인은 목청을 높였다. 게다가 요즘 청소년들이 갈 곳이 없어 방황하고 있는데 저들을 위해 특별한 공간도 내놓을 것이라고 새 땅주인이 선심을 썼다. 다 옳은 말이었다. 돈을 주고 산 땅이면 법적으로 하자가 없는 이상 아무리 매스컴이 떠들고 야단을 쳐도 엄연한 사유 재산을 침해할 권한은 그 누구에게도 없는 일이다.

누가 뭐래도 강 노인은 여전히 그 자리에 그 모양으로 누워있었다. 청년들이 우르르 달려들어 강동일 노인을 끌어내려 하면 밭가에 둘러선 사람들의 욕지거리와 고함이 거세지고 심지어 돌멩이까지 날아와서 새 땅주인도 어쩔 수가 없었다. 그럼 이 땅을 이 노인에게 돌려주란 말이냐고 땅주인이 고함을 쳤고, 노인의 멱살을 잡아 흔들기도 했다.

"내가 준 돈을 내놔. 그 돈이 어떤 돈인데 이렇게 난리 야. 돈만 내주면 이 더러운 땅을 포기할 거야. 이거 시끄 러워서 살 수가 없네. 어서 내 돈을 내놔. 땅을 줄 터이 니."

그래도 강 노인은 꼼짝하지 않고 누워있었다. 매스컴이 너무 떠들어대니까 강 노인의 아들 대식은 어디론가 줄행 랑을 쳐버렸고, 일이 이렇게 터지니까 이젠 잡지사들이 강 노인의 가족사를 취재하느라 열을 올렸다. 노인의 땅 이 어떻게 헐값으로 팔려나갔으며, 시대의 불운을 타고 대농이 몰락한 과정을 다룬 잡지들이 은행이나 미장원의 도서대를 장식했다.

여론은 노인 쪽으로 돌아갔다. 아무리 세상이 변해도 노인의 심정을 이해해줘야 한다. 가을 추수 때까지 포클 레인 공사를 중지하고 농사를 짓게 해서 노인을 달래는 것이 도리가 아니냐. 그런 인심도 쓰지 않고 노인을 강제 로 끌어내고 빌딩을 짓는다면 주민들은 그런 빌딩에 가지 도 않을 것이며, 심지어 건물에 폭탄을 던지겠다는 협박 전화가 새 땅주인을 괴롭히기 시작했다. 너무 여론이 급 등하니, 땅주인도 엉거주춤 어쩌지 못하고 주민들의 데모 에 경찰도 신경이 곤두섰다.

'최소한 가을까지 땅주인은 참아야 한다.'

'농산물을 거둘 때까지 선심을 베풀어라.'

'이 시대의 마지막 대지주의 소원을 들어주자.'

'우리는 빌딩보다 사람 사는 맛을 보고 싶다.'

이런 유의 플래카드를 들고 이웃들이 강 노인을 응원하기 시작했다. 주민들의 감정을 건드리고 싶지 않은 경찰은 뒤에서 새 땅주인을 달래는 작전을 썼다. 소문은 돌고 돌아 나중엔 이런 플래카드가 밭가에 세워졌다.

'노인의 돌확을 찾아 주자.'

'노인의 메꽃과 나팔꽃을 살리자.'

더구나 강 노인 또래의 노인들이 모두 몰려와서 진을 치고 으샤으샤 해대서 대학생들의 데모를 막으려고 만든 닭장차가 두 대나 출동하는 사태까지 이르렀다.

결국 땅주인이 울상이 되었다. 강 노인의 몇 푼 안 되는 농작물을 위해 가을수확기까지 참았다가 건물을 지으려면 바로 겨울이 다가오는데, 그때에 건축을 한다는 것은 지나친 손해가 되기 때문이다. 이미 소유권이 이전된 상태에서 이렇게 난동을 부려도 되는 것이 민주주의냐고 끈질기게 땅주인도 매스컴을 타기 시작했다. 서서히 여론은 땅주인 편을 들기 시작했다. 군중심리란 잠시 반짝하는 것이고, 군중이란 힘이 없는 것일까. 그저 막연히 들레다가 시들해져버렸다. 법대로 하면 틀린 것이 없으며 법으로 하자고 나서면 언제나 꿀리는 쪽이 서민이기 때문이다. 법으로 누르고 매스컴도 장악해서 빌딩을 짓는다고 하자. 겉으로 이겼지만, 만약 노인이 그 땅에서 자살이라도 한다면 그런 땅 위에 건물을 짓는 것은 어쩐지 께름칙해서 땅주인도 기분이 좋지 않았다. 고민하던 땅주인에게 기발한 착상이 떠올랐다.

아침 일찍 그는 강 노인을 찾아 움막으로 갔다. 그의 앞에 노인들이 좋아할 몸가짐을 하고 서 있다가 두 손을 모아 땅 위에 납죽이 큰절을 올렸다. 큰 선물 바구니도 앞에 놓았다. 그 안에는 노인이 좋아할 소주도 들었고, 오징어·담배·알사탕·인삼 등등 잡다한 것들을 수북이 넣은 아주 푸짐한 선물 꾸러미였다. 그리고 살살 비위를 맞추기 시작했다.

"노인장 어른, 제발 절 살려주십시오. 금년에 빌딩을 짓지 못하면 전 망합니다. 은행 빚을 많이 얻어 이 땅을 샀는데, 그 이자 때문에 망합니다. 어서 빌딩을 지어서 세를 놓거나 전세를 놓아 돈을 갚아야 합니다. 젊은 놈을 자식처럼 여기시고 절 구해주십시오. 이렇게 빕니다."

그는 흙바닥에 무릎을 꿇고 앉아 두 손을 모아 싹싹 빌기 시작했다. 노인의 눈앞에 아버지가 떠올랐다. 그가 이 땅을 떠나 도시로 나가려 할 적에 아버지는 이런 자세로 빌지 않았던가. 중년의 나이답지 않게 이마가 훌렁 까지고 주름이 깊게 깔린 사내를 바라보는 강 노인의 눈에 서서히 눈물이 차오르기 시작했다. 50년 전 아버지의 청도 들어주었는데, 남의 땅이 된 마당에 이렇게 고집을 부릴 필요가 있는가 하는 생각이 들었기 때문이다.

"이 땅에서 죽기를 원하는데, 죽는 것도 마음대로 되는 것이 아니야. 내가 죽기를 원해도 목숨이 끊어지지 않으니 어떡해. 그럼 난 어디로 가지? 갈 데가 없어. 으흐흐……."

"어째서 이곳을 그렇게도 뜨지 않으시려 합니까?"

"내 마음을 어떻게 자네가 알 수 있겠는가. 자식들도 이해 못하는 판인데. 내 생전에 여길 떠나 살아본 적이 없어. 이곳을 뜨지 않고 살아가는 방법이 없을까?"

강 노인의 간절한 호소에 땅주인은 깊은 생각에 빠졌다가 무릎을 탁치며 껄껄 웃었다. 남은 속이 타서 죽겠는데, 이런 웃음을 웃다니! 노인의 얼굴이 일그러졌다.

"여길 떠나시지 않고 이곳에서 살게 해드리지요. 아주 좋은 방법이 있습니다."

"그럼 내가 이 땅을 떠나지 않아도 된단 말이야?"

강 노인의 눈에 금세 생기가 돌았다. 어떻게 이 땅에 남는단 말인가. 무슨 방법인지 모르지만, 이 밭을 떠나지 않고 살다가 여기서 죽어 나간다면 그보다 더 좋은 방법이 어디 있겠는가. 태어나서 이 나이가 되도록 나무처럼 뿌리를 내린 곳이요, 한국동란이 일어나 민족 대이동이 있을 당시에도 뒷밭 산기슭에 파놓은 땅굴에 숨어 살아난 곳이 바로 여기가 아니던가. 조상들이 피와 땀과 꿈과 육신이 묻혀 대대로 자손을 먹여온 흙을 어찌 떠날 수 있겠는가.

"그 대신 제 요구조건을 들어주셔야 합니다."

"지금 죽음을 각오하고 있는 지경인데, 무슨 요군들 못 들어주겠나. 어디 그 조건을 들어봅시다."

"여기서 사시는 대신 우리 사업을 도와주셔야 합니다. 조건은 아주 간단합니다. 어려운 것이 아닙니다."

"난 이렇게 늙어버렸고, 농사밖에 지을 줄 모르는데, 어떻게 자네 사업을 도와준단 말인가?"

"우리가 먼저 이 땅 위에 15층 건물을 짓고 할아버지는 그 위에서 사시는 겁니다."

"예끼! 못된 사람 같으니라고. 늙은이를 놀리는 것인가. 15층에서 살라니, 흙이 없는 곳에서 말인가."

"할아버지가 원하시는 것은 바로 이 흙이 아닙니까."

땅주인은 발로 밭의 흙을 툭툭 걷어찼다. 약간 신경질적인 발놀림이었다.

"맞아! 바로 이 흙이야. 이 땅이라고. 다른 흙은 싫어."

"이 흙을 15층 옥상에 모두 퍼서 옮겨드리겠습니다. 할아버지의 농사란 어차피 겨울철이 아니고 따스한 때이니, 흙을 옥상에 퍼 올려 농사를 지으셔도 됩니다."

강 노인은 정신 헷갈려서 잠시 멍청이처럼 입을 꾹 다물었다. 이 흙을 퍼 올려 옥상으로 이사를 간다. 그럴듯하게 여겨지다가도 높은 곳에서 농사를 짓는다는 것이 무언가 이상하기도 했다. 아들이 팔아먹은 밭을 움켜잡고 이러고 있는 것도 우스꽝스러운 일이고 이를 어쩐다. 노인은 깊은 생각에 빠져들었다. 다른 뾰족한 탈출구가 없었다. 그에게 남은 것은 아무것도 없었다. 그가 소유했던 모든 땅 위에 도시의 거대한 건물들이 들어찼으니, 쑥 들어가 빌딩숲에 가려 그늘진 곳에서 시들 배들 죽어가는 푸성귀를 기르는 것보다 그의 귀중한 농산물이나 메꽃이랑 나비랑 벌들이 햇살을 따라 위로 치솟아오를 수밖에 없잖은가.

"그럼 이 땅의 흙을 몽땅 퍼 올려 주겠단 말이야? 어떻게 그럴 수 있어. 그건 불가능한 일이지."

"할 수 있어요. 그 대신 제 요구를 들어주셔야 합니다."

"자꾸 요구, 요구하는데, 그 요구란 것이 뭐야?"

"노인장이 사시는 옥상에 사람들이 구경하러 드나들 수 있겠지요? 청소년들이나 도시 생활에 지친 사람들이 할아버지가 지은 농산물을 구경하고 벌이나 나비를 보고 또 메꽃이 흐드러지게 핀 옥상을 사람들에게 공개하란 말입니다."

"그야 좋은 일이지. 농사짓는 걸 사람들이 구경한다는데 그걸 누가 막겠는가. 더구나 메꽃까지 구경하러 온다면 그거 나도 외롭지 않고 좋지."

"또 사람들이 위에 앉아 아래를 내려다보며 차를 마시는 것도 허락하셔야 합니다."

"아아! 사람들이 마실 와서 차를 마시는 걸 누가 막겠

나. 나도 외롭지 않고 사람들하고 어울리니 좋겠구먼. 그러나저러나 흙을 어떻게 몽땅 위로 퍼 올리지?"

"그거야 간단합니다. 장비가 좋으니까 걱정 마세요."

"메꽃이 피려면 뿌리를 살려야 하는데, 겨울에 그 위에 온기가 없어 얼어 죽지 않을까?"

"밑에 사람들이 사는 온기가 있잖아요. 땅속 온기만큼 뜨뜻할 것이니, 염려 마세요."

그 자리에서 강 노인은 땅주인이 원하는 서류에 도장을 찍었다. 15층 옥상에 방과 부엌을 한쪽에 지어주고 농사를 짓되 사람들이 구경할 수 있으며, 음식을 거기서 먹어도 된다는 규정에 서약을 한 것이다.

다음날 신문에는 강 노인의 메꽃을 살리게 되었다는 기쁜 소식이 실렸다. 노인의 밭이 옥상으로 그대로 올라가 채광이 더 잘되는 밭이 되어 예전처럼 농사를 지을 수 있게 되었다는 신문기사가 특종으로 실렸다. 새 땅주인의 기발한 아이디어에 찬사를 보냈다. 인신매매와 자살, 아니면 유괴 사건으로 장식된 기사에 질려 공포심과 불신의 바람이 부는 도시에 훈훈한 바람을 불어넣어 준 땅주인에게 특별히 감사한다는 시민들의 의견도 실려 나갔다. 땅주인의 사진도 대문짝만하게 나고, 장차 그 빌딩에 들어설 업종인 청소년 놀이시설과 스카이라운지에 초점을 맞춰 매스컴이 앞을 다투어 보도했다. 삭막한 도심지에 메꽃 피는 밭을 머리에 이고 지어질 빌딩에 관한 보도는 대단한 관심을 불러일으켰다. 그렇고 그렇게 꾸민 빌딩 장식에 식상한 도시인들에게 메꽃으로 장식할 새로운 건물의 탄생은 호기심을 자극했다.

새 땅주인은 너무나 유명해져서 가는 곳마다 인기를 독차지했다. 매스컴의 위력은 엄청난 힘을 발휘해서 메꽃 피는 밭을 옥상에 만드는 빌딩이란 소문으로 빌딩 자체가 일약 스타덤에 오르게 되었다. 얼마나 멋진 사장님이신가! 농부를 살리고 농토를 살린 성스럽고 덕성스러운 분이 아닌가. 그 지혜를 따라 갈 사람이 누가 있는가. 날마다 말썽을 부리는 위정자들이 이런 지혜를 사장님에게 배웠으면 좋겠다는 여론까지 일어나서 그는 일약 거물인사 틈에 끼어들었다.

강 노인은 포클레인 옆에서 매일 흙을 퍼 담았다. 그를 위해 특별히 고안해낸 직사각형의 기름하고 널찍한 2백여 개의 플라스틱 화분에 메꽃 뿌리를 주워 담고, 밭 거죽 흙을 긁어 담느라 눈코 뜰 새 없이 바빴다. 메 뿌리가 영하 20도가 넘는 겨울 추위에 죽지 않고 잘 나기를 바라며 주인까지 곁에 지켜 서서 비닐을 밑에 깔아주고, 옆을 가리고 밑에 물구멍을 뚫어 숨을 쉬게 하는 등 수고를 아끼지 않았다. 모든 플라스틱 대형 화분들이 빌딩을 짓는 동안 메꽃과 나팔꽃·고추·깻잎까지 안고 그늘진 길가에 놓여 시들 배들 말라갔다. 빈약하긴 해도 열매를 맺고 이따금 나비랑 벌도 찾아와 주었다. 강 노인은 햇살을 따라 뛰어오를 15층 옥상이 어서 완공되기를 두 손 모아 기다렸다.

건물이 완공된 다음 해 봄 건물의 꼭대기 한 귀퉁이에 강 노인을 위한 작은 조립식 집이 한 채 아담하게 세워졌다. 옥상의 넓은 공간을 삥 둘러 그의 밭 흙을 담은 화분들을 놓았다. 봄볕을 받고 메 뿌리가 싹을 틔웠다. 겨울 동안 강 노인이 비닐로 덮은 것이 효력이 있었는지 죽지 않고 살아난 것이다. 나팔꽃 씨를 뿌렸더니, 그놈도 노인의 기대를 어기지 않고 싹을 틔워 올렸다. 그는 나팔꽃과 메꽃을 올릴 망을 짜느라고 얼굴이 시커멓게 탔다. 대나무를 화분 가장자리에 동그랗게 꽂고, 철사로 둥글게 울타리를 치는 작업이었다. 화분마다 종류를 달리해서 농사를 짓기 시작했다. 고추모를 심고 가지도 심었다. 깻잎도 심고 도라지도 심었다. 강 노인은 날마다 물을 주고 자식을 돌보듯이 그것들을 들여다봤다. 옥상의 밭을 가꾸느라고 강 노인은 새벽부터 저녁까지 정신이 없었다. 서리해 가는 사람이 없어서 좋았다. 밑에 살 때보다 많은 햇살을 받은 탓인지, 고추도 가지도 주렁주렁 매달렸다. 감자도 꽃을 피웠다. 붉은 꽃은 붉은 감자, 하얀 꽃은 하얀 감자가 되는 것이다. 메꽃이 그물을 따라 올라가 아침마다 입을 벌렸다. 나팔꽃도 보라색·연분홍색·짙은 분홍색 색색으로 피었다. 강 노인은 화분에 봉숭아도 심고 분꽃과 접시꽃도 심었다. 꽃이 피고, 옥상이 초록빛으로 물들자 나비도 날아들고 벌들도 왔다. 심지어 참새들까지 와서 재재거리면서 화분가에 내려앉았다. 15층 옥상에 줄이어 놓은 화분에 심은 꽃과 채소가 무성하게 자라 올라 작은 그늘을 던지기 시작하자 비둘기도 오고 참새들이 점점 많이 모여들어 옥상은 새소리로 떠나갈 것 같았다. 까치들도 이따금 짝을 지어 놀러왔고 잠자리도 심심찮게 날아들었다. 강 노인은 아래 그늘진 밭에서보다 더 신바람이 났다. 꽃들이 많이 피고 햇살이 좋으니, 새들까지 모여들고, 움막보다 작기는 하지만 조립식집이 있어 생활도 편했다. 땅을 팔아서 돈을 챙겨 미국으로 가버린 아들 며느리가 조금씩 부쳐주는 생활비로 어렵지 않게 지내는 것도 그저 고마울 뿐이고 행복했다. 더욱 기차게 좋은 것은, 그의 흙이 비록 대형화분에 담기긴 했지만, 그와 함께 있으며 그가 그렇게 좋아하는 메꽃이 피고, 게다가 곤충과 새들이 찾아오고, 강렬한 햇살까지 모두 그의 어린 시절처럼 살아나서 제자리에 있기 때문이다. 돌확이 없어도 좋았다. 15층 높은 건물 위에 그의 밭이 우뚝 솟아 있으니, 하늘이 몽땅 그의 시야에 담겨 와서 구름이 떠다닐 하늘을 담을 돌확이 필요 없었다.

그렇게 재미있게 지내는 어느 날 갑자기 사람들이 옥상으로 모여들기 시작했다. 뚝딱하는 사이 둥근 상과 의자들을 옥상의 한가운데 늘어놓더니, 밤마다 요란한 음악소리에 귀가 찢어질 지경이었다. 커피와 맥주를 마시더니, 이젠 일본 음식까지 밑의 레스토랑에서 배달되어 음식 냄새가 옥상에 진동했다. 옥상의 난간 여기저기 부착한 네온사인에 불이 켜지기 시작하면서 강 노인의 옥상 밭은 사람들과 소음으로 터져나갈 지경이었다.

메꽃 피는 땅, 나팔꽃을 올린 옥상, 농부의 정원, 강 노인이 옥상에 일군 시골풍경, 이 시대의 마지막 대지주가 가꾼 옥상의 농토 이런 따위의 광고문이 도시에 깔렸고, 작년 봄 노른자 땅을 지키기 위해 강 노인이 항거하는 모습을 본뜬 큼직한 네온사인이 불을 밝혔다. 네온사인으로 그려진 노인의 머리 위에 포클레인의 손이 괴기스러운 빨간 띠를 두르고 번쩍거려 앞 빌딩에서 높이 띄운 음식점 '암소 한 마리'와 좋은 대조를 이루었다.

'메꽃 피는 땅'이란 옥상 위에 매달린 큼직한 간판이 도시의 명물로 등장해서 아이들과 어른, 심지어 노인들까지 옥상에 찾아들어 인산인해를 이뤘다. 매상이 좋아지자 15층 옥상의 한쪽에 간이식당이 들어서더니 빵도 팔고 튀긴 닭도 팔기 시작했다. 나중엔 음식 백화점까지 들어서서 옥상 한가운데는 시장터가 되었다. 강 노인은 갑자기 변해가는 그의 천국을 어떻게 관리해야 할지 정신이 없었다. 특히 그를 괴롭히는 것은 일본 가락의 간드러진 음률이었다. 큰형을 앗아간 일본을 미워해서 아버지도 그도 일본 것은 무엇이나 거부했는데, 그의 흙이 있는 곳에 밤마다 일본 노래소리로 시끌벅적하니, 가슴이 부글부글 끓었다.

건물 주인을 찾았으나 만날 수가 없었다. 돈을 많이 벌어서 해외로만 돌아다닌다는 소문이다. 빌딩은 성업 중이라 어디나 만원이었고, 세도 계속 오른다고 했다. 이곳에 와야 돈을 번다는 소문이 돌아서 개인 병원까지 들어왔고, 여자들을 예쁘게 만드는 성형외과도 들어왔다. 도시인들은 익명의 건물보다는 머리에 각인된 건물을 더 사랑하는 법이라 눈감고도 그 빌딩으로 찾아들었다.

강 노인이 아무리 물을 주고 거름을 주고 화분에 담긴 그의 흙을 보호하고 메꽃과 농작물을 돌봤지만, 사람들 몸에서 뿜어 나오는 열기와 독기(毒氣)로 인해 메꽃도 나팔꽃도 심지어 강인한 분꽃도 시들 배들 맥을 추지 못했다. 메꽃이 시들면 그와 의논도 없이 메꽃을 그대로 빼박아 만든 조화가 대치되었다. 메꽃 철이 지났는데도 아물지도 못하고 항상 피어있는 인조메꽃을 꽂아 놓으니, 이건 기가 찰 노릇이었다. 대낮엔 먼지가 낀 플라스틱 더러운 메꽃이지만 어둔 밤, 요란한 불빛에선 생화보다 더 요염하게 살아나 사람들을 유혹했다. 아무도 그것이 사람이 만든 꽃이라고 항의하는 사람이 없었다. 나팔꽃도 죽어버려 비가 와도 끄떡없는 플라스틱 나팔꽃으로 대치되었고, 분꽃도 봉숭아도 몽땅 조화로 바뀌자 노인은 낮이면 넋을 잃고 옥상에 앉아있었다. 봄이 가고 여름이 오면서 서서히 생명이 있는 것들이 하나, 둘 그의 흙에서 사라지기 시작했다.

땅거미가 스며들면서 짙은 어둠이 깔려야 '메꽃 피는 땅'이 살아났다. 사람들은 밤을 좋아하는 것일까. 어두워져야 사람들이 찾아들어 옥상은 사람 소리와 귀가 째지는 음악 소리로 들끓는 곳이 되었다. 노인의 흙이 담겨 올라간 옥상은 밤에만 살아 움직였다. 이렇게 사람들이 꼬여들자 매스컴은 강 노인을 까맣게 잊어버리고, 사람들의 물결에 휩싸여 침묵하며 함께 어울려 떠내려가고 있었다.

넋을 잃고 15층 한구석에 쪼그리고 앉아있는 그에게 이 땅을 팔아서 미국으로 튄 아들 소식이 왔다. 도박 병에서 놓여나질 못하고 노숙하다가 도심지의 더러운 호수에 몸을 던져 자살했다는 소식이었다. 그나마 부치던 생활비도 어렵겠다는 큰며느리의 울먹이는 목소리가 플라스틱 메꽃 위 더께로 덮인 먼지처럼 희미했다. 그래도 마지막에 쓴 편지의 내용은 큰 소망이었다.

'아버님! 너무 낙심하지 마세요. 큰놈이 하버드대학에서 박사 논문이 통과되었답니다. 내년 봄부터 대학에서 강의를 한답니다. 그 애가 아버님 생활비를 보낼 것입니다. 우린 미국에 와서 실패만 한 것이 아니에요. 밑으로 두 녀석들도 좋은 대학에 다니고 있고, 저희들 스스로 돈을 벌어 학비도 감당하고 있으니 얼마나 자랑스러워요. 아버님 속만 썩이다 간 아범하고는 달라요. 여기서 자식들이 잘 자라고 있으니, 아버님도 내년 가을에 여길 한번 다녀가세요. 아범이 죽은 것을 너무 상심하시지 마세요.'

이 땅이 아닌 남의 땅에서 내 조상의 피가 살아서 성공을 했다니! 내 새끼들이 거기서……, 으흐흑…….

끝까지 생명력을 지탱하며 남았던 붉은 고추까지 가짜 플라스틱으로 대치되는 날, 화분의 흙이 쓸모없이 되었다. 그날은 여름도 가고 서서히 가을이 다가오는 문턱에 있었다. 마지막까지 화분의 흙에 의지하고 살아있던 고추가 뿌리째 뽑혀 나간 다음날, 노인은 메꽃이 담겼던 화분에서 메꽃뿌리를 비닐봉지에 담고 그의 밭 흙을 한 포대 담아 어깨에 메고 쓸쓸히 15층 옥상을 내려왔다. 강 노인이 사라진 골목 한가운데엔 포대에서 솔솔 흘러나온 흙이 동백기름을 바르고 쪽을 찐 여자의 가르마처럼 선명하게 선을 그으며 길 위에 자국을 남겼다. 어디서 날아왔는지 도시의 먼지로 더러워져 희끄무레해진 날개를 퍼덕이며 노랑나비 한 마리가 길가에 뿌려진 흙 줄기를 따라 기운 없이 너울너울 노인을 따라가고 있었다. ✲

아아! 그렇다면 어머니의 교신 방법이 바로 박쥐의 에코로케이션이었단 말인가. 밤마다 교회에 엎드려 기도하면서 어머니는 아버지와 형들과 교신을 했단 말인가. 그렇다면 어머니는 박쥐의 비밀을 알고 있었단 말이 된다. 이런 식으로 말한다면 하느님과 교신도 가능한 것이고, 천국과의 교신도 가능한 것이고……. 그 순간 밀려오는 밝음으로 인해 그의 몸이 구름 위로 부웅 떠다니는 것 같았다.

"그래 거길 꼭 다녀와야겠어요?"

자정이 넘어서야 밀물처럼 들이닥치는 손님들 시중을 들어가면서 아내가 조잘댄다. 낮 손님이래야 겨우 코흘리개를 달고 오는 주부들이 고작이고, 오후엔 다 큰 아이들에게 선심을 쓰려는 엄마들이 드나드는 '피에로 치킨 센터'이 집의 주(主) 수입은 자정에서 동틀 새벽에 피크를 이룬다.

"낮에 다녀오면 되잖아요."

아내는 베틀북처럼 손님과 계산대 사이를 오락가락하면서 야누스의 얼굴을 했다. 손님 앞에선 헤헤거리면서 남편인 박병무 앞에선 우거지상을 하고 이마에 주름을 잡으며 손님들이 알세라 음성을 죽이고 자글자글 끓었다. 그럴 때마다 병무는 아내처럼 이마에 줄음을 잡으며 나쁜 가지를 전정(剪定)하듯 당찬 눈으로 그녀를 올러대서, 앵돌아진 아내는 맥주와 튀김 닭을 들고 손님 자리로 사라졌다.

흐흥! 이번 일만은 절대로 양보하지 못한다니까. 그는 신고 갈 운동화와 목양말을 사야겠다고 생각했다.

"아무래도 당신 이상해요. 꼭 부엉이처럼 밤에 거길 가야 할 이유가 뭐에요. 권태기에 처녀사냥이라도 할 작정이지요."

아내는 이제 슬슬 엉뚱한 망상을 해가며 그를 코너로 몰아가고 있었다.

"밤하늘을 안고 누워 별 헤는 밤이 그리워서 그래."

"흐응! 갑자기 당신이 보이 스카우트에 들어 야영을 떠나는 소년이라도 되었단 말이요. 60을 넘어서서 퇴행 현상이 나타나니, 겁이 나네요. 정 그렇다면 아예 가게 문을 닫아걸고 저도 따라갑시다. 오랜만에 저도 이 울타리를 벗어나고 싶네요."

"여보, 날마다 보는 남편이 지겹지도 않아. 딱 하룻밤만 나에게 자유를 주구려. 밤마다 동굴 같은 여기 갇혀있기가 답답해."

아내와 입씨름을 하면서도 그는 끝까지 어딜 간단 말을 하지 않았다. 이렇게 갑자기 하룻밤, 집 떠나는 여행을 작정한 것은 그저께 밤 우연히 그의 가게에 손님으로 온 친구, 이경원 때문이었다. 어깨동무를 하고 4·19데모에 끼어 역사의 어둔 터널을 함께 걸었던 친구였다.

"아니, 너 병무가 아니냐?"

아내와 둘이서 꾸리는 치킨센터라 남자도 손에 기름을 뒤바르고 설거지를 해서 부엌데기 손처럼 물이 마를 새가 없었다. 그런 손을 와락 잡으며 반색하는 친구와 마주서자 그는 쭈뼛대며 한참 입을 열 수가 없었다.

"야! 너 미국에 사는 줄 알았더니, 언제 나왔니?"

"여기 틀어박혀 있어서 찾질 못했구나. 내가 귀국한 지 벌써 5년이 되었어."

병무가 닭기름이 묻은 손을 씻느라고 수도를 세게 튼 탓에 두 사람 사이 대화가 잠시 끊겼다.

"법관 생활보다 좋아 보이는데. 우리 시대엔 요런 비즈니스가 자유롭고 양심을 지킬 수 있어서 좋아."

"이게 무근 비즈니스냐. 구멍가게지."

"내가 보기엔 부러운 사장님이신데 뭘 그러냐. 솔직히 판사보다 낫지."

"옛날처럼 날 위로하려고 억지 부리지 마."

두 사람은 흔쾌하게 웃으며 가장 명당자리인 코너의 밀실에 마주앉았다.

"유학 가서도 계속 법률을 전공했겠지?"

"너처럼 법관의 길을 깨끗이 버렸다. 난 말이야 박쥐에 미친놈이야."

"뭐라고! 그럼 형사반장이라도 되어서 박쥐를 잡으러

다닌단 말이냐?"

"으하하……. 걔들에겐 내가 형사 반장쯤으로 보일 수도 있겠군."

엉뚱한 녀석이라 재벌아버지의 기업을 이어받지 않고, 법 전공을 배경으로 남산에라도 들어가 특이한 직업을 가졌단 말인가.

"이 땅에선 용공딱지가 붙은 자들을 박쥐라고 부르지. 넌 그런 천형을 받은 자들을 추적하고 다닌다는 뜻이 아니냐."

"무슨 소릴 하는 거야. 난 진짜 박쥐를 잡으러 다닌다."

너무 엉뚱한 소릴 하고 있는 친구가 답답한지 경원은 문간에 놓고 온 상자를 가져다 그의 코앞에 들이댔다. 세 면이 막혀있고, 한 면이 유리로 된 청사초롱 비슷한 작은 통이었다. 그 안엔 아기주먹만한 박쥐 한 마리가 갑자기 스며드는 빛을 피해 몸부림쳤다. 한참 소란을 떨던 박쥐가 지쳤는지 밉게 생긴 입을 씰룩이다가 거꾸로 매달려 양산처럼 날개를 접었다.

"부자들이 사냥에 미쳤다더니, 넌 박쥐사냥에 미쳤구나."

"그래, 맞아. 난 박쥐박사야. 대학에서 고걸 가르치지."

아무리 훑어봐도 그의 몸엔 교수냄새가 전혀 고여 있질 않았다. 입을 놀려먹고 사는 사람들의 특징인 근엄함이 배어있지 않기 때문이다. 작은 키에 바짝 마른 몸매가

갯가를 뛰어다니며 조가비를 줍든지 아니면 모래성이나 쌓을 아이로 보였다. 일반적으로 말하는 교수들이란 얌전하게 넥타이를 매고 여자처럼 갸름한 손에 얼굴빛이 노리게 하고 학문에 절은 특이한 냄새를 풍겨야 하는데, 그와 반대로 그의 얼굴은 농사꾼처럼 거무튀튀하고 복사뼈까지 올라오는 등산화 끈이 흙물에 절어 있었다. 찬찬히 살펴보니, 쥐색바지도 어딜 그렇게 쏘다녔는지 온통 황토색이다.

"교수님이 되었다고 시원하게 토설하지 왜 말을 빙빙 돌리는 거냐?"

"편견이란 무서운 것이야. 니 머리엔 불행했던 과거가 꽉 차 있고, 내 머리엔 온통 박쥐밖에 없으니까 그렇지."

그의 말에 박병무는 찔끔했다. 그의 숨겨진 부분을 아직도 기억하는 친구를 만난 것이 새삼 가슴 깊숙이 묻어 두었던 꺼림칙한 지난날의 우울함을 몰고 왔기 때문이다.

"다 흘러간 이야기고 이젠 이렇게 행복한데. 아들이 셋이나 된단다. 어이! 이리 와, 인사해. 이 사람이 내 배꼽친구야. 그간 미국에서 오래 살다가 귀국했는데, 박사님이고 교수님이셔."

병무는 슬그머니 머리를 드는 옛날을 잊기 위해 얼렁뚱땅 아내를 불러 인사를 시키고 너털너털 웃었다. 그러곤 바짝 튀긴 닭 날개를 오도독 깨물었다.

"넌 나보다 행복한 녀석이야. 장사를 손잡고 해줄 아내가 있으니."

"지금 세상에 남자 혼자 벌어서 먹고 살 수 있나. 남녀 구별하지 말고 맨발 벗고 뛰어야지."

병무는 아내의 콧대가 높아질까 봐 은근히 경계를 하며, 그의 말을 싹 뭉개버렸다. 이런 남편을 아내가 흘겨보았다.

"자정이 넘은 시간에 장사를 하는 걸 보니, 혹시 박쥐 띠가 아니냐?"

"자식, 아직도 농담기가 세구나. 박쥐 띠가 어디 있어."

밀실에 둘이 남아 맥주를 주거니 받거니 하며 입씨름을 하고 나니, 그간 오래 떨어져 있던 세월로 인해 서먹했던 분위기가 가시고 옛날로 되돌아갔다.

"그까짓 쪼그만 박쥐만 연구해도 밥벌이가 되니?"

"강의만 하려면 진력이 나는데, 박쥐를 찾아 험한 산을 오르내리다보니 산사나이처럼 스릴이 있어. 지금도 혼자 철원 산속의 굴들을 이틀이나 뒤지고 다녔는데, 한 놈밖에 못 잡았어. 마음이 클클하던 터에 박쥐처럼 밤 장사를 하는 집엘 들렀더니, 바로 네가 이 집의 박쥐로구나."

참 희한한 녀석으로 친구는 변해있었다. 일생 박쥐를 찾아 산을 헤매고 다니면서도 살아갈 수 있다니, 학문이란 별것이 아니란 생각이 들었다. 부잣집 아들이었으니 가능하지, 아무나 그런 일을 할 수 있나. 뒤에서 재력으로 밀어주는 부모가 있으니 저러고 다니지. 이 친구는 참 인생이 무엇인지 모르고 있는 거야. 두 손이 수고하고, 등이 휘도록 고생을 해서 벌어먹어보지 못한 사람이 어찌 인생을 알겠는가. 그는 미국까지 가서 하필이면 박쥐를 공부해 오다니! 하긴 그는 옛날에도 좀 엉뚱한 구석이 있었지. 부잣집 아들이 가난연습이라도 하려는지 인형공장의 공순이와 동거를 해서 교내에 소문이 파다했었지. 친구의 얼굴을 보면서 병무는 과거 그의 모습을 떠올렸다.

"박쥐 사는 곳을 몰라서 허탕 치고 다녔단 말이냐?"

"고놈들이 어찌 예민한지 사람 드나드는 굴에선 서식을 피하거든. 그러니 자연히 그들이 사는 험산준령을 찾아가야 한다."

"나도 박쥐가 득실거리는 굴을 알고 있긴 하지만……."

이 말에 아편주사를 앞에 놓고 너무 좋아 기쁨을 감추지 못하고 몸을 떠는 사람처럼 그의 눈에 생기가 돌더니 순간적으로 번쩍 광기까지 어렸다.

"어디쯤이냐?"

"나 혼자만 아는 곳이야."

"장소만 일러주면 찾아갈 수 있어."

그는 재빨리 등산 가방을 뒤져 수첩과 볼펜을 꺼내들며 다그쳤다.

"너 혼자 못 가. 병풍을 세워놓은 듯이 깎아지른 곳이야."

"문제없어. 난 박쥐를 잡으러 그런 곳엘 수없이 가봤고,

죽을 고비를 여러 번 넘긴 놈이야. 장소만 대면 전에 가본 곳일지도 몰라."

"구레리 운하산."

"그래, 거기가 경상도인가?"

"아니야. 충청도야."

그러면 그렇지 네가 어찌 그곳을 알 수 있겠니. 병무는 슬그머니 고여 오는 으쓱함을 누르며 어깨를 들썩했다. 그곳, 박쥐의 서식처를 아는 사람은 아마 병무 혼자뿐일 것이다. 산중턱에 자리 잡은 이 굴은 일본제국주의시대에 금광이었던 곳이다. 산허리까지 올라가기도 힘 드는데, 금광에서 캐낸 돌조각들이 2백 미터는 족히 되게 깔려있어서 거길 오르려면 목숨을 걸어야 했다. 주민들도 머리를 뒤로 꺾으며 올려다는 봐도 감히 접근하길 꺼려하는 곳이다. 이런 험준한 산에 일본 놈들이 금을 캐느라고 극성을 부리며 뚫어놓은 채광굴이다. 마치 허리에 두툼한 혁대를 걸치듯 산은 채석한 돌조각들을 휘감고 있다.

"상세하게 이 종이에 그 지역의 약도를 그려다오."

"너 혼자 가려고?"

"그래, 그곳에 호랑이라도 나오다든?"

"어릴 적에 기어 올라간 적이 있었어. 지금 생각해도 아찔해. 동굴에서 조금만 안으로 들어가도 천장에 박쥐들이 버글버글하더라고. 헌 누더기처럼 매달린 놈들이 벽을 빈틈없이 덮고 있어. 혼자 동굴 속까지 가긴 했는데, 무서워서 얼마나 떨었는지 몰라."

그는 거짓말을 하고 있었다. 폐광 안에는 들어가지도 못하고 밖에서 울기만 했는데, 친구에게 지기 싫어 백과사전에서 본 것을 주워섬기고 있었다.

"그럼 우리 이렇게 하자. 나랑 함께 거길 가보자."

친구의 엉뚱한 제의에 그는 아내 쪽을 흘끔 훔쳐보았다.

"낮에 다녀오자는 거냐?"

"밤에 가야지. 밤새워 굴을 지켜야 해."

"하필이면 기분 나쁘게 꼭 밤에 거길 가야 하니?"

"밤에 가야 조사를 할 수 있어."

"야, 임마. 넌 정말 박쥐가 되어버린 것이 아니냐?"

"그놈들의 활동 시기가 달도 없는 칠흑 같은 밤인 걸 어쩌겠어. 언제 고놈들이 제일 많이 드나들고, 어떤 종류가 거기에 서식하며, 그곳의 습도와 온도까지 측정하자면 밤을 꼬박 새우고도 아침나절까지 머물러야 할 걸."

"박쥐 박사라면 넌 박쥐를 신물 나게 보았을 것이 아니냐. 뭣 때문에 그 고생하며 동굴을 찾아다녀야 하니?"

"지척을 분간할 수 없는 깜깜한 밤에 허공을 날며 저들이 나누는 대화에 끼고 싶어서 그래. 박쥐들이 기막힌 말들을 주고받는단다."

"거짓말 좀 자작해라. 박쥐들이 무슨 말 하는지 너 들었어?"

경원은 그저 피식 웃으며 손가락에 묻은 닭기름을 티슈에 북북 문질러 닦고는 새끼손가락으로 콧구멍을 후볐다.

"집사람이 되게 난리칠 거야. 이 장사가 야행성을 띤 것이라 밤에 나가있기가 뭣해서 그래."

"사내 녀석이 온밤을 산꼭대기에 앉아 밤하늘을 보는 멋도 있어야지. 그때 뼛속까지 파고드는 절대고독을 상상할 수 있겠니? 밤마다 병든 박쥐처럼 이런 굴속에 갇혀있지 말고 하룻밤만 대탈출을 감행해 봐. 우리 박쥐처럼 밤하늘을 높이 날아보자고."

"뭐라고? 나를 박쥐라고 놀리는데, 날 뭘로 보고 이래."

"아니 박쥐가 어때서 그래. 얼마나 좋은 놈인데."

거세게 화를 내는 병무를 달래려는 듯 그는 빙긋이 웃기까지 했다. 터놓고 말해 그를 박쥐 취급하는 것은 틀린 말이 아니잖은가. 동틀 때까지 이 짓을 하고 낮에 잠이 들어 있다가 어둠이 짙게 깔리는 시간대에 일을 시작하는 생활이고 보니, 그럴 수밖에. 그나저나 병무는 머리가 헷갈렸다. 전쟁의 소용돌이에서 가장 큰 슬픔을 안겨주었던 고장을 이렇게 갑자기 찾아간다니! 그것도 박쥐를 잡으러 말이다. 박쥐라는 단어만 들어도 그의 팔뚝에 닭살이 깔리도록 그가 증오하는 놈이 아니던가. 제 편의에 따라 이랬다저랬다 하는 기회주의자요, 변덕이 심한 사람을 박쥐라고 부르는데 말이다. 게다가 어린 시절 박쥐와 얽힌 나쁜 추억 때문에 박쥐란 말만 들어도 그의 인생길에 걸

림돌이 되어 속을 메스껍게 하는 존재다.

오후 세 시. 고속터미널에 가니 경원이 벌써 표를 사놓고 기다리고 있었다. 짐이 어찌 많은지! 저 친구 어쩌자고 저렇게 많이 지고 나왔나 싶었다. 절벽을 오르자면 저 짐을 어쩌자는 것일까. 박쥐를 잡아넣을 초롱을 양손에 들고 등에 한 짐 지고, 한 뭉치는 목에 걸어 가슴에 늘어뜨리고, 그것도 모자라 가랑이 사이에 다른 짐을 끼고 서 있는 꼴이 가관이었다.

"임마, 너, 교수라면서 수업은 어찌하고 이러고 다녀?"

"데모 때문에 벌써 지난주에 종강했어."

가랑이에 끼고 있던 짐을 또 목에 걸자 그는 짐 무게에 휘말려 비틀거렸다.

"험한 곳이라고 하도 겁을 주어서 난 간편한 차림을 했는데 넌……."

세면도구만 달랑 들고 나온 것이 무안해서 병무는 친구의 목에 걸린 짐을 빼앗아 들고 버스에 올랐다. 대전까지는 꼭 두 시간 거리였다. 택시를 타고 충남 의과대학 앞에서 내려 진산가는 버스에 올라 40분을 가서야 구레리에 닿았다. 한적한 산마을이라 내리는 사람이라곤 두 사람뿐이었다.

만에 하나 그를 기억할 사람을 만날 것이 두려워 병무는 챙 넓은 모자를 이마 깊숙이 눌러썼다. 도시냄새와 판이한 상큼한 흙내가 물씬 피어올랐다.

"벌써 일곱 시네. 서둘러야겠어. 어떤 산이야?"

경원은 등에 매달린 짐을 추스르며 논과 밭을 산 뿌리에 치렁거리는 치마처럼 휘감아 펼쳐놓고 있는 산들을 빙 둘러보았다.

"저쪽이야."

왼쪽 깎아지른 산을 턱으로 가리키며 병무가 앞장섰다. 얼마 만에 밟아보는 땅인가! 산과 개울은 옛날 그대로였다. 굳이 변한 것을 잡아내라면 산 밑에 대형 돼지우리가 지어져서 냄새가 역겨웠고, 비닐을 들씌워 심은 고추밭이나 참깨 밭이 햇볕을 받아 물이 그득 고인 웅덩이처럼 번쩍이고 있다는 점이다.

"아무 집이나 들려 물을 얻어 가지고 가야지, 이대로 굴에 올라갔다가는 목말라 죽어."

경원이 주름물통을 두 개 꺼내들고는 어느 집으로 들어갈까 망설였다. 지붕이 깨끗하고 울타리가 깔끔하게 단장된 집으로 경원이 물통을 들고 들어간 사이, 병무는 펑퍼짐한 그늘을 던지고 있는 정자나무 밑으로 짐들을 옮겼다. 산 밑이라 아직 해가 있는데도 산그늘이 길게 냇가를 덮었다.

"해가 떨어지자면 멀었어. 9시 반이 되어도 요즘은 밝단다."

병무가 냇가에 앉아 손과 얼굴을 씻고 농구화 속으로

들어간 흙을 떨어내며 늑장을 부리자 경원이 짐들을 몽땅 지고 비틀거리며 산비탈을 향해 방향을 잡고 걷기 시작했다.

"적어도 9시까지는 굴에 가서 설치할 것이 많단 말이야."

"급하면 혼자 올라가렴. 난 천천히 갈 터이니."

성미가 급한 경원은 징검다릴 건너서 무턱대고 병무가 일러준 가파른 산을 향해 걸음을 재촉했다. 겁도 없이 허리를 넘게 자란 들풀을 헤치며 강행군을 하는 것이 아닌가. 어쩔 수 없이 병무도 그의 뒤를 슬슬 따라갔다.

"내가 앞장서야지, 너 혼자는 어림없어. 지금이 언제냐. 하찮은 풀까지도 독이 한창 올라 있는 시기야. 이 고장엔 뱀도 많다는 걸 몰라?"

청청하게 독이 오른 풀과 나뭇가지를 낫으로 쳐가며 길을 내지 않고는 오를 수가 없었다. 덤비기는 했지만, 산 초입부터 기가 질려 경원은 그의 말에 주춤 머물러 섰다.

"밥을 먹고 가야지."

여행을 떠난다는 생각에 잠까지 설쳤고, 피에로 치킨센터에 한밤중에 들이닥칠지도 모를 못된 놈들을 처리해 줄 해결사를 구하느라고 어찌나 애를 태웠던지 병무는 하루 종일 굶은 상태였다. 더구나 폐광 밑의 2백 미터 막바지 돌조각들이 쌓인 비탈을 오르자면 든든히 먹어놓지 않고는 쓰러질 수밖에 없지 아니한가.

"밥은 굴에 가서 먹자. 이 시점에서 육신을 위한 떡만 찾고 있다니……. 난 지금……."

"그럼 넌 밥을 굶어가며 이 짓을 하나?"

"산에 오르면 불고기랑 밥을 줄게, 걱정 말고 앞장 서."

그러고 보니 저 친구 등짐 속엔 온통 먹을 것으로 가득 찬 것이 틀림없다. 쉿쉿……. 음습한 곳에 도사리고 있을지 모를 독사에게 위험신호를 보내며 병무가 낫을 휘둘렀다. 밤꽃이 산 뿌리를 감싸 안고 만발해서 쌉싸래한 특유의 향기가 진동했다. 개망초가 논둑과 산기슭을 덮고 산나리도 활짝 피었으며, 가시 털 달린 엉겅퀴가 요염한 빛을 발하는 자색 꽃을 달고 지천으로 피어 있었다. 운하산은 일반 산과는 달라서 초입부터 깎아지르게 험한 곳이라 인적이 끊겨 길이 없었다.

예기치 않게 낫이 지나간 자리에 잘 익은 석류 모양의 차돌 다섯 개가 하얀 이를 드러냈다. 병무는 숨을 후룩 몰아쉬었다. 얼른 보기엔 무덤이라기보다 초경을 치른 소녀의 젖무덤처럼 조금 볼록한 흙더미였다. 그러나 병무에게 그건 사랑하는 동생의 무덤이었다. 비석 대신 차돌들을 그가 몰래 징표로 박아놓은 것이다. 두 살 적에 죽은 남동생의 이름이 무엇이었더라. 그는 한참 기억을 더듬느라고 습관적으로 코끝을 후볐다. 맞아. 병식이었어, 병식이. 긴 세월이 지났어도 기억해낸 동생의 이름에서 진한 유년의 설움이 살아났다. 코끝이 찡해오자 그는 힘껏 무덤 위에 자릴 잡은 다복솔들의 밑동을 쳐냈다.

"임마, 시간 없어. 뭣 하는 짓이야. 빨리 가자."

그가 뭐라고 하든 그는 몽실하게 형상만 남은 동생 무덤 위의 잡풀을 거칠게 벌초해주고 굼벵이처럼 천천히 산을 오르기 시작했다. 마을의 지붕을 내려다볼 수 있는 높이에 겨우 올랐는데, 숨이 턱에 찼다. 무엇을 그리 많이 넣었는지 경원의 목에 매달았던 짐은 병무의 등에서 숨이 가쁘도록 찍어 눌렀다.

"어서 가자. 해가 지기 전에 굴에 도착해야지 잘못하다간 허탕이야. 가서 굴 입구에 설치할 것들이 굉장히 많단 말이야."

숨이 턱에 받쳐 홍당무가 된 얼굴에 땀을 비 오듯 흘리면서도 경원은 어기차게 걸음을 옮겨놓았다. 한밤중에 피에로 치킨센터에서 어떤 수단을 써서라도 돈을 벌려고 안간힘을 쓰듯 그는 박쥐에 광적으로 미쳐 있었다. 웃음이 피식 나왔다. 그가 그렇게도 싫어하는 박쥐에 미쳐 날뛰는 친구를 데리고 그다지도 잊기를 원했던 운하산을 오르고 있다니 인간이란 과거의 줄에서 도저히 도망칠 수 없는 나약한 존재인 모양이다. 산중턱을 향해 6백 미터쯤 올랐을까. 빛을 잃어가는 해는 기우뚱 서산의 민둥산에 걸려 있다. 폐광에서 퍼낸 크고 작은 돌조각들이 오랜 세월 자리를 잡아 직각에서 조금 기운 삐딱한 각도로 누워서 흙 한 점 없는 돌벼랑을 이루고 있었다. 그의 기억으로는 한 발자국만 오르면 반 이상을 미끄러져 내려야 했다. 흘러내리는 돌들을 따라 몸이 밑으로 내려오기 때문에 실제로는 두 배 이상의 높이를 올라야 한다는 뜻이다.

"누가 먼저 오를래?"

폐광의 돌무더기 벼랑 밑에 서서 두 사람은 서로 얼굴을 마주 보았다.

"내가 먼저 오르지. 배낭만 지고 가서 밧줄을 내릴 터이니, 남은 짐들을 밧줄에 묶어 올리고 맨 나중에 네가 밧줄을 타고 올라와."

경원은 겁도 없이 성큼 돌벼랑으로 뛰어들었다. 작은 몸집이건만 벼랑을 이룬 돌들과 함께 자글자글, 와르르 흘러내리고 또 흘러내렸다. 그래도 그는 끈질기게 버르적거리며 자갈투성이 벼랑에 달라붙었다. 그나저나 이 많은 짐들을 어찌 저 위 동굴까지 옮길 수 있단 말인가. 이런 걱정을 해가며 용감하게 돌벼랑을 오르는 박쥐박사의 뒷모습을 손에 땀을 쥐고 응시했다. 아니나 다를까, 그는 올라가면 미끄러져 내려오고 또 기어오르면 돌들과 함께 와르르 흘러 내려오기를 수십 차례하며 서서히 위로, 위로 조금씩 전진하기 시작했다. 그는 결사적으로 정상을 향해 거미처럼 달라붙었다. 중턱을 지나 막바지에 이르러 힘이 드는지 돌들 속에 발을 묻고 엎어졌다. 저녁 해가 으스름한 빛을 던지며 산봉우리 뒤로 자취를 감추기 직전이었다.

"자식아, 정신 차리고 내려와. 박쥐가 뭐 별 것인 줄 알아? 쥐새끼를 닮은 놈이 날개를 양산처럼 접고 거꾸로 매달려 있을 뿐이야."

너무 오래 경원이 돌들 사이에 묻혀 엎드려있어서 겁이 난 병무가 이렇게 위를 향해 고함치자 그도 지지 않고 아래를 향해 소리쳤다.

"이 박쥐 같은 새끼야. 입 좀 다물어."

"너 나를 박쥐라고 했지. 좋았어. 난 가버릴 거야. 혼자 해봐."

"임마, 박쥐가 왜 나빠. 인간보다 훨씬 더 낫다 이거야."

"박쥐는 나쁜 것들이라 더러운 이중인격을 지닌 놈들이야."

"자식, 박쥐를 잘 안다기에 대단한 놈이라고 데려왔더니만 무식하게 구네. 까불지 말고 곧 밧줄을 내려줄 터이니, 짐들이나 달아 올려."

"뭘 먼저 올리랴?"

"그물과 장대가 든 가방하고, 박쥐 초롱을 먼저 올려 보내."

"자식, 나는 배가 고픈데 음식을 먼저 올려야지."

"해가 지고 있어. 박쥐들이 활동을 개시할 시간이야. 빨리빨리 서두르지 않으면 내일 하룻밤 더 머물러야 해."

박병무 자신도 열 살의 나이에 거길 올랐었다. 박쥐를 잡기 위해서였다. 사람들은 어머니를 박쥐라고 불렀다. 밤마다 집을 비우기 때문이다. 이 마을은 밤이면 박쥐들이 밤하늘을 수없이 날아다녀 박쥐마을이라고도 했으나 병무는 박쥐를 잡아본 적도, 남이 잡는 걸 본 적도 없었다. 마을 사람들은 박쥐를 만지는 것조차 부정하게 생각하고, 혹시 박쥐가 집안으로 날아 들어오면 반드시 흉한 일이 생긴다고 믿고들 있었다. 우물가를 지날 저엔 언제나 동네아낙들이 어머니의 부정을 놓고 수군덕거렸다. 남자 맛을 못 잊어 어린 것들을 재워놓고 밤마다 동네를 빠져나간다나. 어머니는 타고나길 성욕이 강해서 창녀로 태어났어야 하는데, 애가 둘이나 딸려 어쩔 수 없이 밤 외출을 한다고도 했다.

어느 여름 무더운 날, 냇가에서 빨래를 하면서 동네 아낙들이 어머니 흉을 보고 있었다. 어린 병무는 참지 못하고 그들에게 덤벼들었다.

"우리 어머니 욕하지 마세요."

"네 엄마는 박쥐 귀신에 잡혀서 밤마다 나가는 거야."

병무는 즉각 이렇게 물고 늘어졌다.

"그 박쥐 귀신 내가 잡아 죽여버릴 거예요. 그 귀신 어디 가면 잡을 수 있나요?"

대답이 옹색해진 곰보댁이 이렇게 말했다.

"네 어머니에게 들씌워진 박쥐귀신은 보통 귀신이 아니

라 박쥐 중 왕초로 대왕박쥐야. 그 놈은 우리 동네 저기 보이는 산중턱 폐광에 셀 수 없이 많은 박쥐들을 거느리고 살고 있는데 네가 거길 가겠니? 어림없다. 어른들도 무서워 거길 못 간다."

어머니가 집을 비운 자정 죽기 살기로, 폐광에 산다는 대왕박쥐를 사냥하려고 그는 돌벼랑을 기어올랐다. 그 밤엔 으스름한 초승달이 구름 사이를 비집고 이따금 얼굴을 내밀었고 이슬이 내린 탓인지 산기슭의 여기저기서 불빛이 명멸했다. 도깨비불이었다. 폐광을 올려다보며 이 불빛으로 인해 겁에 질려 몸이 굳어버렸었다. 어머니를 밤마다 잠도 못 자게 괴롭히고 동생을 죽게 만든 대왕박쥐를 잡아 죽여야 한다는 절박감에 그는 아주 결사적으로 돌벼랑을 기어 올라간 적이 있었다.

"야, 뭘 꾸물대고 있어. 어서 올라와."

짐을 모두 올린 뒤에도 어물거리고 있으니까 경원이 아래를 향해 소리만 지르고 무슨 일이 그리 바쁜지 밧줄만 내려주고 얼굴을 내밀지 않았다. 할 수 없이 그는 밧줄을 가랑이 사이에 끼고 게걸음을 하며 돌벼랑을 기어올랐다. 혹시 뚱뚱한 몸무게를 견디지 못해 줄이 끊어지면 어쩌나 하는 불안감이 엄습했다. 지금쯤 아내는 피에로 치킨센터에서 닭다리와 날개를 지글거리는 기름에 넣고 있겠지. 만약 여기서 굴러 떨어져 죽는다면 영혼은 어디로 갈 것인가. 그리고 아이들은 어찌 되는 것일까. 괜히 여기 왔어. 서로 미워하고 수군거리며 똑같이 돈을 분배해 갖자고 핏대를 올리는 인간의 동굴이 좋은데 말이야. 살갗냄새가 고인 곳에 끼어 서서 섹스가 어떻고 돈벌이가 어떻고 떠들면서 전깃불 속에 폭 묻혀 있을 걸 하는 후회로 마음이 언짢았다.

산의 밤바람은 그가 익히 살아온 도시의 바람과 너무 달랐고, 혼자 벼랑에 매달려있다는 것이 그렇게 외로울 수가 없었다. 밧줄에 몸무게를 던졌건만 여전히 한 발자국 걸으면 반 이상은 돌들이 구르는 대로 주르륵주르륵 흘려내렸다. 절반쯤 올라와 밑을 내려다봤다. 아찔했다. 산촌집들이 불을 켜서 점점이 어둠 속에서 보석처럼 빛을 발하고 위를 보니 별들이 희끄무레한 하늘에 하나, 둘 나타나기 시작했다. 자식, 내가 올라오는 걸 봐주지도 않고 뭘 하는 거야. 슬그머니 분이 났으나 줄 없이도 혼자 오른 녀석에 비해 줄을 잡고 구시렁대기 싫어서 그는 한 발자국, 두 발자국 힘을 주어 단단한 걸음을 내딛었다.

그 옛날 여길 오를 적엔 원시적 공포에 떨었고 시커먼 장신의 귀신이 나타나 그를 손바닥 위에 올려놓고 산 밑으로 후욱 불어버릴 듯해서 등줄기를 타고 식은땀이 흘러내렸었다. 60을 넘긴 나이에 밧줄에 매달려 벼랑에 서고 보니. 앳된 유년의 공포심이 그를 사로잡지는 않았다. 세월이란 많은 것을 알게 해서 풋풋한 유년시절의 민감했던 감정이 사라지고 쇠심줄 닮은 둔감하고 질긴 어른의 인성으로 변해버린 것일까.

"벌써 박쥐들이 나들이를 시작했어. 와아! 한꺼번에 다섯 마리가 잡혔어. 아이쿠! 이를 어쩌나. 빨리 박쥐초롱에 넣어야지. 도망가겠는데."

헐떡이며 정상에 서자 그물에 걸린 박쥐를 뜯어내느라고 정신이 없는 경원의 엉거주춤한 모습이 어둠 속에 드러났다. 폐광입구에 이르니, 어린아이 머리통만한 돌들이 열 평 크기의 굴 앞에 수북이 쌓여있고 그 한가운데 굴 입구가 살포시 아가리를 드러냈다. 옛날에도 그랬었는데, 그간 아무도 올라오지 않았단 말인가. 소년으로 혼자 여기서 밤을 새웠을 적에 굴 입구에 "엄마는 박쥐"라고 호주머니에 넣어 가지고 간 대못으로 인각해 두었는데, 지금까지 그게 남아 있을까?

"히야! 여긴 박쥐 종류가 다양해."

그물에 걸린 박쥐의 날개나 다리를 다치지 않고 떼어내느라고 경원이 이마에 쓰고 있는 플래시 불빛도수를 최대한으로 높였다. 빛에 드러난 박쥐는 놀라서 무섭게 푸드덕댔다.

"이건 관박쥐야. 임신 중이군. 여길 만져 봐, 새끼가 복중에서 놀고 있어."

폐광까지 억지를 부리면서 오르느라고 흘린 땀이 아직도 이마에 흥건했다. 그걸 닦을 여유도 없이 병무는 검지를 그가 만지고 있는 박쥐의 배에 댔다. 아랫부분이건만 임신한 아내의 배에서 아기가 놀 듯 팔딱이고 있는 것이 감지되었다.

"여기 젖이 있어. 만져 봐. 유방에 젖이 돌고 있군 그래."

"임신한 놈을 잡는 건 잔인하다. 놔주어라."

"흐응, 모르는 소리. 요놈을 길러서 새끼 낳는 걸 촬영할 작정이야. 빨리 저쪽에 놔둔 박쥐 초롱을 가저와."

병무가 박쥐 통을 가져다가 한쪽의 유리문을 열었다. 박쥐를 집어넣는 순간 달아날까 봐 세차게 문을 닫았더니, 경원이 버럭 화를 냈다.

"유산할라, 살살해."

"자식, 박쥐가 사람처럼 유산을 해. 웃기는구나."

"박쥐도 사람처럼 애 낳고 젖을 먹여. 놀라면 유산을 하구."

"이번엔 애기박쥐구나. 햐아! 희귀한 긴가락박쥐도 잡혔네."

박쥐에 심취해 있는 경원의 모습은 영락없는 광부 몰골이었다. 작은 키, 가파른 벼랑을 기어오르느라고 흘린 땀으로 앙괭이를 그린 얼굴, 그리고 상모돌리기하는 농부처럼 눌러쓴 플래시, 게다가 박쥐에게 물리지 않으려고 투박한 장갑을 끼고 어둠 속에 파묻혀있는 꼴이 영락없는 광부였다.

"날 따라와."

일방적인 명령을 해놓고 굴 안으로 성큼 들어가는 그의 뒤를 병무가 쭈뼛거리면서 호기심을 가지고 따라붙었다. 이마의 불빛만으로는 약한지 손전등으로 동굴바닥을 비추었다. 세상에! 동굴바닥은 한 발 잘못 내디디면 굴러 떨어질 수직굴이 바로 코앞에 있었다. 수직굴 언저리를 조심스럽게 골라 디디며 그들은 안으로 들어갔다. 불빛에 놀랐는지 기분 나쁜 펄럭거림과 신음소리가 들려왔다. 사방 벽에 구멍이 나있어 오싹함이 농도 짙은 더께로 그들 머리 위를 찍어 눌렀다. 구린 냄새가 역겹게 풍기는 모퉁이에 경원은 딱 멈춰 섰다. 불빛에 드러난 것은 짙은 암갈색의 배설물이 굴 바닥에 쌓여있는 곳이었다.

"구아노로구나."

경원은 기쁜 탄성을 발하며 발끝으로 퇴적물을 이겨댔다.

"이게 뭐야?"

"박쥐 배설물이야."

박쥐가 이렇게 똥을 많이 깔긴 걸 보니, 이 지점이 박쥐의 보금자리요, 소굴이라는 생각이 들어서 무의식적으로 병무는 친구의 등 뒤에 바짝 붙어 섰다.

"질소비료야. 화초 있으면 비닐봉지에 담아가렴."

병무는 대답을 않고 미국놈처럼 어깨를 으쓱해 보였다. 습기 차고, 어둡고 뒷간 냄새가 고인 이 동굴을 어서 벗어나길 바랄 뿐 이따위 박쥐의 배설물엔 관심이 없었다. 그 순간 경원의 대형 플래시가 천장을 훑었다. 이럴 수가! 잠시 병무는 숨을 쉴 수가 없을 정도로 관격에 걸린 듯 움찔했다. 천장에 박쥐들이 닥지닥지 붙어있었다. 갑자기 나타난 적에 방어태세를 취하는지 이상한 소리를 발하며 부챗살 같은 날개를 퍼덕이는 놈도 있었으나 대개는 거꾸로 매달려 대롱거렸다.

"야, 신난다. 이놈들이 요기에 이렇게 몰려 살고 있으니, 이번엔 대성공이야."

경원은 얼른 플래시 빛을 굴 바닥에 던지며 소리를 죽이라는 주의를 주었다. 금세 박쥐귀신이 등덜미라도 잡아 낚을 것 같은 분위기였다. 굴 밖으로 나오니 하늘엔 별들이 촘촘했다. 도시의 하늘과는 달리 빨려 들어갈 듯이 깊고 깊은 밤하늘에서 한기가 쏴 쏟아져 내렸다.

"저 박쥐들을 다 사냥할 작정이냐?"

"박쥐가 얼마나 영특한데, 나에게 그렇게 몽땅 걸려들겠니. 우리가 노출되었으니, 요놈들이 서로 통신망을 펴서 연락을 주고받고 있을 거야. 까딱하다가는 오늘밤 허탕 칠지도 몰라. 더구나 그믐밤이 아니라 언제 활동개시를 할지 의문이고."

"박쥐들을 잡아다가 어떤 연구를 하려고 밤에 이 야단이냐?"

"잠수함이나 고기떼 감지기의 기능을 박쥐에게서 배워

이건숙 문학전집2 미인은 챙 넓은 모자를 좋아한다

연구해낸 걸 넌 아직 모르고 있구나. 최근엔 자동차 후방 접근 표시 장치와 장님들의 초음파 안경을 만들어 실용화 단계에 들어가고 있지."

"그럼 다 연구되었는데, 넌 또 무얼 알려고 이렇게 박쥐를 들볶니. 동굴 속에서 그냥 살라고 두지. 소문엔 피를 빨아먹는 박쥐도 있다던데."

"으하하……, 무식하기는. 흡혈박쥐가 있긴 하지만 우리나라엔 없어. 박쥐란 연구해 보니까, 인간에게 아주 이로운 동물이야."

"웃기지 마라. 박쥐가 무슨 이로움을 사람에게 주겠니."

"박쥐란 놈은 하룻밤에 자신의 몸무게의 반에 해당하는 곤충을 잡아먹어. 특히 모기를 한 시간에 5, 6백 마리를 잡아먹어."

"그런 박쥐를 사람들이 어째서 모두 싫어하지?"

"그야 야행성 포유동물이니까 그렇지. 박쥐란 밤과 어둠을 연상시키고, 황폐하고, 적막한 폐가나 동굴에 살기 때문에 음울함과 괴기의 상징으로 인간의 편견 속에 자리를 잡고 있기 때문이야. 더구나 날개가 있어서 새와 짐승의 중간 모습이라 성실치 못하고 위선적이며, 교활한 생물의 상징이란 고정관념을 인간들이 가졌다는 것이 문제야."

"이런 박쥐에게서 넌 무얼 얻으려고 이러고 다니니?"

"내게도 연구 중인 것이 있어. 그게 내 삶을 세워주는 소망이라고."

"노벨 수상감이 될 정도로 세상을 놀랠 연구를 하고 있니?"

"……."

밤이슬로 옷이 젖어 두 사람은 동굴 앞에 쳐놓은 천막에 의지하고 모포로 다릴 덮고 비스듬히 누웠다.

"밥을 먹고 누워 있자. 속이 비니까 너무 허전하다."

도시 생활에선 항상 먹을 것을 입에 달고 살았다. 상쾌한 속 쓰림이 창자를 타고 흘렀으나 그리 기분 나쁜 느낌은 아니었다.

"조금만 기다려라. 우리가 너무 떠들면 저 녀석들이 도망가버릴 거야. 여태 참았으니, 조금만 더 기다려. 땅거미가 잦아들고 초승달이 구름에 가려 제빛을 내지 못할 시간대에 저들이 일제히 굴을 빠져나올 거야. 근데 우리가 아까 들어가 우리의 정체를 노출했으니, 저놈들이 대이동을 하고 있을지도 몰라."

잠투정이 심한 아기를 재울 때처럼 그들은 소곤댔다. 멀리서 개 짖는 소리가 들려왔다. 산 뿌리에 만발한 밤꽃이 바람을 타고 향내를 동굴 입구까지 실어다 쏟아 놨다. 인적을 피해 숨을 죽이고 있던 논개구리들이 하나둘 입을 열기 시작하더니, 논밭이 들썩일 정도로 울어 젖혔다.

푸드덕, 그물에 한 놈이 걸렸다. 시계를 보니 10시 반.

그리고 한 시간을 두 사람은 천막에 쪼그리고 앉아 있었다. 이상하게도 그물에 걸리는 박쥐가 없었다. 밤은 자꾸 깊어가고 풀벌레들이 힘껏 울어대서 산야와 하늘이 수면에 잔물결이 일 듯 살짝 흔들리는 듯했다.

"이제 틀렸어. 요놈들이 우리가 여기에 그물을 치고 기다리는 걸 모두 알아버렸어."

"거짓말 마라. 어떻게 그걸 아니. 인간처럼 전화도 없는데."

"인간보다 더한 수단을 저놈들이 쓴단 말이야. 이제 밥 먹자."

박쥐를 놓칠까 봐 조금 전까지 보여주었던 조신함을 던져버리고 그들은 신나게 휘파람을 불며 씻어온 쌀에 물을 부어 불을 피워 올려놓고 양념해 온 불고기를 굽기 시작했다. 고기 익는 냄새가 회가 동할 지경으로 군침이 돌게 했다. 고추장에 양파와 독이 오른 풋고추를 찍어 먹으며 밥이 잦기를 기다렸다. 산이 높은 탓인지 밥이 빨리 끓질 않아 둘은 배고픈 김에 상추쌈에 설익은 고기를 얹어 정신없이 먹었다. 포만감으로 눈이 무거워진 자정이 넘은 시간. 그제야 두 사람은 자신들의 가정 이야기를 들고 나왔다. 대학시절, 병무는 가난을 벗어나기 위해 고시공부에 열을 올렸었고, 경원은 인형공장의 민숙이와 열애에 빠져있었다. 사장님의 아들이 바닥 인생을 사는 아가씨와 놀아나니, 집안이 발칵 뒤집힐 수밖에. 쫓겨난 경원은 민숙의 식객이 되어 대학을 다녔었다.

잠시 두 사람 사이에 어둠만큼 짙은 침묵이 흘렀다.

"그 아가씨 무덤엘 지금도 가니?"

"민숙이를 아직도 기억해 주어 고맙다. 어머니가 만삭인 민숙이를 강제로 끌고 가서 낙태를 시키지만 않았더라면……."

"어쩌겠니. 60년대 젊음을 보낸 우리가 져야 할 짐인걸."

"3, 4학년 학비를 그 애가 다 대주었는데. 그래서 영양실조로 더 허덕였고……. 그런 잔인한 죽음을 안겨준 내가 어떻게 그 앨 잊을 수 있겠니. 임종자리도 지키질 못해서 민숙이가 죽었다는 걸 믿을 수 없어."

그 시절 병무는 하루 한 끼를 먹으며 고등고시를 패스하고 얼마나 기뻐했던가! 유니폼이 멋있다고 해군 법무관을 택했었는데. 고된 훈련을 다 받고 그렇게도 바라던 멋진 해군복을 입기 직전 이북에 아버지와 형들이 살아있다고, 임관을 못하고 쫓겨나질 않았던가.

"그때도 우린 지금처럼 산엘 올랐었지."

"맞아. 도봉산이었다고 기억하는데. 가을이라 낙엽이 참 고왔었지."

사정이야 달랐지만 꿈이 많은 나이에 부당하게 날개가 꺾여 절망한 두 사람은 함께 동반자살하기로 합의를 보고 죽을 장소를 물색했었다. 그때도 지금처럼 두 사람은 산에 누워 밤하늘을 보며 죽음이 무엇인지 모르지만 아주 아름다운 것이라고 생각했었다. 깊이를 알 수 없는 하늘에 반짝이는 별이 되는 것이 죽음일 것이라고 두 사람 중 누군가가 말한 것을 지금도 생생히 기억하고 있었다. 다행히 약을 먹은 직후 등산객에게 발견되어 살아나기는 했지만 말이다. 그 뒤 경원은 아버지의 뜻에 따라 미국유학길을 떠났고, 병무는 수없이 직업을 바꾸다가 겨우 피에로 치킨센터에 정착한 셈이다.

"지금 색시는 예뻐?"

"어머니와 아버지가 고른 여자야. 정치가의 딸이라 아버지 사업에 도움이 되나 봐. 근데 난 그 여잘 안으면 사내구실을 할 수 없단 말이야."

"그럼 넌 아기를 낳기 위해서 박쥐를 따라다니는 거냐?"

"자식도 상상 하나는 알아줘야겠구나. 하긴 암컷박쥐의 생식 기관 내에서 정자나 성숙 난포가 약 반년이란 기간에 걸쳐 생존하니, 그것을 연구하고 있긴 해. 게다가 장시간을 요하는 외과 수술을 받아야 할 적에 저체온을 유지할 수 있다면 출혈이나 체력소모가 감소될 수 있는데, 그 비법을 요 박쥐들이 알고 있단 말이야. 박쥐가 동면할 적에 체온조절중추의 기적에 대해서도 연구 중이지. 이것만 발견하면 인간의 노화방지 노하우를 알아내서 장수화에 큰 기여를 하게 될 거야. 축산학에서 정액이나 알의 동결

보존시의 생존성 문제에도 뭔가 귀중한 비밀을 캐낼 수도 있고 말이야."

"그럼 넌 박쥐의 동면비밀과 생식의 비밀을 캐기 위해 이 짓을 하고 다니는 거니?"

"그보다도 더 절박한 것을 찾고 있어."

"성생활 때문에 회춘할 방법을 연구한다 이거지? 하긴 내가 경영하는 피에로 치킨센터에서도 남녀가 주로 나누는 대화가 섹스에 관한 것들이야. 대낮에는 중년들이 불륜관계를 맺으러 호텔에 찾아들고, 어둠이 내려오면 주로 젊은 애들이 섹스비디오를 보기 위해 음흉한 눈을 번뜩이며 몰려다니지. 이런 연놈들이 나체의 향연에 넌더리가 날 지경으로 둔감해지면 그 빈창자를 채우기 위해 닭을 먹으러 들어온단다. 이젠 섹스를 부끄러워하는 시대가 아니야. 인간이란 다 그렇고 그런 것이 아니냐. 솔직히 말해서 너 부부생활 중 발기하지 않으니까 아내하고 문제가 생긴 것이지? 그래서 아기도 낳지 못하고, 산이나 찾아 빌빌대고……. 겨우 한다는 일이 박쥐 꽁무니나 따라다니고."

"으하하……. 너는 이런 점에서 너무 인간적이라 연민의 정을 금할 수 없어. 이런 높은 곳에 앉아서 겨우 한다는 소리가 그 정도냐. 이렇게 좋은 곳에서 말이다."

"요즘 쏟아져 나오는 잡지들 봐라. 육체를 최대한으로 노출해서 찍어내기 바쁘고, 색이 고운 요리를 소개하느라고 야단이야. 철마다 디자인이 바뀌는 옷들로 잡지는 화려하게 장식되고 말이야. 근데 왜 점점 더 마음이 클클해지는지 모르겠어. 그간 꽁꽁 숨겨져 있어 신비했던 모든 것이 몽땅 공개되었는데도 말이야. 너랑 함께 자살하자고 도봉산엘 올랐을 적의 고통보다 더 끔끔한 지경에 있으면서도 우린 그냥 허우적이며 시간을 보내고 있지."

경원은 팔베개를 하고 눈을 감았고, 병무는 이불처럼 그들을 덮어주고 있는 은박의 밤하늘을 올려다보았다. 밤하늘의 성스러움이 그의 가슴 가득히 밀려 들어왔다. 도시 생활에선 도저히 볼 수 없는 하늘빛 때문일까. 갑자기 유년 시절에 맛보았던 아련한 서러움이 살아나서 눈물이 고여 왔다.

피에로 치킨센터에 뭉근히 고여 있는 술 냄새와 인간 냄새에 비해 동굴입구에 고여 있는 냄새는 이가 시리도록 상큼하고 쌉싸름했다. 그의 영혼의 막을 가렸던 안개가 밤하늘 속으로 빨려 들어가는 듯했다. 인간이 사는 마을과 저들이 고통스럽게 일구어 놓은 논밭을 한눈에 내려다보며 앉아있으니, 조감도를 안고 신(神)의 심성을 닮은 듯이 가슴이 트여왔다. 그건 어떻게 말로 표현할 수 없는 연민 비슷한 것이고, 깊고 깊은 강물 속에 온몸을 담그고 있는 듯도 했다. 처자식을 먹일 돈을 벌려고 아귀다툼했던 삶의 현장 모두가 사그라지는 모닥불처럼 썰렁해 보였다.

새벽 두 시를 넘기고 있는데, 박쥐란 놈은 한 마리도 얼찐대지를 않는다. 아마 경원의 논리대로라면 모두에게 통신이 간 모양이다. 입구에 적이 나타났으니 피하라. 이런 교신을 나눈 것일까. 조막만한 것들에게 알려진 그런 내용을 인간이 듣지 못했는데 말이다.

산자락 한 귀퉁이에 많은 불들이 서서히 산 중턱을 향해 움직이고 있었다.

"어어, 저게 뭐지?"

병무가 화들짝 놀라서 벌떡 일어섰다. 마치 전기 충격이라도 받은 것 같은 놀람이었다. 그의 머리 어디엔가 깊숙이 앙금처럼 녹아 있던 기억이 그를 사로잡아서 몸을 떨기 시작했다.

"자식, 놀라기는. 동네 사람들이 동굴에서 불빛이 어른대니 빨치산이라도 나타난 줄 알고 저러는 모양인데, 지금이 어느 때냐. 대둔산 줄기와 통하니까 공비들을 연상한 모양이야. 아마 간첩일지도 모른다는 추측도 들었겠지. 그저 저렇게 시위를 해서 우리에게 겁을 주자는 것뿐이야."

경원의 말대로 횃불을 든 동네 사람들의 행진이 동굴벼랑까지 와서 머뭇대다가 천천히 아래로 움직이더니, 산부리 어디선가 사라져버렸다. 새벽이 오는지 산 왼쪽 자락에 고였던 어둠이 서서히 엷어지기 시작했다. 그때 푸드덕 박쥐들이 걸려 실그물이 출렁했다. 경원은 놀란 토끼처럼 폐광 입구로 달려갔다.

"잘하면 몇 마리 사냥할 수 있을 거여. 요놈들은 정탐꾼이거든. 아직도 적이 굴 입구에 있나 알려고 선발대가 온 것이지."

경원이 바지 뒷주머니에서 가위를 꺼내 그물을 잘라가며 잡아 올린 박쥐의 입과 귀를 관찰하느라고 정신이 없었다. 귀박쥐·참관박쥐·조복성박쥐·집박쥐·털보박쥐·안주애기박쥐 등등 그의 입에선 낯선 박쥐 이름들이 쏟아져 나왔다.

친구는 하필이면 박쥐에 미치다니 모를 일이다. 박쥐라면 병무와 더 인연이 있는데 말이다. 새벽 미명에 그가 새겨놓은 '엄마는 박쥐'라는 각인이 또렷하게 동굴 입구의 돌 벽에서 살아났다. 얼마나 놀라운 일인가! 비바람에도 지워지지 않고 글자 하나, 하나가 또렷하게 그대로 남아 있었다. 그의 몸은 그 당시의 다섯 배의 무게도 더 되게 비대해지고 늙어가고 있는데, 유년 시절의 흔적은 변함없이 그 자리를 지키고 있다니!

어머니는 남편과 사별한 과부는 아니었다. 북에 사랑하는 남편과 아들들을 셋이나 두고 있었기 때문이다. 임신 중인 어머니는 아홉 살인 병무의 손을 잡고 아버지는 장성한 세 아들을 앞세우고 피난길에 올랐다가 대동강을 앞에 두고 폭격을 맞은 것이다. 많은 사람들이 죽었고, 다리가 부서지는 통에 아내를 잃은 아버지는 집으로 돌아가버렸다. 임신한 아내가 설마 강을 건넜을까 하는 판단에서였다. 그러나 어머니 쪽의 결정은 정반대였다. 교회의 집사 부부였던 어머니와 아버지는 신앙의 자유를 찾아 죽어도 남으로 가자고 나왔기 때문에 어머니는 결사적으로 그 말을 따르기로 했다. 그래서 끊어진 대동강 다리에 매달려 곡예를 하듯 도강했다. 남으로 가기만 하면 남편은 아들 셋을 데리고 남하해 있어 서로 상봉하리라 믿었기 때문이다.

서울을 지나 부산으로 가서 피난민촌을 아무리 헤집고 다녀도 사람의 물결뿐 아버지를 만날 수 없었다. 어머니는 다시 북으로 가려고 만삭의 몸을 끌고 북으로 향했다. 처절한 몸부림이었다. 그러나 북으로 갈 수가 없었다. 길이 이미 막혔기 때문이다. 구레리란 마을에서 병무의 동생, 병식을 낳고 어머니는 소처럼 부지런히 농사를 지었다. 그러나 밤마다 애들을 재워놓고 재 넘어 교회로 가버리는 것이 문제였다. 비가 억수로 쏟아지는 밤, 천둥번개로 어른들도 무서워하는 밤인데 어머니는 독하게도 어린 것들을 뉘어 놓고 재 넘어 시오리를 가야 하는 교회로 나갈 차비를 하고 있었다.

"엄마, 무서워, 가지 마. 오늘밤은 나하고 집에서 자."

"날 죽이려 들지 마라. 단 하루도 집에서 자면 어떻게 되는 줄 아니? 난 교회에 가서 저들과 함께 있어야 해."

"저들이 누구야?"

"너의 아버지랑 형들과 대화를 할 수 있단 말이야."

"엄만 미친 거야. 어떻게 보이지 않는 사람들하고 말을 해. 동네 사람들이 그러는데 엄마는 박쥐귀신이 씐 거래."

그때 어머니는 세차게 병무의 뺨을 때리고 차갑게 노려보더니, 횡하니 밖으로 나가버렸다. 손톱달이나 만월이 뜨면 그래도 어머니가 재 넘어 교회로 가는 걸 걱정하지 않아도 되었다. 그러나 음력 그믐밤이면 한 치 앞도 볼 수 없을 정도로 어두워서 어머니의 신변을 걱정하게 되었다. 그건 홀어머니를 모신 아들에게 누가 가르쳐주지 않아도 찾아오는 보호본능이었다. 홀어머니는 자정이 가까워 오자 여느 때처럼 성경·찬송 가방을 들쳐 메고 집을 나섰다. 호롱불을 끄고 잠을 청하던 병무가 어머니의 치맛자락을 붙잡고 늘어졌다. 산골의 그믐밤은 그 나이의 아이들에겐 공포의 밤이었기 때문이다.

"엄니, 그믐밤일랑 교회에 가지 말고 집에서 기도하면 안 되나요?"

"바보 같은 소리 마라. 인생을 의지하면 이런 밤이 무서운 법이다. 사람의 코에 호흡이 있으니, 살아있다고 하는 것이지 그것만 딱 끊어져 봐라. 사람은 말짱 헛것이야. 숨 끊어지면 사람은 흙이야, 흙."

"흙으로 돌아가도 살아있는 동안은 사람답게 살아야지. 꼭 교회에 가야 하나. 하나님은 아무 데나 계신다고 하던

데."

"요 빌어먹을 자식. 너 나를 뱀처럼 유혹하는구나. 교회 마루바닥에 꿇어 엎드려야 네 형들하고 아버지랑 교신이 가능하니까 그래."

어머니는 그 밤에도 무정하리만치 독살스러운 눈으로 그를 흘겨보고 집을 나가버렸다. 아아! 어머니는 미쳐버린 것이 분명했다. 낮에만 정상으로 돌아와 헌신적인 어머니가 되고 밤이면 누군가에게 반해 자식들을 내버려두고 재 너머로 가버리는 것이다. 그 밤에 병무는 어머니의 뒤를 미행키로 했다. 손톱달이라도 떴으면 뒤따르는 아들을 눈치 챌 것이지만, 이 밤은 그믐이라 적격이었다. 절벽같이 어둡건만 어머니는 철길 위로 달리는 기차처럼 정확하게 재를 넘어가고 있었다. 그는 숨어서 논두렁에 빠지기도 하고 밭에 처박혀가며 간격을 두고 어머니를 따랐다. 그 밤에 개구리와 풀벌레들이 하도 극성스럽게 울어대서 어머니가 미행하는 아들의 인기척을 들을 수 없는 것이 다행이었다.

그 밤, 희미하게 호롱불이 켜진 교회 안에 엎드린 어머니는 이따금 울기도 하고 몸부림치기도 했지만, 동네 사람들이 말하는 이상한 일은 없었다. 모기들이 억세게 뺨을 물어뜯어 병무는 할 수 없이 어머니 곁으로 가서 볼기를 맞으며 잠이 들었다. 꿈결이었던가, 굵직한 남자의 음성이 들려왔다. 그러나 그는 눈을 뜰 수가 없었다. 처음으로 철봉 틀에 매달려 한 바퀴를 넘는 재주를 배운 날이라 수도 없이 그 짓을 했더니, 꿈속에서도 하늘을 이고 빙글빙글 돌았다. 어머니가 행복에 겨워 애교 있게 웃는 웃음소리와 아버지의 우렁우렁한 음성을 분명히 들을 것 같았다. 형들이 재잘대며 윷을 노는 소리도 들리고……. 이웃집의 안방에서나 들을 수 있는 남녀의 거친 숨결을 들은 듯도 했다. 그건 격렬하기도 하고 기쁘기도 한 아련한 가정의 평화를 지닌 소리였다. 그는 이런 소릴 들으며 더욱더 평안한 잠에 빠져들어 갔었다. 새벽녘에 어머니를 따라 귀가하며, 그는 자꾸 주위를 둘러봤다. 어제 분명히 들었던 아버지와 형들의 목소리가 귓가를 맴돌았기 때문이었다.

아무리 애를 써도 어머니에게서 이웃사람들이 말하는 사악한 박쥐의 야행성을 찾을 수가 없었다. 동생 병식이 두 돌이 지나자 형을 알아보고 벙긋벙긋 웃으며 말상대가 되어줄 때 병이 들었다. 엄마는 열이 40도를 오르내리는 아기를 병무에게 맡겨놓고 또 박쥐처럼 야행성을 누르지 못하고 교회로 가버렸다. 물론 날이 밝으면 반드시 집에 돌아오긴 하지만, 그 밤, 헐떡이던 동생이 어린 형의 품 안에서 죽어버렸다. 싸늘하게 식어오던 동생을 안고 그는 죽음이란 기막힌 사실 앞에서 깊은 나락으로 굴러 떨어져버렸다. 죽은 동생을 눕혀놓고 밖으로 뛰어나왔다. 무서운 마력으로 어머니를 잡아당기는 박쥐 귀신을 잡아 죽이지 않고는 끓어오르는 미움을 누를 수 없어서였다. 달이 마악 뜨기 시작하는 초승달밤이었다. 박쥐를 사냥하여 죽이기로 다짐하고 폐광을 향한 도전을 시작했다. 동생이 죽고 집을 나왔으니, 축시쯤이었을 것이다. 7월 첫날이었으니, 관목도 독기 오르고 열매도 터질 듯이 살이 오른 시기였다. 그러나 동생이 죽었고, 분노가 용광로처럼 끓어오르는 그에게 무서울 것이 없었다. 여우 울음소리가 긴 여운을 남기며 산기슭을 감돌았다. 멀리서 컹컹 짖는 개 소리는 그가 사람 곁을 떠났음을 실감나게 했다. 그러나 그는 돌아설 수 없었다. 오직 위만을 보고 기어오르기 시작했다. 담벼락에 붙은 거미처럼 그는 흘러내리면 다시 기어오르고 미끄러져 내리면 힘을 다해 위로, 위로 전진했다. 땀이 눈 속으로 파고들어 따가웠으나 그는 어머니의 야행성을 누르자면 동굴에 들어가 대왕박쥐사냥을 해야 한다. 어머니를 살리는 길은 이 길밖에 없으니, 죽으면 죽으리란 각오로 덤볐다. 드디어 그는 폐광입구에 섰다. 그러나 밑을 내려다보는 순간 삐질삐질 울음을 터뜨리고 말았다. 어떻게 아래로 내려간단 말인가. 오를 적엔 위만을 보고 안간힘을 써서 이렇게 험준한 곳을 기어오른 줄 몰랐는데, 아래서 올려다보기보다 위에서 내려다보는 것이 더 현기증이 났다. 그 밤에 박쥐들이 나는 것을 보았는지 어쨌는지 기억에 없다. 다만 혼자 있는 것이 무섭고 어둠이 두려워서 턱이 아프도록 떨었다는 생각이 아직도 생생했다. 단 한 마리의 박쥐도 그 밤엔 사냥하지 못했다. 동굴의 깊은 곳에 대왕박쥐가 있다고 아이들이 수군댄 곳에 감히 들어설 용기가 없어 눈을 질끈 감고 있었을 뿐이다. 밤에 내린 이슬로 옷이 젖고 추위로 몸이 오그라들어서 새우처럼 구부리고 얼굴을 양 무릎 사이에 묻고 있었다. 얼마나 시간이 흘렀을까. 마을 언저리에 횃불을 든 무리들이 동넬 뒤지고 다녔으나 폐광 쪽을 보는 사람은 없었다. 동이 터오자 어둠이 옅어지면서 산봉우리들이 눈에 들어왔다. 빛을 따라서 제일 먼저 잠을 깬 수탉들이 긴 목청을 뽑아 울었고, 개들이 컹컹거렸다. 얼마나 아름다운 곳인가! 그가 높은 자리에서 한눈에 품어 안고 있는 저곳은! 대왕박쥐를 잡아서 어머니를 사로잡은 박쥐귀신을 잡아 죽이지는 못했지만 그에게 지금까지 강렬하게 인각된 것은 사람이 사는 곳을 휘감고 도는 기운이 폐광입구에 서려있는 희부연 공기와 엄청나게 다르다는 사실이었다.

다시 이 동굴을 찾아와서 오싹한 것은 만약 그 밤에 동굴 안에 있는 대왕박쥐를 잡겠다고 무작정 들어갔다면 수직굴 속으로 떨어져 죽어버렸을 것이다. 서로의 눈썹을 셀 수 있을 만큼 밝은 아침을 맞자 옷이 이슬에 젖어 살갗에 들러붙었다. 나른한 피곤함에 빠져 피차 지켜오던 침묵을 경원이 먼저 깼다.

"아무리 연구해도 박쥐 흉내를 낼 수가 없어."

"어떤 흉내를 낸단 말이냐?"

"저들처럼 교신을 하는 거야."

"누구하고?"

"죽은 내 사랑하는 여자, 민숙이 하고."

"뭐라고? 너 미쳤니. 유산을 하고 죽은 그 인형공장 아가씨 말이냐?"

그는 대답 대신 무엇인가를 가방에서 꺼내 박쥐 통에 대었다. 빱, 빱, 빱…… 찌, 찌, 찌…… 마치 새가 지저귀는 듯한 소리가 새벽공기를 갈랐다.

"요놈들 교신하는 소리야. 초롱에 갇혀 아빠나 엄마, 그리고 사랑하는 박쥐들에게 구원을 요청하며 내지르는 소리지."

"거죽은 꼭 라디오처럼 생겼네."

"초음파 탐지기야. 지금 잡힌 음은 관박쥐의 것으로 86킬로헬츠(KHz)에서 잡아 올린 것이지."

"박쥐가 초음파를 발한다는 말이냐?"

"그럼. 이게 내가 추적하고 있는 연구 과제야. 인간의 가청음(可聽音)이 겨우 20킬로헬츠(KHz)인데 반해 대단한 신비를 지닌 셈이지. 지금 내가 너하고 나누는 대화는 1킬로헬츠(KHz)야. 쉽게 말하면 인간이 들을 수 없는 초음파를 저들이 발사해서 서로 교신하고 있는 거란 말이다. 이제 내가 빠져 있는 연구 분야를 짐작하겠지."

초롱에 갇혀 죽겠다고 비명을 지르는 아기박쥐는 초음파에 '갸약, 갸약……' 하는 소리로 잡혀 와서 처절한 절규임을 짐작케 해주었다.

"믿어지질 않는군. 어떻게 이런 조그만 박쥐가 초음파를 발할 수 있어. 어디에 그런 장치를 갖고 있느냐 말이다."

"보여주지."

경원이 초롱에서 관박쥐를 꺼내 들었다. 아침햇살에 드러난 박쥐의 코와 입은 징그럽기까지 했다. 세상에 이렇게 못생긴 얼굴이 있다니! 얼굴에 비해 귀는 주책없이 크고 해골을 연상시키는 푹 파인 코언저리와 입은 창조주가 억지로 찍어 붙인 졸작이었다.

"얼굴 전면에 있는 크고 이상한 비엽(鼻葉)은 비공(鼻孔)에서 발사하는 초음파를 모아 일정한 방면으로 보내는 역할을 하지. 큰 귓바퀴는 초음파의 반향을 효율적으로 모으고 수신의 감도를 올리는 포물선형 안테나와 같다고 할까. 그러니까 눈먼 박쥐들이 밤하늘을 날면서 하룻밤에 5,6백 마리의 모기를 잡을 수 있는 거야."

"저들이 정말 교신을 한다면 어디 안에 들어가 보자. 간밤에 그렇게 많이 모여 있던 박쥐들이 어떻게 되었는지."

두 사람은 동굴 안으로 들어갔다. 찬 이슬이 내린 밖에 비해 동굴 안은 훈기가 고여 있었다. 박쥐들이 무더기로 모였던 자리에 가니, 단 한 마리도 천장에 붙어있질 않았다.

"봐라. 요놈들이 벌써 교신을 하고 자취를 감췄어. 동굴 입구가 아닌 다른 곳에 저들의 비밀 통로가 있는 게야. 그리로 나가 밤새 포식을 하고 들어와 인간의 눈에 띄지 않는 다른 구석으로 이동해서 숨어 들어가 있는 거지."

세상에. 이럴 수가!

그 순간 번개처럼 병무의 머리를 스치고 지나가는 것이 있었다. 그 빛이 어찌 강렬한지 몸에 전류라도 스치고 지나가 듯 그는 장승처럼 우뚝 서버렸다.

동생을 땅에 묻고 집에 돌아와서 어머니는 몹시 섧게 울었다. 동네 사람들이 박쥐라고 손가락질을 해도 참을 수 있었던 모든 힘의 근원이 무너져 내린 것일까. 미련 없이 어머니는 병무를 데리고 서울로 이사를 했다. 박쥐가 없는 큰 도시에 왔는데도 어머니의 야행성은 그칠 줄 몰랐다. 병무가 대학에 들어가서 한 학기를 마친 8월, 어머니의 나이 쉰다섯이 되는 날이었다. 어머니는 갑자기 몸 져누워버렸다. 그리고 닷새를 물 한 모금 넘기질 못하고 고열에 시달리면서 병무를 베갯머리에 앉혔다.

"네 아버지가 닷새 전에 돌아가셨느니라. 어서 오라고 날 부르고 있어. 내가 없더라도 그 날을 잡아 추도예배를 드리도록 해라."

"어머니, 무슨 말씀을 하시는 거예요. 북에 계신 분의 생사를 어떻게 아실 수 있단 말이에요."

"다 교신하는 법이 있다."

그 순간 공포로 인해 입이 굳어졌었다. 혹시 어머니가 밤마다 나가 간첩으로 밀파된 아버지를 만나고 있는 것이 아닐까. 간첩이 되어서 남한을 배회하고 있다면 이를 어쩌지. 다음날 어머니는 눈을 감았다. 아버지와 통신 수단을 밝혀주지도 않고 말이다.

하지만 경원이와 박쥐동굴을 다시 와서야 감이 잡혔다. 아아! 그렇다면 어머니의 교신 방법이 바로 박쥐의 에코로케이션*이었단 말인가. 밤마다 교회에 엎드려 기도하면서 어머니는 아버지와 형들과 교신을 했단 말인가. 그렇다면 어머니는 박쥐의 비밀을 알고 있었단 말이 된다. 이런 식으로 말한다면 하느님과 교신도 가능한 것이고, 천국과의 교신도 가능한 것이고……. 그 순간 밀려오는 밝음으로 인해 그의 몸이 구름 위로 부웅 떠다니는 것 같았다.

동굴 밖으로 나오니 어느새 앞산봉우리를 타고 뿔뚝 솟은 해로 인해 안개에 잠겼던 산골과 논밭이 또렷이 전신을 드러냈다. 그의 영혼에 끼었던 기름기도 햇살을 타고 말끔히 녹아내리고 있었다. ✶

---

*에코로케이션(echolocation) : 박쥐 따위가 자기가 발사한 초음파의 반사를 잡아 물체의 존재를 측정하는 능력.

"이제 궁금증이 풀렸니. 저 애가 나에게 에덴동산의 비밀을 가르쳐주었단다. 저 앤 사람을 미워할 줄도 모르고 아옹다옹 싸울 줄도 모른단다. 1, 2등을 다투며 공부할 줄도 모르고, 숙제 때문에 고민도 하지 않고, 시험 걱정도 없어. 그저 나비처럼 벌처럼 꽃과 풀 사이를 뛰어다니며 천사처럼 재잘대고 있어. 그 애의 마음을 닮느라고 처음엔 번민했으나 이제 우린 한 몸이란다. 이 땅 위의 에덴동산에 살아남은 유일한 사람들이지. 나는 딸을 낳았지만, 저 딸이 나를 가르쳤어. 새사람으로 태어나도록 말이야."

　세상에서 가장 귀하게 보이는 것으로 가득 채워 놓은 시내 중심가의 백화점은 사람의 물결로 인해 살아있는 괴물처럼 꿈틀거렸다. 인형처럼 표정이 전혀 없는 처녀가 백화점 입구에서 꺾어 세워놓은 병신처럼 엉거주춤 서서 허리만을 움직이고 있어 슬픈 곳. 오랜만에 외출한 서영의 눈에 인간이 만들 수 있는 온갖 색상의 물건들이 뽐내기를 하듯 서로의 얼굴을 내밀며 아양을 떨고 있는 백화점이 너무 생경스러웠다. 인간의 눈을 자극하여 유혹하는 백화점 안에는 나비가 없고, 벌이 없으며, 이따금 정적을 깨뜨리며 재잘대는 새들도 없는 곳이다. 한 줄기 시원한 미풍도 없고, 하늘과 땅 사이에서 서로 주고받는 비밀스러운 속삭임도 없는 곳이요, 사람이 만든 것들만 판을 치는 현장이었다. 된장찌개에 산나물을 먹듯 담백한 맛이

한 군데도 없었다. 은은하게 스며드는 다사로운 자연의 빛깔은 아예 없었다. 요란하게 뒤발라서 눈을 현혹케 하는 얄팍한 인간의 기교가 깃든 물건들로 가득한 백화점 안은 역겨운 사람의 냄새로 가득 차 서영은 어지럼증을 참느라고 살짝 이마를 찌푸렸다.

어디로 가야 하는 것일까. 15층 음식점이라고 했지. 10년 만에 동창회를 제 발로 찾아온 것은 서영이 생각해도 갑작스런 결정이었다. 조간신문 사회면 한구석에 대학동창들이 매달 백화점의 그린 홀에 모여 낸 성금으로 심장질환 어린이 두 명의 수술비를 댔다는 기사를 읽고서였다. 아침 일찍 백화점에 전화를 걸어서 동창들이 모이는 시간을 알아냈을 적의 설렘을 어떻게 표현해야 할지. 거길 가자면 승강기를 타야겠구나. 임서영은 승강기를 찾느라고 사람들 틈을 비집고 안으로 밀려 들어갔다. 현기증이 났다. 사람냄새가 이렇게 지독하다니! 그녀가 결혼하기 전 학교를 다닐 적만 해도 전혀 상상도 못했던 냄새였다. 그 시절엔 이런 델 오면 절로 어깨가 으쓱댔었다. 그 속에 꿈이 있었고, 으쓱함을 불러일으키는 힘이 있었으며, 억제 못할 강렬한 욕구가 솟구치게 하던 곳이었다. 그런데 지금 서른 중턱을 넘어선 나이에 찾아드니, 술 취한 사람처럼 사람들과 상품들이 그녀의 눈앞에서 빙그르르 돌아가고 있었다. 임신 첫 달처럼 오스스한 한기가 겨드랑이 밑을 스치고 지나갔다.

"어머, 너 서영이 아니냐?"

승강기입구에 서서 아래로 내려오는 층수의 불빛을 세고 있는 서영의 팔을 세차가 잡아끄는 사람이 있었다. 이게 누구지? 서영은 엉거주춤 억지웃음을 삼키며 호들갑을 떠는 여자를 찬찬히 훑어보았다. 아무리 보아도 누군지 감이 잡히질 않았다. 쌍꺼풀이 삼겹살처럼 두꺼운데다 콧날이 서양 여자의 코처럼 칼날같이 오뚝 서서 아주 이국적인 냄새가 물씬 풍기는 얼굴이었다. 엘리자베스 테일러의 얼굴을 그대로 빼닮은 뺨에 연지를 짙게 바른 것도 부족해서 얼굴 전체를 화장품으로 두껍게 입혀 무대에 선 여배우처럼 본래 얼굴을 알 수가 없었다.

"진짜 너 날 몰라서 이러고 있는 거냐?"

여자는 자신을 못 알아보는 것이 참말 재미있다는 듯 허리를 잡고 웃다가 눈가장자리에 살짝 스미어 나오는 눈물을 닦느라고 오른손을 눈가에 가져갔다. 어머나! 저 손 좀 봐. 서영은 하마터면 놀라 소릴 지를 뻔했다. 흑염소색 매니큐어를 칠한 손톱이 마귀할멈처럼 길게 자라서 그녀의 등에 찬바람이 스쳐지나갔다.

"미안하지만 난 네가 누군지 모르겠다."

"나 김민애야. 너랑 불어과 동창이잖아."

"어! 네 볼이 이상해지고, 눈이 그때 모습이 아니라서."

"아이쿠! 요즘 여자치고 제 모습 지니고 있는 사람이 어디 있어. 성형수술이 미인을 만들기도 하고 추물을 만들기도 하는 세상이야."

민애는 서영의 귀에 농익은 자두 색 입술을 바짝 대고 킬킬거렸다. 광대뼈가 나부대대한 코보다 불쑥 튀어나와 말상이었던 민애의 옛 모습은 전혀 찾아볼 수가 없고, 엉뚱하게 엘리자베스 테일러를 닮은 여자가 그녀 앞에 서 있으니, 어찌 알아볼 수 있겠는가.

"너, 내 광대뼈를 찾느라고 그렇게 이상한 눈을 하고 날 째려보는 것이지."

승강기 안은 사람들로 가득 차서 바늘을 꽂아 놓은 듯 모두 몸을 일자로 꼿꼿이 한 채 긴장하고 있는 터에 주책 없이 큰 목소리로 말해 모두의 시선이 두 사람에게 꽂혔다.

"승강기에서 내려 이야기하자."

오히려 서영이 쪽이 얼굴을 붉히며 머릴 흔들었다. 10층에서 다른 사람들이 모두 내려 15층 식당까지 가는 사람은 서영과 민애 두 사람뿐이었다.

"튀어나온 광대뼈와 턱뼈를 깎는데 꼭 하루가 걸렸단다. 영동에서 손꼽는 성형외과의사가 집도했지. 거긴 주로 연예인들만 오는 곳이야. 얼마나 냈는지 아니? 6백만 원 거금을 내고 광대뼈와 튀어나온 턱뼈를 없애버렸어. 어때? 예쁘지?"

서영이 찬찬히 민애의 얼굴을 보며 그저 빙긋이 웃어주었다. 민애는 가장 바람기가 많은 아이였다. 연애편지도 제일 많이 받았고, 그 편질 친구들 앞에서 큰 소리로 읽어 대 교실 안이 온통 웃음바다였었다. 지금도 서영이 기억하고 있는 내용은 이러했다.

'그대는 갓 피어난 한 송이 분홍장미여라. 그대가 없다면 달이 없는 밤일 것이며, 태양이 없는 낮일 것이 분명해라. 자나 깨나 그대 생각으로 책을 볼 수도 없을 지경. 저녁 7시에 소나무 다방에서 기다리겠음.'

민애의 낭독이 끝나면 교실 안은 온통 웃음바다였다. 발을 구르며 웃는 아이, 가슴을 치며 죽겠다고 허허거리는 아이, 턱을 고이고 앉아서 웃음을 참는 아이…….

그래서 민애는 마치 남자를 낚기 위해 태어난 여자처럼 보였었다. 성적인 대화를 나누길 즐겨 해서 풋내 나는 계집아이들의 호기심을 자아내기도 했었다. 뒤에 숨어 민애를 놓고 저질이며 창녀기가 있는 애라고 수군덕거리면서도 모두 그녀의 비밀스러운 남녀관계 묘사에 침을 삼키며 귀를 기울였었다.

동창회가 열리는 장소인 그린 홀은 한껏 차려입은 동창들로 꽉 차서 폭포수가 쏟아져 내리듯 와글자글 요란했다. 일제히 입을 열어 재잘거리는 판이라 입을 다문 사람이 하나도 없었다.

"우와! 이거 누구야. 임서영이 아니냐. 도대체 어디로 잠적했다가 이제 나타났단 말이냐. 메이퀸으로 뽑혀 남자들 애간장을 녹여대더니, 결혼과 함께 증발해서 말이 얼마나 많았는데 이제 나타났니. 자, 자, 여러분. 갑자기 바람과 함께 사라졌던 임서영을 위해 박수를 칩시다."

동창 회장 박소연이 먼저 손뼉을 치자 와르르 박수소리가 홀을 메웠다.

"너를 마지막 본 것이 결혼식장이었다고 기억되는구나. 그러니 꼭 10년 만에 네가 우리 앞에 나온 거여. 그때 결혼식 정말 멋있었어. 넌 워낙 미인이니까 모두의 눈길을 끌었지만, 그 자리에 참석했던 우리 모두가 그날 열등의식에 빠져 얼마나 우울했는지 아니?"

동창들 중 유일하게 파리 유학까지 다녀와서 모교에 교수로 남은 박소연이 목청을 높여 서영을 위로 올려놓았다. 졸업식 다음날이 결혼식이었으니, 동창들 거의 모두가 참석했었다. 눈에 항상 물기가 어려서 반짝이고, 눈동자는 까만 머루를 연상케 했고, 몸 전체에서 예지가 넘쳐흐르는 임서영. 아담한 코에 도톰한 입술은 귀티가 흐르는 뺨에 잘 어울려서 여자끼리도 서영을 보면 너무 예뻐 함께 있고 싶다는 충동을 일으켰다.

결혼 예식장의 서영은 식상하게 늘 치장하는 그런 신부가 아니었다. 길게 바닥까지 치렁치렁 늘어져 휘감기는 펑퍼짐한 드레스 차림이 아니어서 더욱 사람들의 눈길을 끌었다. 무릎까지 드러난 깡뚱한 하얀 드레스에 챙이 넓은 모자를 쓰고 허리까지 길게 늘어뜨린 수놓은 모자의 리본이 걸을 적마다 하늘하늘 신부의 등에서 춤을 추었다. 늘씬한 다리를 자랑이라도 하려는 듯 굽이 높은 힐을 신은 신부는 또박또박 식장으로 걸어 들어왔다. 하객들 시선이 서영의 얼굴로 가지 않고 훤히 드러난 종아리에 꽂혔고, 식장엔 잠시 긴장감이 감돌았다. 종아리를 훤히 들어낸 신부라니! 평상복인 하얀 원피스 앞 부위에 섬세한 레이스 망사를 대서 살짝 젖무덤이 들여다보이는 것이 특징이랄까. 귀고리도 하지 않았고, 면사포도 쓰지 않았으며, 그 흔한 가짜 진주목걸이도 신부는 걸치고 있지 않았다. 장식품이라고는 손가락에 낀 가느다란 은반지가 전부였다.

"신부가 지나치게 예쁘니까 신랑이 겁이 나서 신부 화장을 못하게 억지를 부린 것이 분명해. 부케도 저게 뭐야. 글쎄 장미를 뭉떵 묶어서 들고 나왔으니, 아이쿠! 웃겼다."

예서제서 동창들이 수군대며 호기심에 들떠 숨을 헐떡였다. 집에서 혼자 한 화장이 분명했다. 맨얼굴에 살짝 입술만 연한 앵두 색으로 칠한 것이 신부 화장의 전부였다. 그런데도 은은하게 넘쳐흐르는, 빼어난 아름다움은 모든 하객들의 감탄을 자아냈다. 보통 땐 그렇게 예뻤는데, 화장을 너무 진하게 해서 버렸다고 툴툴대면서도 마치 신부 화장은 누구나 치러야 할 통과의례인 것처럼 그날 하루는 미용사의 손에 맡겨버리는 것이 상식이 아니던가. 아마 예식장 역사에선 처음이었을 화장기 없는 신부의 얼굴을 대하고, 너무 기이해서 신부의 드러난 종아리와 얼굴에 하객들의 눈길이 일제히 꽂혔다.

그날 동창들의 화제는 신부에 비해 엄청 못생긴 신랑에게 집중되었다. 조악한 밭에서 제대로 자라지 못해 오그라든 고추처럼 신랑은 키도 몸도 모두 볼품이 하나도 없었다.

"저런 신랑을 남편감으로 골랐을 적엔 무언가 뒤에 쌓인 것이 많은 법. 대기업회장의 후계자가 분명해. 아니면 미국이나 유럽에서 학위를 따가지고 갓 귀국한 박사라든가. 의사일 거야."

"대기업의 후계자라면 기자들이 몰려오고 왁자그르르 야단나야 하는 것인데, 왜 이렇게 적적하지?"

"부자들이 일부러 매스컴을 피해서 이렇게 비밀스러운 결혼을 치르는 거 상례라고 하더라. 아무튼 젠 언제나 미스터리 인물이야."

그 당시엔 그 누구도 신랑의 뒤 배경을 아는 사람이 없었다.

"네 남편은 뭘 하는데 널 데려다가 감춰두고 10년 동안 내놓지를 않았니? 궁금해 죽겠다. 잠적을 해도 그렇게 완벽하게 사라져버릴 수가 있니? 전화번호라도 공개해야지. 돈 많은 애가 왔으니, 우리 동창회가 이제 더 광(光)나게 생겼다."

드디어 질문공세가 시작되었다. 동창들이란 이 나이가

되면 몇 평 아파트에 사느냐, 무슨 학군에 있는 아파트냐, 남편이 얼마나 돈을 벌어들이느냐가 주된 관심사였다. 아무리 질문공세가 난무해도 서영은 그저 빙긋빙긋 웃을 뿐 신부차림 때처럼 챙 넓은 모자를 쓰고 있었다. 챙이 넓은 모자는 이상한 힘을 지니고 모두를 눌렀다. 베일 뒤에 살짝 숨어있는 사람을 모두가 존경하듯 챙 밑에 감춘 그녀의 신비스럽고 잔잔한 표정을 읽을 수가 없어 마음이 자꾸 쓰였다. 화장기 없는 뺨과 입술이 30대의 서영을 더욱 싱싱한 꽃봉오리처럼 보이게 했다. 미모도 자신이 있으면 저 정도는 돼야한다고 또다시 소곤소곤 예찬의 말이 쏟아져 나왔다.

"우리 동창들 중에 극과 극을 달리는 두 사람이 있다면 서영이 하고 민애일 게다. 한 사람은 더 이상 손을 델 수 없을 정도로 칠을 했고, 또 한 사람은 에덴동산의 하와처럼 몸만 가리고 나왔으니 말이다."

동창회장인 소연이 이렇게 서두를 꺼내자 그린 홀 안은 갑자기 조용해졌다.

"우리 나이 정도 되면 화장을 하지 않고는 열등의식에 빠져 못 견디는 법인데, 무슨 배짱으로 이렇게 맨 얼굴로 나왔는지 한 번 들어보자꾸나."

소연이 억지로 서영을 일으켜 세웠다. 얼굴을 붉히며 일어선 서영은 그냥 배시시 웃을 뿐 말이 없었다. 넓은 챙 밑에서 얼굴 반을 감추고 있으니, 더욱 신비롭게 보여서 모두 촉각을 곤두세웠으나 회장의 손에 이끌려 억지로 일어선 서영은 그저 싱겁게, "모두 잘 있었니? 반갑다." 라는 상투적인 인사만을 하고 조용히 앉아버렸다.

"속에 든 것이 많은 사람은 치장을 요란하게 하지 않는다고 현대 드라마를 가르쳤던 교수님이 입이 닳도록 일러준 걸 너희들 잊었니. 서영이 저렇게 예쁜 모습으로 10년 만에 우리 앞에 선 것은 분명히 풍요로운 생활에 충만한 가슴을 지녔기 때문일 게다."

그 나이에 벌써 혼자되어서 두 아이를 기르며 선물가게를 운영하고 있는 복영자가 마치 서영을 잘 알고 있다는 듯 나서서 변명해 주었다.

"잘 난 체들 하지 마라."

김민애가 벌떡 일어서더니, 두 손을 허리에 남자처럼 턱 대고 상체를 뒤로 발딱 젖혔다.

"여기 남자를 모르는 사람 없지? 어느 대학 교수가 쓴 알려진 소설 '야한 여자'도 모르는구나. 프로이드가 말한 심리학도 모르느냐 이 말이다. 여자란 모두 이불 속에서 똑같은 존재면서 뭐가 그리 말이 많으냐. 나 말이야, 어제 물침대를 사들였는데, 아주 끝내게 좋더라. 오늘도 지난 달처럼 우리 집에 가자꾸나. 시장바구니 들고 시장과 안방과 거실, 그리고 부엌을 오락가락하는 솥뚜껑 운전사인 너희들에게 물침대의 스릴을 보여주마."

그녀의 외설기가 도는 말에 모두 까르르 웃어젖혔다.

지난달에 모였을 적에도 음탕하게 유혹하는 말을 늘어놔서 호기심에 들뜬 동창들이 자가용에 분승하고 와르르 그 집엘 갔었다. 모두 속으로 군침을 삼키며 음흉하게 요즘 시중에서 흔히 구해서 볼 수 있는 붉은 색 띠를 붙인 비디오의 음탕한 한 장면을 상상하면서 말이다. 들뜬 분위기와 달리 현관문을 들어서면서 모두 입을 다물었다. 백화점에서 가장 값비싸게 팔리는 물건들이 진열장처럼 늘어진 거실에서 그들은 축소된 또 다른 백화점에 와있다는 착각을 떨쳐버릴 수가 없었기 때문이다. 민애가 입이 닳도록 자랑하는 침실의 천장과 벽 사면이 모두 거울로 장식되어서 그들의 안방과 차이점을 들어냈을 뿐이었다.

뭔가 색다른 걸 보러갔다가 식상하게 꾸며진 그렇고 그런 것에 역겨움을 느끼며 민애의 집을 나서는 순간 일제히 밤하늘을 향해 배를 잡고 까르르 웃어젖혔다. 그때 모두가 말은 하지 않았지만 여자란 저렇게 침실만을 이상하게 꾸미는 존재는 아닐 터인데……. 집안을 국화빵 찍어내듯 쏟아져 나온 상품으로 꾸미는 것은 더욱 아닐 터이고……. 돈 냄새가 물씬 고인 집안인데, 어째서 전쟁을 치른 폐허를 보듯 황량하고 울적할까?

모두가 씁쓰레한 가슴을 안고 돌아선 기억이 새로웠다.

"민애처럼 사는 건 빨간 띠를 붙인 비디오에서 흔히 볼 수 있는 것이야. 우리가 원하는 건 삼빡하고 참신하고 뭔가 우릴 감동하게 만드는 것이야. 우리끼린 단물·신물다 빨아먹어서 재미가 없지 않니. 오늘의 주인공 서영의 이야기를 듣고 싶다."

그래, 그래. 서영아, 그간 넌 어떻게 지냈니? 남편은 무엇을 하며, 아이는 몇이고, 아파트는 몇 평에 사니? 연락도 닿지 않았는데, 어떻게 우리가 이렇게 매달 모이는 걸 알고 여길 찾아 나왔냐? 이젠 절대로 널 놓치지 않을 터이니, 전화번호랑 집주소를 놓고 가거라. 우린 여기 나오는 재미로 산단다. 모두가 그렇게도 열광적으로 그녀에 대해 알기를 원하건만 서영은 여전히 그저 빙긋이 웃을 뿐이었다. 총무를 맡아보는 영자가 종이쪽지와 볼펜을 서영의 손에 쥐어주며 어서 연락처를 적어내라고 성화를 해도 서영은 건성으로 머리만 끄덕였다.

"너 우릴 무시하는 거냐. 왜 그렇게 소름끼치게 웃기만 하니, 마치 넌 별세계에서 살다 온 계집애 같구나."

민애가 참지를 못하고 면박을 주어도 서영은 그저 입가에 잔잔한 미소를 살짝 머금고 둘러앉은 동창들의 얼굴을 한 사람씩 유심히 쳐다볼 뿐이었다.

"서영은 언제나 마지막 피날레를 장식하는 성품이 있어서 메이퀸으로 뽑힌 날도 마지막 카드를 받아 쥐고 입을 열었으니까, 우리의 모임이 끝날 즈음 바톤을 넘기기로 하고, 정신과 의사의 요청으로 동창회에 나온 길자의 말을 듣기로 하자."

모두 박수를 짜짜짝 쳤다. 손마디가 굵고 눈가에 주름

이 유난히 많이 잡힌 손길자는 전형적인 현모양처의 모습이다. 하필이면 한복을 입고 나와서 더 그런 인상을 풍겼다. 정신과 의사가 동창회에 나가 실컷 지껄이고 오라고 했으니, 동창들은 어쩔 수 없이 이 친구를 살리기 위해 언제나 그녀에게 시간을 할애해주고 있었다. 길자는 엉거주춤 일어서더니, 좌중을 둘러보고 더듬더듬 입을 열었다.

"저승사자가 우리 집을 찾지 못해 아직도 헤매고 있나 봐. 나 요즘 밤에 잠을 잘 수가 없어서 정말 죽을 지경이야. 꼭 단잠을 잘 자정부터 날 불러내서 새벽까지 곁에 앉아 있으라고 야단이니, 이거 살 수가 있어야지. 이렇게 나가다가는 시어머니보다 내가 먼저 죽어나가겠어."

"시어머니 곁에 누워 자면 될 걸 왜 그렇게 요령이 없냐."

답답해 죽겠다는 듯 교수인 소연이 핀잔을 주었다.

"모르는 소리 마라. 내가 행여나 잠을 잘까 봐서 5분 간격으로 날 불러대며 숨넘어가는 소리를 해. 애야, 요강 가져와라. 오줌이 나온다. 애야, 목이 타는구나. 냉장고에서 얼음을 넣은 찬물을 한 대접 가져오려무나. 아이쿠! 허리야. 여기를 주물러다오. *끄응끄응*……, 등치나 작아야지. 내 몸의 열 배는 될 거여. 내가 그 몸을 일으키고 뉘고 시중을 들어야 하니, 힘이 부쳐 어깨로 버티다가 나중엔 온몸으로 그 등치를 밀어붙인다고. 그러다 보니 이 봐라. 내 몸 자세도 이상해졌지."

몸이 가녀린 길자가 한쪽으로 삐뚤어진 상체를 보라고 요상한 몸짓을 했다.

"아니 네 신랑 뭣하냐. 교대하면 될 것 아니냐."

"밤마다 집에 자정이 되어서야 술이 곤드레만드레가 되어 들어오는 남자가 어머니 돌보게 되었냐. 술주정이나 하지 말았으면 좋겠다."

"너도 모른 체 시어머니를 돌보지 말고 자버려라."

"아이쿠! 그랬다가는 남편의 손찌검이 얼마나 혹독한 줄 아니. 그 주제에 저는 효도를 못하면서 내게 그걸 강요하니, 아이고! 더럽고 치사해서 이혼을 하려고 몇 번 맘을 다잡아먹어 보았지만 그놈의 애새끼들 때문에 이러고 있어."

잠시 무겁고 우울한 공기가 그린 홀 안을 매웠다.

"길자야, 그러지 말고 하고 싶은 욕을 마구 뱉어내. 그래야 너 산다. 어서, 어서, 우리가 다 들어줄게."

소연의 재촉에 길자는 눈을 부라리며 뒷짐을 지고 서더니, 허공을 향해 삿대질을 해가며 욕지거리를 하다가 남편을 향해 개새끼를 연발했다. 그동안 동창들은 옆에 앉은 친구의 손을 꼬옥 잡아보기도 하고 비싼 반지를 끼고 있는 친구의 손가락에서 반지를 뽑아 자기 손에 끼어보기도 했다. 더러는 눈을 내리깔고 무료한 시간을 보내느라고 잠깐 조는 사람도 있었다. 그냥 두면 정신병원에 보낸다니, 이렇게라도 해서 고쳐줄 수 있다면 이런 넋두리를 들어주자는 묵계가 돼있어 모두 그러고 앉아 있었다. 길자가 힘이 진해 이마에 땀을 닦으며 털썩 주저앉아버리자 남편을 여읜 영자가 한마디 했다.

"길자야, 너 힘들지만 나를 봐라. 그렇게 지지고 볶고 살아도 남편이 살아있다는 것이 좋은 것이다. 미운 남편이라도 살아있으면 그게 울타리야. 우리나라는 과부들이 살기엔 너무 말이 많은 곳이야. 마치 벌판에 버려진 것처럼 홀로 서 있다는 기분이 들지. 남편의 코끝에 호흡이 있다는 그 사실 하나만으로도 기뻐해라."

이런 코스는 매달 모이는 동창회에서 언제나 거치게 마련인 치러야 하는 통과의례고 과정이었다.

"야! 도대체 너희들은 언제까지 그런 농경사회를 살아갈 거냐. 날 보라고, 날."

교수인 소연이가 끼어들면 이건 마지막 라운드이다.

"박사 학위를 따내느라고 바쁘고 신나게 살다보니, 이 지경이 되었다. 집오리로 살았다면 이혼까지는 가지 않으련만, 내가 황금오리였다나. 돈을 남편보다 더 벌어들이는 황금오리를 감당할 남편이 우리나라엔 아마 없는 모양이다. 간신히 연구실에서 벗어나 남편을 보니, 바람이 났더라고. 책벌레로 책 속에 빠져 허우적이다가 문득 집 생각이 나서 가보니, 이게 고등학교만 나와서 식모처럼 일만 하는 여자에게 빠져있더라고. 그래서 깃발을 날리면서 털어버리고 나왔지 뭐냐. 나처럼 자유롭게 훌훌 털어버리고 나와서 살지, 어느 때라고 시집살이를 하고 야단이야."

"넌 배운 것이 있으니까 그렇게 말하지만 난 할 짓이 없어. 이 나이에 전문직이 없으니, 나의 생계를 혼자 유지하려면 파출부로 나가거나 장사를 해야 하는데, 그게 자신이 없다니까."

"야, 야! 그 더러운 신데렐라 콤플렉스에서 벗어나라. 니 인생은 니가 책임지는 거여. 더 늙기 전에 재미를 보라고. 몸으로 때우며 사는 방법도 있어."

민애가 끼어들고 너도나도 동창들의 의견이 난무했다. 손꼽히는 부자도 아니고, 남편이 바람을 피우는 것도 아니며, 시부모에게 들볶이지도 않는 아주 평범해서 말거리가 없는 대부분의 친구들은 창밖에 억수로 쏟아지는 장대비를 바라보는 것 같은 재미로 나와 앉아 있었다. 불행하거나 유별난 결혼생활을 하는 친구들의 근황을 훔쳐보며 행복을 확인하느라고 입가에 은밀한 미소까지 감돌았다. 분위기가 어떻게 돌아가든 아랑곳 않고 서영은 고개를 숙여 며칠 굶은 사람처럼 음식 먹는 일에만 전념했다.

"너희들 다수를 차지하는 평범한 주부들아! 매일 솥뚜껑 운전을 해서 자식들 다 길러낸 다음이 문제다. 너무 남편과 자식들에게 희생하지 말고 슬쩍슬쩍 재미를 보고 살아라. 이게 너희들에게 주는 내 교훈이다."

민애가 다시 일어나서 떠벌리자 소연이 우악스럽게 끌

어 앉히고 억지로 서영을 일으켜 세웠다. 다시 밀려서 일어선 서영은 챙이 넓은 모자를 뒤로 약간 젖히고 잔잔한 미소를 머금은 채 좌중을 둘러보았다. 서영의 얼굴에 모두의 시선이 꽂혔다. 적당히 까무잡잡하게 탄 얼굴이다. 부잣집 마나님으로 들어앉아 얼마나 열심히 골프를 치러 다녔으면 저렇게 탔을까. 햇볕을 차단하는 비싼 로션을 발라서 저렇게 예쁘게 탔을 거야. 무럭무럭 질투의 빛이 동창들의 얼굴에 서렸다.

"얼굴이 다르게 창조되었듯이 우리 모두 살아가는 방법이 다르다는 걸 새삼 깨닫게 되는구나. 난 너희들과 아주 다른 삶을 살고 있어. 난 에덴동산과 같은 곳에서 살고 있단다. 어때? 내 얼굴을 봐라. 그 동산 냄새가 물씬 풍기지?"

서영은 챙이 넓은 모자를 벗어서 이마까지 보여주고 어깨까지 내려오는 생머리를 쓰다듬으며 웃었다. 30대의 나이에선 달덩이처럼 창백한 얼굴보다 검어진 얼굴이 훨씬 매력적이라고 모두 서영의 햇볕에 탄 얼굴을 보며 소곤거렸다.

"애야, 넌 어째서 그렇게 챙이 넓은 모자를 좋아하니?"

"으응. 내가 사는 동산에는 이런 모자를 쓴 사람만이 출입할 수 있단다."

"웃기지 마라. 무슨 동산이 모자를 써야 들어가니? 혹시 부자들만 들어가는 특수층을 위한 골프장을 말하는 거냐?"

"……."

"사실 서영이는 챙 넓은 모자를 써야 훨씬 신비롭게 보이고 예뻐 보이거든. 아마 네 남편이 챙 넓은 모자를 쓴 미인을 좋아하는 병이 든 사람인가 보다."

챙 넓은 모자로 생활까지 감추지 말고 몽땅 공개를 좀 하려무나. 자꾸 감추니까 더 알고 싶어 미치겠다. 니 남편 무엇 하는 사람이냐? 딸만 두었니? 아니면 아들만 두었냐? 아니면 아직도 아이를 낳지 못해 고민하고 있냐? 말 좀 해라. 갖가지 상상의 말이 난무해도 서영은 그저 빙긋이 웃을 뿐 말이 없다. 나비처럼 조용히 여기저기 돌아다니며 다정했던 친구들의 등을 다독이고, 웃음을 선물하고, 동창회가 끝나자마자 서영은 살짝 빠져 나가버렸다.

그 뒤를 민애와 소연이 그리고 길자랑 영자가 바짝 추적했다. 평범한 주부들은 두고나온 집이 걱정되어서 제각기 줄행랑을 쳐버린 뒤였다. 그들 중 넷만이 서영의 뒤를 따르고 있었다. 프로이드의 심리학을 삶의 기본 원리로 받아들이고 야한 여자를 좋아하는 남자를 밝히는 민애, 이혼녀 교수 소연, 30대에 남편을 여의고 혼자 살아가는 영자, 그리고 시집살이가 너무 심해서 입을 가만히 놔두지 못하는 길자가 행복에 겨운 서영에게 제일 관심이 많았다. 챙이 넓은 모자를 쓴 미인이 자가용을 몰고 갈 터이니, 일행은 주차장으로 가서 교수인 소연의 차를 타고 그 뒤를 따르기로 작정했다. 다음 동창회에 서영이 나오지 않더라도 충분한 정보를 가져가리라 작심하고 저들은 결사적으로 추적할 자세였다. 그런데 아뿔사! 서영은 주차장 쪽과는 정반대로 천천히 걸어가고 있잖은가. 점심시간이 조금 빗겨간 시간이니, 거리가 한산해서 아마 쇼핑이라도 할 작정인가보다 하고 일행은 와르르 내려 서영의 뒤를 밟기로 했다. 얼마나 유명한 남편을 만났으면 가정에 박혀 나오지도 않고 저렇게 고상하게 살아가고 있단 말인가. 서영의 뒤를 밟고 있는 네 여자의 마음은 다가올 스릴에 탐정들처럼 들떠있었다. 그러나 서영은 챙이 넓은 모자의 앞을 조금 더 깊숙이 내려써서 얼굴을 가리고 보도블록만을 내려다보며 천천히 걷고 있었다. 원래 미인은 말이 없어서 더 매력이 있다고 하지 않던가. 사색에 잠긴 미인은 더 남자들의 속을 달아오르게 한다고도 한다. 네 명의 친구는 차를 길가에 세워놓고 서영의 뒤를 멀찍이 떨어져서 따르기 시작했다. 얼마를 걸었을까. 서영은 시내버스 정류장 앞에 서더니, 시계를 연신 보았다. 시간에 몹시 쫓기고 있는 것이 분명했다.

"아마 차를 가지고 오지 않아서 저러나 보다. 우리가 나서서 우리 차를 타고 가자고 하자. 이게 뭐냐. 이렇게 따라가다 보면 우리도 차를 길에 내버려 두고 시내버스를 타야 한다는 결론이 나오는데, 어서 서영을 불러서 우리 차를 타자고 하자."

성미 급한 민애가 이렇게 들까불고 나왔으나 소연이 민애의 입을 막았다.

"얼마나 스릴이 있니. 시내버스를 타니까 추적하기 더 좋구나. 서영에겐 분명히 기막힌 비밀이 있을 거야. 대부분의 남자가 너무 훤칠하게 생기면 바람이 나는 법인데, 우리가 식장에서 본 서영의 남편은 추물이었지. 그러니까 서영은 기막히게 행복한 거야. 사실 남자란 처음 보았을 적에 마음에 턱 안기고 잘 생긴 것이 불행의 전주곡이지. 몸을 섞고 살아보면 인물 가지고 사는 것이 아니더라고. 나도 인물보고 시집갔다가 소박맞은 여자야. 서영은 워낙 지혜가 많은 여자라 애당초 추물 남편을 택해서 사랑을 듬뿍 받아 저렇게 행복에 겨워있는 거야."

소연이 남자에 대한 개똥철학을 늘어놓는 동안 버스가 도착, 그들도 숨어서 승객들 틈에 끼어들었다. 서영은 무슨 생각을 그리 깊이 하는지 친구들이 곁에 바짝 다가가도 모를 정도로 챙 넓은 모자 밑에 얼굴을 숨기고 묵묵히 밖만을 응시하고 있었다. '챙 넓은 모자를 쓴 여자가 시내버스를 타니까 버스 안에 꽃이 핀 것 같다.' 옆에 선 청년이 귓속말로 동행한 사람에게 속닥였다. 사람들로 붐비는 시내버스 안에 챙 넓은 모자는 어쩐지 어울리지가 않았다.

"우리 이러고 있지 말고 서영에게 가서 함께 가자고 하자. 아유! 답답해."

민애가 시내버스의 혼잡함을 참질 못하고 투덜댔다. 그래도 다른 일행은 침을 꼴깍 삼키며 묵묵히 버스가 가는 쪽으로 몸을 맡기고 손잡이에 매달렸다. 행복하게 사는 걸 보면 밸이 꼴려서 어떡하니? 엘리자베스 테일러는 너무 완벽하게 예뻐서 일부러 얼굴에 까만 점을 만들어 넣었다고 하더라. 우리가 가서 점을 하나 찍어놓고 오자면서 길자가 질투하기 시작했다. 타고날 때부터 미인인 것도 시기가 나는 판에 풍족한 환경에서 남편의 사랑을 듬뿍 받으며 잘난 자식들 틈에 빠져서 싱글벙글 웃고 지낼 서영을 상상만 해도 그들은 은근히 속이 상했다. 버스는 제일 한강교를 넘어서 노량진으로 달리기 시작했다. 영등포를 지나니 승객들 옷차림이 변하기 시작했다. 퀴퀴한 냄새를 풍기는 가난한 사람들이 자꾸 올라탔다. 제일 먼저 참지를 못하고 투덜댄 쪽은 민애다.

"야, 우리가 금을 캐러 가는 것도 아니고 친구 집을 찾아가는 것인데, 이렇게 미행을 하며 이상한 냄새를 피워야 하니. 아이쿠! 난 못 참겠다. 카악 내리고 싶어 죽겠네."

"쉬! 서영이가 들으면 어쩌려고 이렇게 종알대는 거야. 가장 특이하게 살 서영의 가정을 훔쳐보는 것도 큰 공부야. 가만있어. 아주 좋은 교육의 현장이 나타날 터이니."

소연이 교수답게 진지한 표정을 지으며 민애의 옆구리를 꼬집었다. 버스는 줄곧 사람들로 들끓어 서영이 앉아

있는 운전석 뒷자리와 미행하는 친구들이 서 있는 맨 뒷자리 사이엔 승객들로 가득 차있었다. 키가 제일 작고 민첩한 길자가 가운데 문을 지키느라고 등을 돌리고 서서 차가 설 적마다 신경을 곤두세우고 있었다. 까닥 잘못해서 서영이 내리는 곳을 놓치는 날이면 오늘 미행이 허사이기 때문이다. 차가 안양으로 들어서자 서영이 천천히 가운데 문으로 이동을 했다. 망을 보던 길자가 바짝 긴장해서 뒤에 앉아있는 친구들에게 사인을 보냈다. 모두 고개를 외로 꼬고 서영의 눈에 띄지 않으려고 안간힘을 썼다. 서영은 본 백화점 앞에서 내려 챙 넓을 모자를 여전히 깊숙이 쓰고 다른 버스로 갈아타려는지 조금 떨어진 시외버스 정류장으로 걸음을 옮겼다. 조금 사이를 두고 따라 내린 네 사람은 계속 서영이 타려는 시외버스를 함께 타고 따라갈 것이냐 아니냐를 두고 옥신각신했다.

"돈을 몇 만 원 더 주고라도 택시를 대절 하자. 기사에게 무조건 서영이 탄 버스를 따라가자고 하잔 말이야. 시외버스를 타는 걸 보면 서영인 분명히 산속 별장으로 가는 것이 분명하다. 일단 그 집으로 들어가는 걸 확인하면 우리가 따라간 것이 들통 나도 목적은 이룬 것이니, 그게 상책이다."

언제나 이런 일에 머리가 빠른 영자의 제안이었다. 혼자되어서 장사를 한 뒤부터 확실히 실질적인 대응책은 단연 우세했다. 네 여자가 거금을 쥐어주겠다고 기사를 달래 택시를 대절해 타고 서영이 시외버스 타는 걸 기다렸다가 소래 쪽으로 가는 버스를 뒤따라가기 시작했다. 탐정이 된 듯 저들의 마음은 흥분했다.

"청평이나 용인 쪽이면 모르겠다. 소래 쪽으로 가면 인천이 나오는데 그쪽엔 별장이 있다는 소릴 못 들었어. 서영이 어째서 그리로 가는 것인지 참 모를 일이다."

별장을 여러 채 가지고 돌아다니는 민애가 이상하다며 머리를 갸우뚱했다. 이래저래 서영은 신비스러운 여자다. 챙 넓은 모자를 쓴 것부터가 그러고 보니 이상했다. 택시는 인천서 밀려들어오는 화물 트럭의 대열 옆을 아슬아슬하게 스치며 버스를 바짝 따라붙었다. 박달동부터 병목현상이 일어난 것이 반월서 꺾어지는 산업도로에 이르러서는 여전히 뱀처럼 차량들이 꿈틀거리며 서행했다. 이러다가 깜깜해진 뒤에야 목적지에 도착하는 것이 아닌가 모르겠다고 모두 속으로 걱정하기 시작했다.

이렇게 멀리 살아도 되는 환경이니 손수 시장을 보러 나오겠니. 찬모에다 유모에다 식모까지 두고 책이나 읽으며 별장에서 천사처럼 살고 있겠지. 그 애 얼굴에 그늘진 곳이 하나도 없는 거 봐라. 우리가 상상도 못할 참으로 아름다운 곳에 살고 있는 것이 확실해. 우리가 사는 아파트에선 좀 기르기 까다로운 화초를 심은 화분을 사서 거실에 놓으면 석 달 만에 다 죽어버린다니까. 화초처럼 인간도 서서히 죽어가고 있어. 그 아파트란 것이 무서운 거야.

거의 비슷비슷한 가구에 같은 맛을 지닌 음식을 먹는 것이 지겨워서 여자들이 몽땅 뛰어나와 음식점으로 밀려가는 게 바로 그걸 증명하는 거라고. 요즘 시내에 늘어나는 음식점들이 바로 아파트의 독소에서 빠져나오려는 인간의 몸부림이 아니고 무엇이겠니. 서영은 그걸 벌써 터득한 거야. 미인을 아파트에 가두고 서서히 죽어가는 걸 참아낼 애처가가 이 세상에 어디 있겠니. 일찍 죽으려고 너무나 아내를 사랑했나보다고 앉기만 하면 죽은 남편 사랑을 늘어놓는 영자의 애처가론이 이어지는 동안 택시는 버스를 따라 천천히 앞으로, 앞으로 나갔다. 저수지를 끼고 돌면서 버스가 섰고, 서영이 내리고 있었다.

"아저씨. 바로 저 여자를 미행하세요. 챙이 넓을 모자를 쓴 저 여자 말이에요."

"여염집 여자는 아닌가 보군요. 저렇게 화려한 모자를 쓰다니! 그나저나 큼직한 모자를 써서 따라가기가 참 좋네요."

기사가 묘한 표정을 지으며 씨익 웃는다. 모자를 저렇게 큰 걸 쓰면 좀 이상한 여자가 아니겠느냐 의심쩍은 눈빛을 감추지 못하고 기사는 느물거렸다.

서영은 흰 줄을 그어놓은 건널목을 건너서 앞도 뒤도 보지 않고 산길을 따라 걸었다. 초등학교를 지나고 시골 교회도 지났다. 택시는 산길이라 바짝 따라갈 수가 없어 아주 멀리서 추적을 계속, 서영의 모습이 사라지지 않을 정도의 거리만을 유지했다. 조그마한 언덕을 넘어서니, 넓은 포도밭이 펼쳐졌다. 산업도로의 징그러운 소음도 구릉을 끼고 돌아서니, 별세계처럼 조용하고 호남평야처럼 확 펼쳐진 들판이 눈앞에 들어왔다. 감나무들이 무성하게 우거진 산비탈에 드문드문 농가들이 자릴 잡고 있었다.

"봐라. 우리의 예상이 적중했지. 누가 안양 근교에 이렇게 멋진 곳이 있으리라고 상상했겠니. 어머머! 저기 좀 봐. 젖소들이 한가하게 누워있네. 어머! 저기 좀 봐라. 얼마나 이 마을이 오래 되었으면 아름드리 정자나무가 저렇게 마을입구에 버티고 서 있겠니. 어이쿠! 저기, 한 아름이 넘는 맷돌을 봐라. 저건 박물관에나 있음직한 것이야. 이거 정말 기막히게 좋은 별천지지. 여기 숨어있었구나."

네 사람은 구릉을 돌아서며 갑자기 나타난 시골 풍경에 취해서 모두 탄성을 내질렀다. 서영은 그런 마을도 지나서 자꾸 걸어가고 있었다. 마을을 지나서 도대체 어디로 가겠다는 말인가. 택시 기사는 이렇게 사람을 미행하는 일을 여러 번 해보았는지 아주 지혜롭게 멀리서 천천히 서영을 놓치지 않을 정도의 거리를 유지하며 여유 있게 운전을 했다.

"여기서 조금 더 가면 큰 저수지가 나옵니다. 아주 유명한 낚시터지요."

기사가 이곳 지리를 잘 안다며 걱정 말라는 사인을 보냈다.

"그쪽에 별장들이 많은가 보지요?"

"아닙니다. 별장이 단 한 채도 없는 걸로 알고 있습니다. 어쩌려고 저 여자 분이 그리로 가고 있는지 모르겠네."

네 사람은 바짝 긴장했다. 별장이 없는 곳으로 왜 자꾸 걷고 있는 것일까. 예상하지 못했던 사태를 놓고 차츰 저들은 불안해서 울상이 되었다.

"그러고 보니, 저 애가 10년 만에 갑자기 동창회에 나온 것부터 수상해. 죽기 전에 인연이 닿았던 동창들을 만나보고 자살하려고 그런 것이 아닐까."

시집살이로 인해 피해망상을 앓고 있는 길자가 먼저 이런 말을 늘어놓았다.

"어쩐지 예감이 이상했다니까. 챙 넓은 모자는 불행을 감추기 위한 수작이었을 가능성이 많아. 인간이란 본능적으로 치장을 하고 사람들과 어울려 살게 마련인데, 저렇게 학처럼 고고하게 나대는 것 자체가 죽음을 앞둔 이상한 행동이야."

민애가 아주 자신 있게 말하자 기사가 수긍한다며 머리를 끄덕거렸다. 그러고 보면 이 미행이 자살하려는 친구의 생명을 구하려는 구조대의 사명을 띤 것이 되니, 신명이 난 네 여자의 얼굴이 밝아지기까지 했다. 서영은 뒤에 택시가 오든 말든 머리를 숙이고 챙 넓은 모자 밑에 얼굴을 감춘 채 그저 앞으로 걷기만 했다. 꼭 달팽이가 머리를 감추고 기어가는 몰골이었다. 저수지를 끼고 옆으로 폭넓은 치맛자락처럼 완만하게 펼쳐진 산기슭이 나왔다. 산중턱에 울타리를 넓게 두른 빨간 기와를 얹은 작은 집 한 채가 나타났다. 서영은 그 집을 향해 걸어가고 있었다. 택시가 들어갈 수 없는 좁고 가파른 산길이라 기사는 저수지 옆에 차를 세워놓고 어서 따라가 보라고 턱으로 집 쪽을 가리켰다.

"어머머! 저 애가 저 집에서 죽으려나 봐. 저런 집에서 서영이 살 것 같지는 않고 말이야. 이를 어째. 무척 불행한 삶을 산 모양인가 보지."

결혼 생활에서 가장 죽음을 많이 생각해 보았던 길자는 마치 자기도 이런 데서 죽으려고 몇 번 시도해봐서 틀림없는 사실이라는 듯 자신있게 내뱉었다. 소연이 다급하게 속삭였다.

"쉿! 조용히 해. 서영이가 자살하기 전에 마지막으로 우릴 만나려고 동창회에 나왔다면 이건 신(神)의 계시야. 우리보고 뒤를 쫓아가 살리라는 높으신 분의 뜻이 아니겠어. 자자, 우리 마음을 단단히 먹자. 약을 먹기 전에 들어가서 저지해야 하니까 민첩하게 걸어야겠다."

서영이 이미 집으로 사라진 뒤라 그들은 산중턱 집을 향해 뛰기 시작했다. 서른 중반의 여자들이지만 죽음을 앞둔 친구를 생각하자 10대 소녀들로 돌아가서 팔을 휘두르며 뛰었다. 저들의 뺨이 산바람에 붉게 물들었고, 사우나에 들어간 것보다 더 많은 땀방울이 등줄기를 타고 흘러내렸다.

초인종이 없는 대문을 세차게 밀치자 힘없이 열렸다. 그 안으로 네 사람의 눈이 일제히 쏟아져 들어갔다. 보잘 것 없는 잡목이 우거진 산기슭에 비해 뜰은 눈에 확 띄게 아름다웠다. 3백 평이 넘어 보이는 넓을 뜰은 온통 꽃밭이었다.

"아아! 참으로 아름답구나! 서영이 이곳을 에덴동산이라고 한 것이 분명해."

제일 마음 밭이 여린 길자가 감탄사를 늘어놓았다.

"쉬! 조용히 해라. 우린 지금 꽃밭을 구경하려고 온 게 아니야. 죽음을 앞둔 서영이를 살리려고 여기까지 뛰어온 거라고."

소연이가 엄숙한 표정을 지으며 안의 동태에 눈빛을 번뜩였다. 폭풍 전야의 정적처럼 꽃밭은 평화롭고 한가했다. 꿀을 따려고 꽃술을 파고드는 벌들의 윙윙거림이 뜰 안에 생기를 불어넣었다. 개나리색 나비들이 떼를 지어 날아다녔고, 세상에 있는 모든 종류의 꽃들이 다투어 핀 뜰은 비밀의 화원처럼 요염한 기운이 감돌았다. 얼마나 시간이 흘렀을까. 앞치마를 두른 서영이 전지가위를 들고 꽃밭 한가운데 앉았다. 여전히 챙 넓은 모자를 쓰고 말이다.

"젠 죽을 마음이 전혀 없잖아."

실망했다는 듯 민애가 큰소리로 말했다. 그때 서영의 눈이 대문 쪽으로 향했다.

"어머! 너희들 여긴 어쩐 일이냐?"

예상치 못했던 친구들이 대문 안으로 머리를 디밀고 있는 걸 보고 서영은 어이가 없어 입을 따악 벌렸다.

"너희들 여길 어떻게 알고 찾아왔니?"

"으응 니 뒤를 미행했다. 얼마나 행복하게 사나 보려고."

길자가 치렁대는 한복 뒷자락을 처억 앞으로 잡아당겨 끌어안으며 안으로 발을 들여놓았다.

"어서 들어와. 그럼 함께 오자고 하지 예까지 미행하느라고 얼마나 고생했니. 여긴 자가용 가지고 와도 굉장히 험한 코스인데."

서영은 양손에 끼고 있던 목장갑을 벗어 전지가위와 함께 물뿌리개 위에 올려놓았다.

"너 여기서 도대체 무얼 하는 것이냐. 이 넓은 평수에 몽땅 꽃을 심어놓고 혼자서 여가를 즐기는 거냐. 아무리 살펴봐도 돈 될 것은 하나도 없구나. 장미나 카네이션을 기르든지, 돈이 될 만한 난초를 기르면 모르겠다. 이건 전부 풀꽃들이 아니냐. 저 쪽엔 가을을 위해 코스모스를 심어 놓았고, 저 구석엔 맨드라미·백일홍·채송화가 있구나. 어머! 저기 좀 봐라. 의승화가 있고. 저런 저쪽엔 해바라기가 줄을 섰네. 금잔화도 있고 분꽃도 있구나. 도대체 넌 여기서 어떤 목적을 가지고 무얼 하고 있니? 보아하니 슈퍼마켓도 근처에 없고, 시장도 먼데다, 자가용도 없는 모양인데, 여기서 무얼 먹고 사니?"

공부를 많이 해서 교수가 된 터라 논리적인 사고를 가진 소연이 어처구니가 없다는 듯 한숨을 쉬어가며 넓을 뜰을 샅샅이 둘러보았다.

"도대체 네 남편은 무엇 하는 사람이냐?"

"그렇게도 알고 싶으냐?"

"그래. 이게 별장이라고 말하긴 너무 후락했고, 너 같은 미인이 살기엔 어울리지 않아서 그런다. 우리생각이 틀렸니?"

"맞아. 세상 사람들은 그렇게 생각하지. 나도 처음엔 그랬으니까. 솔직히 고백하는데, 여기서 이렇게 살기까지 가장 힘들었던 것은 자존심을 죽이는 일이었다. 그것 때문에 나 자신과 무척 싸웠어. 나보다 못생기고 못 배운 여자들이 서야할 자리에 어째서 내가 있어야 하는지 목에 힘을 주며 치솟는 자존심이 처음엔 나를 미치게 하더구나. 죽음까지 각오할 정도로 끔찍했던 투쟁에서 나를 살려낸 사람이 있단다. 에덴동산에 묻혀 단순한 삶을 살 수 있도록 이끌어준 사람이 있었어. 난 지금 그 사람에게 감사한다. 진심으로 감사하고 있어. 너희들 상상할 수 있겠니? 내가 얼마나 평안하고 행복한지!"

"니 남편이 그런 마술을 지녔던 모양이구나. 미인인 널

잡아두려고 잔인한 술수를 쓴 것이 분명하다. 남자의 독점력이 이 정도에 이르면 이건 병적이라고 볼 수 있어. 우리끼리 은밀하게 이야기해보자. 혹시 니 남편이 정신적이나 육체적 불구자가 아니냐? 인간이란 사람 속에서 살며 행복을 누려야 하는 법이다. 인간은 사회적인 동물이란 말도 있잖니. 사람 속으로 널 보내지 않고 이런 감옥에 집어넣은 네 남편을 저주한다."

민애가 분개해서 떠벌리자 벌들이 소리를 죽이고 멀리 날아가버렸고, 나비들도 구석진 곳으로 몸을 피했다. 그때 뒤뜰에서 뒤뚱거리며 걸어오는 소녀가 있었다. 새빨간 원피스를 입은 열 살 정도의 계집애가 얼굴을 반쯤 가린 챙 넓은 밀짚모자를 쓰고 이들 앞에 모습을 드러냈다.

"어어어…… 어마. 여어어기이……."

여자아이는 손에 지렁이를 들고 있었다. 맑은 물이 고인 곳에서 건져 올렸는지 색동저고리처럼 줄이 선명한 지렁이였다.

"그래 그래. 다영아. 그걸 제자리에 가져다 놓아야지. 여기다 버리면 아야야 하고 아파해요. 지렁이는 물이 있어야 사는 거야."

"아아아파. 으으으 마이 아아파……."

"그럼. 어서 뒤란 낙숫물이 고인 곳에 가져다 두어라. 지렁이 엄마가 찾으면 어쩌려고. 아이쿠! 우리 다영이 착하다."

다영은 엄마의 말을 알아들었는지 어쨌는지 반신을 질질 끌며 뒤란으로 갔다.

네 여자는 얼이 빠진 것처럼 그저 멍하니 다영이 사라진 뒤란을 바라볼 뿐이었다. 뒤뜰엔 만발한 봉숭아 꽃잎들이 떨어져 땅을 뒤덮고 있었다.

"이제 궁금증이 풀렸니. 저 애가 나에게 에덴동산의 비밀을 가르쳐주었단다. 저 앤 사람을 미워할 줄도 모르고 아옹다옹 싸울 줄도 모른단다. 1, 2등을 다투며 공부할 줄도 모르고, 숙제 때문에 고민도 하지 않고, 시험 걱정도 없어. 그저 나비처럼 벌처럼 꽃과 풀 사이를 뛰어다니며 천사처럼 재잘대고 있어. 그 애의 마음을 닮느라고 처음엔 번민했으나 이제 우린 한 몸이란다. 이 땅 위의 에덴동산에 살아남은 유일한 사람들이지. 나는 딸을 낳았지만, 저 딸이 나를 가르쳤어. 새사람으로 태어나도록 말이야."

"어쩌다가 애가 저렇게 되었니?"

"출산할 적에 내가 무식해서 시간을 끌었어. 바로 제왕절개 수술을 했으면 좋았으련만. 산소가 부족해서 우리 다영이는 세상까지 못 나오고 에덴동산에 머물게 되어버렸지. 제 아빠는 딸을 붙들고 몸부림치며 술만 먹고 야단이더니, 요즘 주말이면 우리처럼 에덴동산에서 우리와 함께 노는 걸 얼마나 좋아한다고."

"그럼 니 남편은 여기 살지 않니?"

"가르치는 직업이라 학교 근처에서 하숙을 하고 있어.

주말이면 이 동산으로 온단다. 시장을 봐 가지고 말이다."

"니 남편도 챙이 넓은 모자를 쓰나?"

"그럼 하루 종일 햇빛을 받으며 뛰어다니려면 챙 넓은 모자가 필요해. 그래서 꽃들도 우리처럼 모자를 쓰는 거야. 우리가족은 이 동산에서 가장 아름다운 하느님의 꽃들이란다. 어떤 종류의 꽃이든 우리처럼 색깔 있는 모자를 쓰고 벗을 줄 모르거든."

그때 다영이 뒤뚱거리며 꽃밭 가운데로 걸어 나왔다. 나비를 잡으려고 피피피삐 이이. ……이상한 소리를 내지르고 두 팔을 펄럭이면서 꽃들 사이를 헤집고 다녔다. 다영이 뒤를 쫓아서 서영이도 피피피삐이…… 소리를 지르며 커다란 한 송이 꽃처럼 바람을 펄떡이며 꽃밭에 묻혔다. 길자 소연 영자 민애, 네 여자들도 아직은 서툴지만 두 팔을 휘휘 저으며 다영과 서영의 뒤를 따라 꽃 속으로 빨려 들어갔다. ✿

어머니의 성城

아버지는 어머니의 속을 썩일 요량으로 그간 첩을 수없이 끌어들였지만,
슬플 때나 기쁠 때나 소리 없이 조용히 웃으며 먼 하늘을 바라보던 어머니,
남들처럼 돈을 들고 나가 맘껏 써본 적이 없어 아버지의 부속품처럼 부엌
과 시장과 안방을 생활의 무대로 삼고 살아온 인생인데, 그런 어머니에게
아버지의 자리를 물려주는 것이 어떨까.

농도 짙은 소금기를 머금은 땀이 눈이 쓰릴 정도로 쏟아지는 저녁이건만 동민은 에어컨을 켜지 않고 벽과 천장에서 뿜어 나오는 열기를 스펀지처럼 흠뻑 몸으로 흡수했다. 학기말 시험을 앞둔 아이들을 위해 에어컨을 트는 것이 뭐 그리 죄가 되느냐고 아내가 옆에서 고시랑거렸으나 그럴 적마다 그는 눈을 똥그랗게 뜨고 이마에 주름을 잡아서 유치원에 다니는 딸까지 눈치를 보며 그의 곁을 살살 피해갔다.

기름진 음식을 먹어도 그렇고, 잠자리가 푹신해도 마음이 편하질 않았다. 어쩌다 친구들과 안방냄새 물씬 풍기는 한식집엘 들어가도 동행한 사람들이 눈치 챌 정도로 눈가가 젖곤 했다. 유별나게 좋아 보이거나 가정 냄새가 깃든 곳이면 어디서나 반드시 겨자 없은 생선 초밥을 먹었을 때처럼 코끝이 알알해 오며 목이 메어 사내답지 않게 눈물이 찔끔거리는 병신 같은 짓을 그는 요 3년간 예사로 해왔다.

최루탄이 밥 먹듯이 터지는 대학에서 번민 많은 젊은이들을 가르쳐서 먹고사는 처지니, 당연히 그래야 한다고 그의 그런 태도에 존경을 표하는 동정파도 있으나, 이 세상 죄를 지고 가는 속죄양도 아닌데 뭘 그렇게 성인군자인 척 하느냐고 숨어서 수군거리는 치들도 있었다.

학생들이 학기말 시험을 끝내고 교정을 떠난 뒤라 어디를 봐도 헐렁하고 썰렁하게 비어있었다. 해마다 이때쯤이면 너도나도 책과 학교를 훌훌 떨어버리고 목적지 없이 멀리 떠나고픈 충동에 사로잡히게 마련이다. 곽동민 교수는 이런 날도 혼자 남아 빈 교정을 창문을 통해 묵묵히 내다보다가 사춘기의 소년처럼 파랑새를 잡으러 아무데나 훌쩍 떠나고 싶다는 생각을 했다. 동행이 없이, 그것도 행선지도 없이 무작정 떠나는 여행을 생각해봤다.

무겁게 내려앉은 하늘을 음울한 눈으로 얼마 동안 쳐다봤다. 장마가 오려는지 하늘이 꿈지럭거렸다. 연구실의 안락의자에 무기력하게 몸을 맡긴 곽동민 교수는 울적해지는 마음을 가다듬으려고 눈을 감았다. 먼지까지 끈적거리며 녹아드는 더위는 습(濕) 사우나에 들어간 것처럼 가슴을 답답하게 했다. 학술지에 발표할 논문을 쓰려고 뽑아 놓은 책들이 책상 위엔 산적해있었다. 교수로 밥을 먹고 살려면 1년에 적어도 두 편의 논문을 써야 해서 그는 먹기 싫은 밥을 먹듯이 마땅찮은 몸짓으로 책장을 넘겼다. 논문이란 인간이 서로 얽혀 살 듯 기존 이론을 배경으로 깔고 창의적인 시선을 가미시켜야 함으로 자료들을 뽑아내서 짝짓기처럼 맞춰보고 자신의 주장을 넣어야 했다.

조교도 떠난 연구실엔 항상 꽂혀있던 한두 송이 꽃도 사라지고 사랑사슬이라고 늘어뜨려 놓고 짤끔거리며 물을 주던 볼품없는 선인장도 여자의 손길이 닿지 않으니, 시드르 하니 윤기를 잃어가고 있었다. 더위에 눌려 반은 졸고 반은 우울증에 빠져 담배를 피우며 한낮을 보냈으나 아무도 찾아주는 이가 없었다. 이때쯤이면 모두 바다나 산으로 가버려 이렇게 연구실을 지키는 좀생원은 없기 때문이다. 시계가 다섯 시를 가리킬 즈음 온종일 먹먹하던 전화가 방정맞도록 요란하게 울렸다. 누굴까, 그는 느린 동작으로 이마에 끈적거리게 밴 땀을 농사꾼처럼 목에 감고 있던 수건으로 쓱쓱 닦아내고는 여유있게 수화기를 들었다.

"곽동민 교수십니까?"

"네! 그렇습니다."

전화 속의 주인공은 고위층에 있어 권위주위에 사로잡힌 사람인지 아주 뚝뚝하고 건방져 이쪽에서 지레 몸을 도사려 예, 아닙니다. 라고 응하면 될 것이란 보호 본능을 자아내게 하는 그런 투의 억양이 유별난 목소리였다. 이

것이 더위와 우울증으로 인해 멍해 있던 그의 귀를 지나치게 자극해서 짐짓 화가 난 듯 차갑게 응수했다.

"여긴 목포 경찰서입니다."

동민을 경찰이란 단어에 초긴장해서 마른 침을 꿀꺽 삼키고 왼손에 들었던 수화기를 오른손에 옮기며 귓속을 파고드는 음에 신경을 곤두세웠다.

"우리 학교 학생이 거기까지 가서 문제를 일으켰나요?"

기가 죽은 음성으로 말끝을 흐리며 더듬더듬 말해놓고 그는 엉뚱하게도 미문화원이 목포에도 있었던가 하는 생각을 하고 있었다. 머리는 말보다 회전이 빨라 과대표의 고향이 목포란 점을 내심 떠올리며 거기까지 가서 데모를 주동했다 해도 성인인 대학생을 부모도 어쩌지 못하는데 교수가 어떻게 하겠느냐는 말을 준비하고 있었다.

"그런 일이 아닙니다. 이두란 할머니를 아시는지요?"

"네, 네…… 제 어머니입니다. 그분이 지금 어디 계십니까?"

동민은 두 손으로 수화기를 꾹 움켜잡고 전홧줄에 이상이라도 생긴 듯이 고함을 쳤다. 줄 저쪽에는 사람들이 많이 모여 있는지 시장처럼 웅성거리는 소리도 들리고, 간간이 누구를 나무라는지 군대식으로 딱딱거리는 성깔 있는 음성도 섞여 있었다.

"속히 이곳으로 오셔야 합니다."

"아아! 고맙습니다. 제 어머니를 드디어 찾아내셨군요."

"무슨 소릴 하시는 겁니까? 속히 오셔서 어머님이 저지른 일을 처리해주십시오."

"아니 신문에 낸 광고를 보고 제 어머니를 찾아내신 것이 아니란 말입니까? 그럼 제 어머니가 거기 계십니까?"

동민이 수화기 저쪽 사람에게 절하듯이 머리를 굽실거리며 이렇게 애걸하자 오히려 저쪽 사람에게 이쪽 뜻이 전달되지 않았는지 잠시 대화가 중단되었다.

"내가 아들에게 말해야 합니다. 수화기를 내게 주소."

옆에서 말하기에 작게 들리기는 했지만, 그건 3년 만에 들어보는 어머니의 목소리였다.

"어머니, 어머니, 저 동민이에요. 도대체 어떻게 된 일입니까?"

동민은 수화기에 대고 정신 나간 듯이 고함쳤다.

"할머니, 이건 장거리 전화에요. 아들이 오면 말씀하세요."

퉁명스럽게 윽박지르는 음성이 협박하는 강도의 짓거리처럼 섬쩍지근하고 차갑게 들렸다. 동민은 내려가서 후히 사례할 터이니, 잠깐 어머니를 바꿔 달라고 간청한 뒤에야 어머니와 통화할 수 있었다.

"어머니, 돌아가신 줄 알았어요. 그렇게 나가시면 어떻게 해요. 자식들도 생각해야지요. 3년간 돈도 없이 어떻게 지냈어요. 도대체 어디 계셨어요?"

"긴말 말고 너 혼자만 알고 어이 내려와라. 형들에겐 절대로 알려선 안 된다. 알리는 날이면 난 더 멀리 도망 가 버릴 거다. 내 말 꼭 명심해라."

"그래요. 어머니, 제발 거기 계셔야지 다른 데로 가시면 안 돼요. 꼼짝 말고 그 자리에 계셔야 해요. 제가 곧 모시러 갑니다. 알아 들으셨어요?"

"알았다."

"집사람하고 같이 가는 것은 괜찮겠지요?"

"며늘아기에게도 알리지 말고 너 혼자만 오너라."

"알았어요, 어머니. 근데 무슨 일로 경찰서에 계셔요?"

"꽃 때문이다."

"네? 꽃이라고요?"

그 순간 찌잉 소름끼치는 소음이 귀청을 찢었다. 그쪽에서 누군가가 전화를 끊었는지 바람이 전신줄에 날리는 소리만 들렸다. 동민은 펼쳐 놓은 색인지와 전문잡지들을 서둘러 서가에 꽂고 연구실을 뛰어나갔다. 저녁에 둥지를 찾아온 참새들처럼 학생들 몇 명이 잔디가 곱게 자란 나무 밑에 두 다리를 쭉 뻗고 앉아 잡담을 하고 있었다. 러시아워에 택시 타기는 꼭 곡예를 하는 것 같았다. 어쩔 수 없이 동민은 15분을 걷더라도 전철 타는 쪽을 택했다. 사람들이 콩나물시루처럼 빼곡하게 찼으나 그는 용케 자리를 잡고 앉아 눈을 감았다.

어제가 어머니의 칠순이었다. 주인공 없는 고희잔치에

집안 식구들 말고도 어머니 쪽 먼 친척들이 꽤 많이 모여들었다. 어머니의 친형제나 부모는 모두 북쪽에 있어서 주로 사촌이나 육촌들이었다. 85평짜리 빌라의 현관에 신발을 다 놓을 수 없을 정도로 하객들로 붐볐다. 잔칫상을 받을 당사자가 없으니, 손님들도 자녀들의 눈치를 보느라고 아주 서먹서먹한 분위기였다. 더구나 어머니의 피붙이들은 삼 년이나 집을 나간 어머니를 찾아내지도 못하고 상을 차리는 자식들의 꼬락서니를 보러온 듯 주인공이 없는 방을 기웃거리고 무슨 냄새라도 맡으려는 듯 사뭇 기묘한 표정을 짓기도 했다. 세상에 별일이야. 노인이 죽치고 집안에 들어앉아 있지 어딜 이렇게 오래 나가 있담. 쯧쯧……, 해가며 혀를 차면서도 그들은 갈비찜에 빠져 연신 손가락을 빨았고, 큰 형수와 작은 형수는 쉴 새 없이 비워진 그릇들을 채우느라고 다람쥐처럼 민첩하게 몸을 놀렸다. 어머니의 일가들은 한결같이 가난하고 초라한 차림으로 여름이라 팔뚝과 종아리가 드러난 옷을 입고 있어 검고 지친 살갗이 그들의 열악한 생활상을 여실히 드러냈다.

"이렇게 좋은 집에서 호강할 것이지, 형님은 어디로 가버리셨을까. 그까짓 재산을 끝까지 지니고 있어 뭘 해. 죽으면 빨가숭이로 가는 걸 몰랐나. 그 나이에 젊은 애들처럼 가출을 하다니, 쯧쯧……."

"형님은 옛날부터 좀 특이한 데가 있었다니까."

친척 중에서 어머님과 가장 내왕이 잦았던 사촌들이 이렇게 말하자 모두 그렇다고 머리를 주억거렸다. 그건 어머니의 차가운 성격을 말하는 것이다. 아들이 명문인 S대학을 붙어도 기쁜 표정을 짓지 않았을 뿐 아니라 살짝 흘려주는 미소에도 인색한 분이었다. 웃지 않는 것은 그래도 괜찮은 편이다. 눈물을 흘리지 않는다는 점에선 더 문제가 심각했다. 일례를 들어 아버지가 돌아가셨을 적에도 어머니는 눈물을 흘리지 않았으니 말이다. 그래서 친척들의 구설수에 올라 창피를 당하기도 했었다. 동민도 이 점에 대해 이상하다고 생각한 적이 있지만, 여자는 으레 그런가보다 하는 정도로 흘러버렸다. 딸이 없고 아들들만 있는 집안이라 남성들 틈에 끼어 살자니 자연히 그런가보다, 라고 여겼었는데, 결혼하고 보니 아내란 여자는 연속극을 보고도 앙앙 울기 일쑤고, 어느 때는 기뻐도 창피하게 울었다. 숨어 이불 속에서 혼자 눈물을 흘리는지 몰라도 어머니는 눈물샘이 마른 여인으로 보여서 친척들은 그 점을 특이한 성깔이라고 표현하였을 터이다.

"이제 두 아들은 40줄이고 막내도 40이 내일 모레인데, 자식들 체면도 생각해줘야지. 아무래도 노망이 나신 것이야."

"어쨌든 큰 자부가 욕본다."

푸짐하게 음식을 나르는 이 집안의 큰 며느리를 보며 이렇게 아부하는 친척도 있었다. 잔칫집의 분위기가 고조

되고 속에 술과 고기가 차서 적당히 기분이 좋아진 친척들은 모두 입을 모아 어머니를 헐뜯기 시작했다. 죽은 자는 말이 없듯이 여기 계시지 않으니 입방아에 오를 수밖에 없었다. 친척들의 부추김에 힘을 얻은 큰 형수는 어머니의 방을 속속들이 공개했다. 이층빌라의 아래층에 자리잡은 어머니 방은 커튼도 화사한 연분홍색이고 부티가 잘잘 흐르는 육중한 호두농이 친척들의 눈을 누르기에 충분한 위력을 발휘했다. 형수는 농문을 열어놓고 새로 만든 비단이불과 전기담요, 춘추용 누비이불과 여름에 덮을 모시이불을 전시했고, 옷장을 열어 철철이 입을 수 있는 수십 벌의 옷들을 펴놓으며 이런 효성스러운 자부를 둔 기막히게 좋은 환경에서 노후의 낙을 즐기지 않고 무엇엔가 토라져 가출한 시어머님이 섭섭하다며 눈물을 질질 짰다. 주인 없는 방에 흑장미가 한 아름 꽂혀 있고, 원앙이 수놓인 보료가 아랫목에 깔려있었다. 에어컨이 돌아가서 방안은 땀이 잦아들게 시원했으며, 방 크기에 어울리는 수족관에 넣은 열대어들이 쉴 새 없이 뻐끔거리며 헤엄치고 있어 주인 없는 방이지만 생기가 넘쳐흘렀다.

"이 양반이 아무래도 객사한 것이 틀림없어."

어머니의 소꿉친구였던 당산댁이 집 나간 노인을 놓고 너무 떠든다 싶었는지 이렇게 서두를 꺼내자 그제야 모두 가출한 분을 놓고 걱정하기 시작했다.

"전국 경찰서에 사진 넣은 전단을 만들어 뿌리지 그래?"

"안 해본 일이 하나도 없습니다. 복지원·양로원까지 다 뒤졌는데도 도대체 행방을 알 수가 없어요."

이러자 모인 친척들의 상상이 날개를 펴서 억측이 만 갈래로 나오고, 마루나 방 어디를 가도 모두 별별 걱정을 다했다. 그들이 하는 이야기는 대개 비슷했다. 사람이 늙으면 어느 날 갑자기 노망이란 놈이 찾아와 기억력이 없어져서 집도 이름도 자식까지 모른다 않아. 자식을 보고 애인이라고 하며, 부끄러워 함께 밥을 먹을 수 없다고 얼굴을 붉히며 이불 속에 숨는 노모 때문에 고역을 치르는 아들이 있다나. 며느리가 밥에 독약을 넣었다고 손자 밥을 빼앗아 먹는 할아버지, 밥을 주지 않아 굶어 죽게 되었다고 며느리를 걸고넘어지는 시어머니, 하루 종일 한 말을 천 번도 더 되풀이해서 주위 사람을 미치게 만드는 할머니 때문에 골머리 앓고 있는 것이 현실이 아닌가. 모두가 이런 이야기를 풀어놨다.

어머니는 삼 년 전 갑자기 찾아든 치매로 인해 길거리로 뛰어나가 집도 찾아오지 못하는 거지가 되었을 것이란 투로 이야기는 흘러가고 있었다. 솔직히 말해서 비오는 날에 우산 없이 처량하게 걷고 있는 노인을 봐도 동민은 가슴이 철렁 내려앉아 일부러 앞질러 가서 얼굴을 확인한 적도 있었다. 저들처럼 그도 어머니를 노망난 여인으로 슬그머니 미뤄놓고 있었다.

이런 예상과는 판이하게 어머니는 노망기라곤 전혀 없는 위엄 어린 음성으로 형들에게 알리지 말고 혼자 내려오라고 당당하게 명령하고 있지 아니한가. 온 가족들에게 이 소식을 알리고 봉고차를 가지고 와아 함께 경찰서로 갈까 하다가 동민은 머리를 흔들었다. 혼자만 알고 오라고 지시하는 어머니의 목소리는 너무나 또랑또랑했고, 권위마저 서려 있었기 때문이다. 비록 일방적인 약속을 어머니 쪽에서 했지만 삼 년 만에 그것도 세 아들 중 막내인 동민에게 전화를 해준 것은 그래도 그를 제일 신임한다는 뜻이다. 그렇다면 그 약속을 지켜주어야 한다. 아무튼 어머니도 말 못할 어떤 비밀을 간직하고 있음에 틀림없다. 아버지가 돌아가시기 전에 형들 모르게 동민을 불러 처리한 비밀처럼 어쩜 어머니에게도 그런 유의 숨겨진 사연이 있으리라 생각하고 연구실에서 바로 고속버스터미널로 향했다.

버스는 '망향 휴게소'에서 15분을 쉬었다가 두 시간 달린 끝에 정읍에 들어와 잠시 쉬었다. 에어컨 바람이 왼쪽 어깨로만 쏟아져 내려 마비라도 온 듯 뻣뻣해져서 동민은 버스를 내려 땅을 밟고 심호흡을 했다. 동료나 가족, 아니면 제자들과 함께 여행을 했었는데, 이렇게 혼자 밤에 여행을 하니 한쪽이 빈 것처럼 허전했다. 도시의 밀집현상에 젖은 그가 어디를 가도 엉겨 붙어살며 눈치를 보고 생활하다가 갑자기 동그마니 혼자가 되니, 싱숭생숭하고 썰렁했다. 어둠 속에 본 자신의 모습은 교수도 아니요, 아버지나 남편도 아닌 중년의 평범한 사내일 뿐이었다. 정읍에 혼자 있다는 것이 묘한 설움 같은 걸 그에게 안겨주었다. 중년의 사내가 혼자 여행을 해도 이 지경인데, 고희를 넘긴 어머니가 삼 년 간이나 집을 나가 혼자 살았으니 어땠을까. 이런 절대고독을 견디지 못해 가장 미더운 아들인 동민에게 전화를 한 것 분명하다. 그러나 꽃 때문에 경찰서에 있다니, 짐작도 못할 수수께끼였다.

버스는 무안읍을 지나 어둠을 뚫고 달렸다. 밤이 오니 낮에 숨어있던 마을도 전기불빛 때문에 몸을 드러내 심심찮게 원근에서 나타났다 사라졌다. 밝은 낮에 보는 풍경과 아주 판이한 밤 버스를 타고 가면서 오만가지 생각이 교차했다. 여섯 시간을 달려야 목적지에 닿을 터이니, 한잠 자고 나도 될 성싶어 잠을 청하자 머리의 신경들이 전부 스멀스멀 살아나서 날카로운 촉수로 머리를 콕콕 찔러댔다.

도대체 어머니는 왜 가출을 했을까? 집을 나갔어야했을 여러 가지 이유들을 더듬어봤다. 어머니가 살아온 날들 중 그의 기억에 남아있는 큰 사건들을 종합, 분석해서 논문을 쓰듯 날카로운 시선으로 파고 들어갔다.

제일 먼저 그의 뇌리를 스치는 것으로 아직도 생생하게 기억하는 사건은 어머니의 러브스토리였다. 초등학교 입학식 전날, 머리맡에 가방을 위시해서 가슴에 달 이름표와 흰 손수건을 놓고 잠을 못 이루던 밤이었다. 그 시절 아홉 시면 코를 골던 그가 학교에 간다는 새로운 도전의 날을 맞아 잠을 이루지 못하고 눈만 감고 뒤척이고 있었다. 그 당시 살던 집은 ㄷ자 한옥으로 창문 밖이 바로 골목이라 지나가는 사람들의 헛기침도 들리고, 심지어는 젊은 연인들이 골목에 숨어 주고받는 밀어까지 몽땅 방안으로 파고들어왔다. 그날 어머니는 형들 둘을 옆방에 재우고 한 살짜리 막내 동식을 끼고 누웠고, 동민은 잠을 험하게 잔다고 아예 윗목에다 자리를 깔아주었다. 그래야 아침에 아랫목에 굴러와 있기 때문이다. 밤 11시나 되었을까 느닷없이 밤의 정적을 가르고 간장을 쥐어짜는 듯 슬프고 슬픈 깡깡이 소리가 들렸다. 바로 창문 밖에서 나는 소리였다. 누군가가 의도적으로 창밑에 와서 그러고 있는 것이 분명했다. 지금 생각하면 그 악기는 바이올린으로 아버지가 깡깡이새끼라고 욕을 해서 그렇게 생각한 것뿐이었다. 그리고 곡명도 나이 들어 알게 된 것인데 유명한 슈베르트의 소야곡인 '세레나데'였다. 이 깡깡이소리에 어머니는 전기충격을 받은 사람처럼 밖으로 뛰어나가는 것이 아닌가. 호기심이 발동한 동민은 잠옷 바람으로 재봉틀 의자를 끌어다 창가에 놓고 그 위에 올라가 밖을 내다봤다. 놀랍게도 넥타이 정장차림의 사내가 깡깡이를 들고 서 있었다.

"정말 이렇게 해야만 마음이 편하시겠어요?"

어머니가 기어들어가는 떨리는 음성으로 말했다.

"잊을 수가 없어서 그래."

"어서 좋은 여자를 만나서 결혼하세요. 다시는 여기 나타나지 마요."

"이 집 남자가 당신을 버리길 기다리고 있는 거야."

"전 아들을 넷이나 낳은 여자예요. 잔잔해진 집안에 파문을 일으키지 말아 주세요. 제발 절 잊어주세요."

"아아! 그렇게 쉽게 당신을 잊을 수 있다면 얼마나 좋겠어."

"전 여기서 아주 행복하단 말이에요."

"거짓말 마. 행복한 사람이 어째서 얼굴이 그렇게 굳어 있어. 옛날의 얼굴이 아니야. 나와 도망치자, 나와 멀리 달아나자."

"안 돼요."

낯선 남자가 어머니의 손을 우악스럽게 잡아당기는 것이 아닌가. 어린 동민은 정말 어머니가 도망가버릴 것 같아 우아아 울음보를 터뜨렸고, 온 집안이 웬일인가 웅성거릴 적에 어머니가 가만히 대문을 닫고 들어와 울어대는 그의 등을 또닥거려주었다. 그때 어머니의 눈에 고인 슬픈 물기는 일생 그의 뇌리에서 떠나질 않았다. 그 뒤 어떻게 되었는지 깡깡이사내는 그의 집 창가에 다시 오질 않았으나 그는 이따금 꿈속에서 멀리 가버리는 어머니에 대한 불안으로 눈물을 흘린 적이 많았다. 아버지가 사랑하는 두 연인의 사이를 갈라놓고 어머니를 강제로 데려온 것이 틀림없었다. 그렇다면 어머니의 가출 사유가 자식들도 다 커서 짝을 맺어 떠났고, 그녀를 속박했던 아버지도 돌아가신 뒤라 모두를 풀풀 털고 나가 옛 애인과 사랑의 보금자리를 만들어놓고 창피하니까 동민만을 불러내는 것일까? 그러나 어머니의 나이에 과연 그런 사랑의 도피행이 가능할까. 어머니에게 그런 용기가 있었다면 이미 30대 혈기 있던 시절에 가출했을 터이고…….

어머니의 일생에 두 번째로 집히는 대사건은 막내 동식이의 죽음이었다. 그 건 7년 전 사건이니, 어머니가 가출할 당시에는 이미 4년이 지난 일이 아닌가. 대학교 2학년이었던 동식이 군인을 간 것은 순전히 아버지와의 불화 때문이었다. 동민보다 여섯 살 아래 동식은 고집이 세고 타협을 못해 언제나 아버지의 지청구를 듣기 일쑤였다. 더구나 어머니의 가장 큰 사랑을 받고 있다는 점이 아버지의 미움에 더 부채질을 했을 터이다. 대학에 다니는 주제에 사귄 여자가 이 나라에 제일 하류층에 속하는 술집을 경영하는 여자의 사생아란 점에서 아버지의 노여움을 샀다. 동식이 아버지 쪽에 붙어 애교를 부리고 잘 했으면 문제는 다르게 풀렸으련만 아니 어머니만이라도 가만히 있었으면 좋았을 것이다. 어머니는 이상하리만치 동식의

편을 들어 결혼에 그런 것이 무슨 문제가 되느냐고 반기를 드는 바람에 그게 집안에 거대한 돌풍을 몰고 와서 나중에는 다 큰 자식들 앞에서 아버지가 어머니를 구타하는 사건으로까지 번졌다.

"그 피를 못 속여. 너란 여자 속에 흐르는 더러운 피가 이 아이에게 전해져서 깨끗하질 못한 거야. 에이 더러운 년! 그런 며느리 맞으려면 당신이 먼저 이 집안에서 써억 나가버려. 에이! 더러워, 퉤퉤……."

어머니는 그때도 울지를 않았다. 아들 넷이 모두 놀라 망연자실 서 있는데도 어머니는 아무 일도 없는 것처럼 집안청소를 하고 빨래를 했다. 아버지는 분을 삭이지 못해 허공을 향해 혼자 떠들다가 나가버렸다. 그러고 광주 사태가 터졌다. 엉뚱하게 전방에서 죽지 않고 공수부대원으로 나간 그가 시위대 차에 치어 죽었다는 사망소식을 받은 저녁이었다.

"곽동식이 죽었습니다."

어머니가 직접 받은 전화였다. 그때 식구들이 모두 식탁에 둘러앉아 저녁을 먹고 있었다.

"우리 동식이가 죽었다고요. 네 알았습니다."

어머니는 이렇게 말하고 다시 밥상에 앉아서 밥을 몇 숟갈 떴다. 식구들은 너무 놀라서 이런 어머니를 물끄러미 응시했다. 거짓말을 해서 동식을 미워하던 아버지를 놀래줄 심사라고 해석했기 때문이다. 그러나 얼마를 그렇게 앉아 있다가 이렇게 중얼대는 것이 아닌가.

"동식이가 죽었대. 근데 동식이가 누구지."

어머니는 무엇인가를 한참 생각하는 듯하더니, 놀라서 입을 딱 벌렸다.

"어머, 동식이는 내 아들인데, 내가 제일 사랑하는 동식이가 죽었다네."

그때도 어머니는 울지를 않았다. 무섭도록 차가운 얼굴로 조용히 방안으로 들어가버렸다. 차라리 여느 어머니들처럼 몸부림치며 울어 젖히고 기절했더라면 인간적이라 온 식구가 함께 울며 소동을 떠는 사이 심리학에서 말하는 카타르시스를 거쳐 치유되어 가출로 이어지지는 않았을 것이 아닌가. 그 뒤 어머니는 동민의 공부방에 들어와 이런 질문을 한 적이 있었다.

"집을 나간 사람은 언젠가는 돌아오는 것이지, 그치?"

"……"

"군인 생활 3년이 지나면 우리 동식이가 돌아올 것이지?"

"어머니, 그 앤 죽었어요. 육신의 눈으론 볼 수 없어요."

"대문을 밀치고 들어오며 어머니 하고 부를 것이어."

그때 어머니의 눈은 허공을 보는 것 같았고, 초점이 흐려 있었지만 결코 눈물을 보이지 않았었다. 그렇다면 어머니는 아들을 기다리다가 돌아오지질 않으니, 그를 찾아 집을 나갔단 말인가? 글쎄……, 그것도 가출의 이유가 되기에는 부족했다.

　세 번째로 어머니의 삶에서 큰 획을 그은 사건은 동민
도 연루돼있었다. 그러니까 5년 전에 아버지가 폐암으로
죽음을 앞두고 있을 때다. 말기폐암선고를 받으면 기껏해
야 3개월, 오래 살아야 1년이라고 했다. 만에 하나 살아
난다고 해도 삶의 시간이 정해진 그런 병이었다. 폐암은
대부분 뇌로 전이될 가능성이 있어서 죽음을 며칠 앞둔
그런 상태였다. 그때도 지금처럼 폭염이 찌는 여름이었는
데, 느닷없이 학교로 전화가 걸려왔다.

　"팥빙수가 먹고 싶으니, 지금 당장 사가지고 오너라."

　아버지는 무뚝뚝하게 이 한마디를 하고 상대방의 대답
도 기다리지 않고 전화를 끊어버렸다. 아버지는 늘 그런
분이었다. 명령 한마디로 어머니와 가정을 다스려 나갔으
니까 말이다. 큰 회사를 경영하고 많은 재산을 가지고 사
람을 거느리는 입장에 서다보니, 그런 태도가 몸에 밴 것
일까. 더구나 어머니도 곁에 있을 터이고, 비서까지 시중
을 들고 있으니 빙수 한 그릇쯤이야 저들을 시켜도 무방
하련만 근무 중인 아들을 대낮에 불러들이는 이유를 알
수가 없었다. 그러나 죽음을 코앞에 둔 분이 내리는 명령
이라 연이어 있는 수업시간을 휴강으로 처리하고 집으로
달려갔다. 팥빙수가 다 녹아 물이 될 것이 두려워 집근처
까지 와서 샀지만, 녹을까봐 조바심을 해가며 뛰었다. 그

렇게 서둘렀는데도 반쯤 녹아 물이 고인 빙수를 한 숟갈도 뜨지 않고 아버지는 어머니랑 큰며느리까지 모두 나가 있으라고 턱으로 지시했다. 그들이 다 물러나고 둘이 오붓이 남게 되자 그는 은밀한 목소리로 비밀스럽게 말했다.

"아무래도 재산을 정리해야겠다."

그렇게 말하는 아버지의 눈가에 검푸른 색이 자리를 잡고 있었다. 해산의 고통보다 더 참기 어렵다는 암의 말기 증상이 이미 시작되었는지 아버지는 아픔을 참느라고 안간힘을 쓰고 있는 것이 역력했다. 동민은 긴장해서 마른침을 삼켰다. 순간 두 형님들의 성난 얼굴이 잠깐 그의 뇌리를 스쳤기에 뜨악한 표정을 짓고 아버지의 입을 응시했다.

"네 형들을 믿을 수가 없어 그런다."

아버지의 얼굴에 쓸쓸한 빛이 돌았고, 눈가가 젖어왔다. 이제 칠순이니, 아직도 10년을 거뜬히 더 사실 수 있는 나이가 아닌가. 동민은 무어라 운을 뗄 수가 없어서 그저 묵묵히 방바닥을 내려다볼 뿐이었다.

"무슨 말을 좀 하려무나. 왜 그러고 앉았니."

아버지가 벌컥 역정을 냈다.

"제 위로 형님이 두 분 계신데, 그분들 하고 의논하시는 것이 순서입니다."

"그놈들은 소용없다니까."

아버지는 벌써 오래 전에 이런 결심을 한 것이 분명했

다. 가슴이 아파오는지 이마에 끈적끈적 밴 땀을 손등으로 문지르며 머리맡에 놓여있는 금고문을 열더니, 재산 일체를 그의 앞에 밀어놓는 것이 아닌가. 이건 감히 어머니도 손을 대본 적이 없는 아버지의 영역이요, 힘의 상징이었다. 아버지가 동민을 부를 수밖에 없는 절박한 사정을 모르는 바가 아니다. 큰형과 작은형은 일정한 직업이 없었다. 아버지 곁을 맴돌며 생활비 이외에도 어떻게든지 돈을 뜯어가느라고 혈안이었다. 아버지의 거대한 돈더미를 보고 아예 돈 벌기를 포기하고 먹자판인 두 아들을 아버지는 늘 못마땅해서 큰소리가 그칠 날이 없었다. 유독 동민만이 아버지를 의지하지 않고 두 발로 서서 착실하게 살아가기에 아버지의 자랑거리요, 이 집안의 훈장처럼 늘 아버지가 가슴에 달고 다니는 아들이었다.

"그래도 장손과 의논하셔야지 형제간 의가 상합니다."

아버지 앞에 바짝 다가앉은 동민이 밖에 들리지 않도록 작은 목소리로 의사를 분명히 표하며 난색을 보였다.

"그놈들에게 재산을 넘겨주느니, 차라리 나라에 바치겠다."

단호한 아버지의 음성에서 그 결심이 상당히 단단한 것을 감지한 동민은 한참 어떻게 대답해야 할지 몰라 머리를 짜느라고 망설이고 있었다.

"잔말 말고 이 문서에 있는 명의를 전부 너의 이름으로 이전해놓아라. 증여세가 붙을 터이니, 그건 시골에 있는 땅을 팔아서 내도록 하고."

아버지는 누가 뭐라던 막무가내로 일을 진행시키려고 했다. 그는 병원에서 살 수 있다고 말한 날보다 이미 6개월을 더 살았으니 눈치로라도 죽음이 다가왔음을 감지한 것이 틀림없다.

"차라리 아버지가 잘 아시는 고아원 같은 데라도 기증하세요. 저희들을 키워준 것만으로도 아버지는 충분히 베푸셨어요."

"바로 그 점 때문에 내가 이 재산을 너에게 물리는 것이다."

최근 아버지의 죽음이 임박해 오자 큰형은 아버지의 것이 자기 것인 양 음흉한 냄새를 피우고 작은형은 형이 몽땅 독차지하고 법적인 양을 물려받지 못할까봐 전전긍긍했다. 형수들의 눈빛까지 이상할 지경이라 집안의 분위기가 살얼음판이었다.

"재산보다 중요한 것은 형제간의 의리라고 생각합니다. 제 이름으로 재산이 다 옮겨진 걸 알면 형들이 가만히 있겠습니까."

"그것도 감당 못할 정도로 네가 나약한 녀석이었단 말이냐."

아버지의 목에서 가래 끓는 소리가 났다. 의사인 친구의 말에 의하면 죽음을 앞둔 사람의 목에서 가래가 몹시 끓는다고 하지 않았던가. 그 순간 어머니의 얼굴이 동민의 눈앞에 다가왔다. 아버지에 깔려 숨소리도 내지 못하고 일생을 사신 어머니, 깡깡이사내의 일로 아버지는 어머니를 학대하며 짓밟아오지 않았던가. 아버지는 어머니의 속을 썩일 요량으로 그간 첩을 수없이 끌어들였지만, 슬플 때나 기쁠 때나 소리 없이 조용히 웃으며 먼 하늘을 바라보던 어머니, 남들처럼 돈을 들고 나가 맘껏 써본 적이 없어 아버지의 부속품처럼 부엌과 시장과 안방을 생활의 무대로 삼고 살아온 인생인데, 그런 어머니에게 아버지의 자리를 물려주는 것이 어떨까. 번개처럼 그의 머리에 기발한 묘안이 떠올랐다.

"아버지, 제게 좋은 생각이 있는데 말씀드릴까요?"

"으음."

"재산을 전부 어머니 앞으로 해놓으세요. 그러면 저도 형들의 오해에서 빠져나올 것이며, 형들은 아버지 대신 들어선 어머니를 잘 받들어 효도할 것이며, 며느리들도 극진히 모실 것이니, 얼마나 좋습니까. 그러면 어머니 뒤에서 제가 잘 조종해서 재산을 관리해나가겠습니다."

이런 엉뚱한 제의에 아버지는 오랫동안 눈을 감고 생각에 잠기더니, 무겁게 눈을 뜨고 내놓았던 재산문서를 주식들과 함께 다시 금고에 넣었다. 얼마나 시간이 흘렀을까. 아버지는 몹시 괴로워하다가 결단을 내려 입을 열었다.

"네 말이 맞다. 네 어머니가 내 대신 이 재산을 관리하고 사노라면 외로움도 잊을 것이고, 아들 며느리의 효도도 받을 것이니, 참 좋은 아이디어다. 동전 한 닢 쓰는 데도 벌벌 떠는 사람이니, 숨을 거두기 전까지는 이 재산을 축내지 않을 것이다. 사실 나는 네 엄마를 너무 들볶았다. 좋아해서 데려다놓고 속만 썩였지. 어머니가 죽은 다음에는 네가 잘 알아서 관리할 것이 아니냐. 이것들을 니 어미 앞으로 수속 해 놓아라."

그날부터 동민과 아버지 사이에 비밀이 생겼고, 전격적으로 이 계획은 착착 진행되어서 전 재산이 남김없이 어머니의 명의로 등기되었을 적에 아버지는 눈을 감았다.

선산에 아버지의 시신을 묻고 돌아온 저녁, 큰아들 동호와 둘째 아들 동석이 어머니의 방으로 뛰어 들어갔다. 두 며느리도 미친 듯이 따라 들어가 지쳐 누워 있는 어머니를 붙들고 노골적으로 나갔다.

"아버지가 재산을 어떻게 해놓고 가셨습니까?"

"우리들에게 어떻게 분배하셨느냐 말이에요."

"장남인 제가 전부 관리해야 원칙입니다."

어머니를 둘러싼 모두의 눈에 핏발이 서 있었다. 동민과 그의 아내는 이미 내막을 알고 있었기에 대청에 서서 사태의 진전을 지켜볼 뿐이었다.

"재산이 그렇게도 중하냐. 아버지를 땅에 묻은 날이니. 어서 물러가 있어라. 그 문제는 나중에 말하자."

"아닙니다. 1초가 급합니다. 아버지의 유서나 재산처리를 장남인 제가 알 권리가 있습니다. 전 이 집안의 장남이 니, 아버지를 대신하는 것이 법입니다."

"형이 그럼 이 재산을 전부 혼자 갖겠다는 거야?"

"그건 장남인 내가 알아서 할 일이지, 이래라저래라 떠들지 마라."

"아니 그럼 아주버님 혼자 이 재산을 전부 독차지하시겠단 말인가요?"

둘째 며느리도 지지 않고 덤벼들었다.

"집안 서열이 있는 법인데, 밑에 동서가 주제넘게 왜 나서는 거야."

큰며느리까지 가세해서 두 형과 형수들이 서로 옥신각신 싸우는 소리로 집안은 호곡 대신 다툼으로 소란했다. 동민은 팔짱을 끼고 눈을 감았고, 그의 아내는 그 옆에 쪼그리고 앉아 화장기 가신 얼굴을 두 손으로 감싸 안았다. 그때 어머니의 호된 꾸지람이 들려왔다. 늘 조용하시던 분이 어디에 그런 우레 같은 소리를 감추고 있었단 말인가.

"고얀 놈들 같으니, 썩 물러가라. 이 재산은 모두 내 이름으로 등기가 끝났다."

"그럼 어머니가 이 재산을 다 가지가시겠단 말입니까?"

큰며느리가 맞서서 악을 썼다.

"왜 내가 가지면 안 되느냐, 이 버르장머리 없는 놈들아."

"우리 눈으로 확인해야겠습니다"

"그래, 두 눈으로 똑똑히 확인하고 가거라. 그리고 내 앞엔 절대로 나타나지 마라."

어머니가 금고를 열고 문서들을 내던지는 소리가 밖에까지 들려왔다.

"이건 동민이 새끼 음모야. 이 자식을 그냥 놔두나 봐라."

두 형이 뛰어나와 동민의 멱살을 잡아 목을 조이는 바람에 아내가 그들에게 매달리며 울다가 얼굴을 맞아 코피를 흘리고 동네 사람들이 모여들어 구경을 하고 집안은 온통 수라장이었다. 너무 싸움이 치열하고 피를 흘리니 동네 사람들 중에 누군가가 경찰에 연락해서 요란한 경찰차 사이렌 소리가 동네를 잡아 흔들었다. 세 아들과 세 며느리가 엉겨 붙어 싸우는 꼴을 어머니는 그저 조용하게 표정 없이 지켜볼 뿐이었다. 형들의 횡포에 벗어난 동민이 코에서 흐르는 피를 씻고 나오니, 어머니는 아무 일도 없었던 것처럼 먼 산을 바라보며 석고처럼 서 있었다.

재산처리에 대한 동민의 제안이 얼마나 현명했는지! 몇 달간 며느리들은 효부로 소문이 날 지경이었다. 효자노릇으로 어머니의 환심을 사려는 형들의 극성이 종내는 싸움으로 비화해서 치열한 전쟁터가 되었다. 옆에서 지켜보는 동민은 슬그머니 걱정이 되기 시작했다. 저러다가 어머니를 돌아가시게 하는 것이 아닌가 하는 망상의 구름이 잠자리까지 불편하게 했다.

동민의 이런 걱정은 엉뚱한 데로 터졌다. 큰형인 동호

가 어머니의 금고를 깨고 모든 재산을 자신의 이름으로 이전해놔서 작은형인 동석과 엄청나게 싸우더니, 둘이서 어떤 선에서 해결했는지 조금 잔잔해질 무렵 어머니는 가출을 단행한 것이다. 그것도 어머님이 자신의 몸처럼 아껴온 손때 묻은 집을 장남이 강권적으로 팔고 빌라로 옮겨온 첫날에 말이다.

그렇다면 세 번째 사건이 어머니의 가출 요인이란 말인가? 그럼 집을 니기실 때 돈이니 재산을 빼돌렸어야 한다, 당당하게 아들들을 불러 이래서 내가 나갔노라고 떵떵거리고 자식들 속을 끓여주어야 원칙이 아니겠는가. 의도적인 가출이었다면 아들의 불효를 사회에 고발해서 창피를 당하게 하는 어떤 방법을 써야 맞아떨어지는 이야기가 될 터이다. 더구나 어머니 수중에 지닌 것이라곤 끼고 있던 금가락지하고 자잘한 금붙이들이 고작인데…….

세 번째로 건져 올린 어머니의 가출 이유도 논문을 쓰듯 논리적으로 전개를 해서 결론을 내려놓으니, 그것도 너무 미흡했다.

동민이 여섯 시간을 버스에 시달려 목포경찰서에 닿았을 땐 밤 열한 시 가까운 늦은 시간이었다. 찾아온 용건을 말하자 당직 형사는 그를 칸막이 없이 휑하게 뚫린 방으로 데리고 갔다. 책상들이 연이어 붙어있는 홀은 너무 휑뎅그렁해서 여름이건만 오스스한 한기가 감돌았다.

형사와 마주 앉자마자 동민은 다급하게 물었다.

"제 어머님이 꽃 때문에 여길 들어와 계신다는데, 그게 무슨 뜻입니까?"

형사는 동민의 말에 대답도 않고 컬러사진 한 장을 그의 코앞에 불쑥 내밀었다. 새빨간 양철지붕을 배경으로 흰색과 자색의 접시꽃이 흐드러지게 피어있는 사진이었다. 마치 네덜란드의 튤립을 담은 그림엽서 같았다.

"이런 사진이 우리 어머니하고 무슨 관계가 있습니까?"

동민은 사진에서 눈을 떼지 않고 이렇게 물었다. 바람에 살랑거리고 있는 꽃밭을 사진사가 얼마나 기술적으로 포착했는지! 맨 앞줄에 찍힌 몇 송이의 꽃들만이 배경에 깔린 꽃들보다 훨씬 크기는 하지만 조금 흔들려서 약간 흐린 색이었다.

"이것들이 모두 양귀비꽃입니다."

"네?"

"밀 재배를 한 것이지요."

"제 어머님이 양귀비를 밀 재배했다고요?"

"섬에 간 사람이 찍어 가지고 와서 고발했으니, 어쩔 수 없이 지금 조사 중입니다. 백 평 넘는 밭에 양귀비를 심어 놓았으니, 이건 아편 업자와 결탁한 것이 틀림없습니다."

"여기가 어딥니까?"

형사가 동민을 업신여기는 듯 약간 거만하게 흘겨보았다. 네가 대학교수면서 제 어머니를 얼마나 돌보지 않았으면 가출을 했으며, 이렇게 법에 어긋나는 짓을 해가며 생계를 이어야 했겠느냐 하는 질책이 담긴 눈이었다.

"정말 그렇게 까맣게 모르셨습니까? 거긴 고하도란 섬입니다."

"도대체 어디에 있는 섬입니까?"

"딱하시군요. 고하도가 어딘지도 모르시다니. 목포에서 빤히 보입니다."

가슴이 꽉 박혀왔다. 목포 근처 섬에서 양귀비를 기르며 혼자 살아온 어머니를 삼 년 간 서울 변두리에 전단을 뿌리고 찾아다녔으니…….

"모든 죄는 제가 받겠습니다. 자식 된 입장에서 잘못 모신 죄가 큽니다."

동민이 울먹이며 이렇게 말하고 담배를 권하자 처음에 그렇게 경멸하는 눈으로 신경질적인 반응을 보였던 형사의 얼굴 근육이 약간 풀렸다.

"현장을 찍어 고발한 사람이 고위층에 속한 사람이라 우리 입장도 난처하게 되었습니다. 배를 타고 지나가며 찍힐 정도이니……."

"어머니를 지금 만나 뵐 수 있을까요?"

"자정을 넘은 시간에 면회는 금합니다."

"그럼 이 일을 어떻게 처리해야 합니까?"

"우선 내일 현장엘 같이 가봅시다. 그러면 우리가 왜 이렇게 해야만 하는지 납득이 가실 것입니다. 우리도 이 문제로 골치가 아픕니다."

　시계바늘이 벌써 자정을 훨씬 넘어서 있어 형사는 노골적으로 피곤함을 보이며, 그간 꾸며놓은 조서를 덮고 손깍지를 끼고 뒤로 머리를 젖혔다.

　여객선 터미널에서 고하도로 뜨는 쾌속정은 하루에 세 번뿐이 없었다. 아침 7시에 뜬 뒤 쭉 건너뛰어서 새로 한 시에나 다음 배가 있다고 한다. 동민은 형사의 시간을 축 낼 수 없어서 작을 배를 세내어 고하도로 향했다. 꽤 먼 뱃길일 것이라고 짐작했는데, 15분 만에 도착한다니, 가까운 곳이었다.

　"고하도는 무엇으로 유명합니까?"

　동민의 옆에 바짝 붙어 앉아 모터의 꽁무니에서 끓어오르는 물거품을 응시하며 담배를 빨고 있던 형사는 말수가 적은 40대 중반의 사내였다.

　"이순신 장군을 기리는 '모충각'이 있지요. 1772년에 세워진 것인데, 거북선을 끌고 나가 해전을 벌일 적에 군량미를 고하도에 비축했었다는군요. 레이더망에 잡히지 않을 정도로 아주 좋은 천연의 요새라 섬 전체가 그린벨트로 묶여있지요. 해군들이 고하도 주변의 섬에 요새를 쌓고 있는 걸 보면 군사적으로도 중요한 곳인가 봅니다."

　부두에 닿으니, 밀물과 썰물의 차이가 심한지 물이 빠져나간 바위에 선명한 물 자국이 남아있었다. 굴이 달라

붉은 바위들, 보리똥 나무와 무화과가 지천이었다. 노란 꽃을 만개한 갓이 밭가에 널려있어 제주도의 유채꽃을 연상케 했다.

말없이 앞장서 걷던 형사가 부두에서 5분도 걸리지 않을 거리에 있는 산 밑의 조그마한 양철집을 손가락질했다. 처마가 낮은 집 앞의 텃밭에 양귀비가 만발해서 바닷바람을 타고 하늘거렸다. 얼마나 거름이 진한지 양귀비는 어른의 허리를 넘게 자라 올라 톱니처럼 들쭉날쭉한 백록색의 잎가장자리가 선인장처럼 옹골차 보였다. 벌써 열매를 맺은 것들도 있고 개중엔 타원형의 삭과주둥이에서 씨가 흘러나오는 것도 있었다. 동민은 묵묵히 양귀비 밭 가장자리를 끼고돌다가 어머니가 삼 년간이나 혼자 살아온 집으로 향했다. 양귀비 꽃밭이 끝나는 곳에 아름다운 정원이 있으나 멀리서는 새빨간 양철지붕만 보였다. 한약재로 쓰이는 당귀가 그의 허리를 넘었고, 구기자나무가 정원의 가장자리를 예쁘게 두르고 있었다. 석류 두 그루가 불그레한 잎을 자랑했고, 뒤란이나 우물가에 선 무화과나무는 잎이 무성하고 셀 수 없이 많은 잔가지를 쫙 벌려서 앙바틈하게 퍼더버리고 앉은 형상이다. 단감나무에 신록의 청정함이 한창이고, 섬에 흔한 보리똥 나무는 칙칙한 잎이 감람나무처럼 당차 보였다. 색을 골고루 갖춰 심은 장미가 탐스러운 꽃들을 만개하고 있어 손길이 많이 닿은 흔적이 뚜렷했다. 그 외에도 겹 벚꽃·대추·박하·은사시·육손이·노란매화·빨간 단풍, 심지어는 오동나무까지 그득 들어찬 정원은 아버지가 돌아가시기 전 연못이 있던 집의 정원에 심어졌던 나무들과 흡사했다. 어머니는 수국을 좋아해서 연못 주변에 삥 둘러 심었었는데, 여기서도 여남은 그루 길러 아이 머리통 크기의 분홍색·흰색·보라색 수국이 너무 무거워 보일 지경으로 살이 올라 있었다. 빨간 생철지붕과 정원, 연이어 펼쳐진 양귀비꽃밭, 그 앞에 출렁이는 바다가 모두 한눈에 들어오니, 얼마나 아름답고 신비한지!

어머니의 집과 조금 떨어진 산비탈에 현대식으로 지은 양옥이 자릴 잡고 있어 동민은 어머니에 대한 소문이라도 주워 모으려고 대문이 없는 집의 안마당으로 성큼 들어섰다. 이순(耳順)을 넘어 보이는 할머니가 김칫거리를 절이고 있다가 갑자기 들어선 손님을 엉거주춤 맞았다.

"안녕하십니까? 제가 양귀비를 심은 집에 사시는 할머니의 아들입니다."

"우메메! 어쩔거나. 시상에 저렇게 좋은 아들을 두고 뭣 땜시 혼자 여기 와서 고생하며 살았더냐."

"죄송합니다. 그간 여기서 제 어머니는 어떻게 지내셨나요?"

"나무하고 이야기하다 지치면 나랑 굴을 따거나 낙지를 잡으러 장화를 신고 허리까지 빠지는 벌밭에도 나갔었지. 그 외엔 맨날 나무하고 붙어있었어. 꽃이랑 나무하고 이야기를 한당께. 참으로 희한한 할망구라니까."

"찾아오는 이가 없이 혼자 사셨습니까?"

동민은 혹시 깡깡이를 들고 창밖에 서서 '세레나데'를 연주 했던 노인이 여길 찾아오는 것이 아닐까 해서 이런 엉큼한 질문을 던졌다.

"단 한 사람도 없었당께."

"제 어머니가 어째서 양귀비를 저렇게 많이 심었답니까?"

그러자 노인은 옆에 선 형사를 흘끔 보더니, 머리를 완강하게 흔들며 말했다.

"형사들이 여길 찾아와서 자꾸 들볶는데 글쎄, 그게 그런 것이 아니야. 시금치 씨를 사다 뿌렸는디 고놈들에게 귀신이 붙었는지 싹이 난걸 보니께 쑥갓 마냥 이상 터란 말일세. 뿌연 색 잎에 털이 나길래 뽑아버리라고 야단쳤더니만, 고집을 부리더니, 일을 당했제."

"양귀비인 줄 알고도 그냥 뒀단 말입니까?"

"오월이 되니께 꽃이 피기 시작했고, 그 꽃을 그 할망구가 어찌 좋아하는지 새벽부터 수없이 피는 양귀비꽃하고 속닥이더군. 신들린 사람처럼 꽃들하고 말하는 통에 그 옆을 지나다 그런 꼴을 보면 대낮인데도 소름이 끼치더라니께."

"그럼 밀 재배한 것이 아니잖습니까?"

동민은 이웃의 증언을 함께 듣고 있는 형사에게 넌지시

이렇게 말했다.

"도대체 상식에 어긋나는 일이라 어떻게 해석해야 할지 모르겠어요."

그런 변명이 어울리지 않는다는 듯 형사가 머리를 흔들었다.

"일제시대엔 모두 양귀비를 심었당께. 그땐 아편을 모으느라고 익지 않은 삭과에 상처를 내서 지질지질 나오는 유액을 병에 모아서 팔았제."

"그럼 어머님도 그런 액체를 뽑아 팔았단 말입니까?"

"꽃을 제 몸보다 더 위하는 위인이 상처를 낸다고. 말도 마우. 내가 명치끝이 아파서 삭과를 몇 개 꺾으려다가 얼마나 야단을 맞았는데."

형사는 양귀비 밭에 들어가 설익은 구형의 삭과를 하나씩 손가락 사이에 끼고 상처를 냈나 보려고 면밀히 관찰하고 있었다. 이웃의 말대로 삭과는 너무나 깨끗했다. 사건을 놓친 것이 아쉽다는 듯 형사가 뚱해서 말했다.

"어쩔 겁니까. 믿어야지."

"제 어머니는 워낙 나무와 꽃을 좋아하셨답니다."

"교수님 아드님을 두셨으니 훈방하도록 조처하겠습니다. 그러니 당장 양귀비를 뽑아 땅에 묻든지 석유를 뿌리고 소각해버리기 바랍니다."

어머니는 3년 동안 몰라볼 정도로 변해 있었다. 섬사람처럼 바닷바람에 타서 살갗이 촌티가 나게 검었고, 열악한 음식 탓인지 바짝 말라서 동민은 어린아이처럼 삐죽삐죽 울었다. 이런 아들을 보고도 어머니는 눈물 한 방울 보이지 않았다. 형사 앞에서 각서를 쓰고 지장을 찍은 어머니는 신경질적으로 손가락에 묻은 도장밥을 화장지에 문질러 닦았다. 그리고 나서야 갑자기 발악하듯 서럽게 우는 것이 아닌가. 동민이 살아온 서른여덟 해의 세월 속에서 처음 대하는 어머니의 눈물이요, 울음이었다. 얼마나 외로웠으면 이럴까. 이 나이에 경찰서에 갇혔다가 오랜만에 아들 앞에 서니, 얼마나 마음이 놓이면 이렇게 야단일까. 아아! 어머니는 변하신 것이다. 역시 어머니는 여자니까. 이런 생각을 하며 동민은 다정하게 쪼그라든 어머니의 어깨를 감싸 안고 경찰서를 나왔다.

"어머니, 이제부터 제가 잘 모실게요. 여기 이렇게 사시면서 제게 연락을 왜 안하셨어요. 정원이 큰 주택으로 옮길 터이니, 거기에 어머니 마음대로 양귀비를 심으세요. 숨겨서 길러야 할 꽃을 그렇게 울도 없는 곳에 지천으로 심으셔서 문제가 된 것이라고요. 어머니가 세상에서 양귀비꽃을 제일 예뻐하는 걸 몰랐으니 미안해요. 자자……, 우시지 마세요."

동민은 말을 헤프게 해가며 어린애를 달래듯 어머니를 위로하느라고 애를 썼다. 어머니는 여객 터미널로 가는 택시 안에서 내내 흐느꼈다. 한평생 고였던 눈물을 쏟아내는 것일까. 저녁 고하도로 뜨는 마지막 배는 섬에서 통학하는 학생들로 붐볐다. 조그마한 뱃속에서 그것도 어린 학생들 틈에 끼여 앉아 창피하게 울음 끝이 너무 질겨 동민은 어머니의 거칠어진 두 손을 보듬어 잡으며 자신 있게 말했다.

"양귀비를 심고 싶은 대로 잔뜩 심어도 경찰이 치근덕거리지 않게 조처할 터이니, 우시지 마세요."

그러자 어머니는 정이 뚝 떨어질 정도로 매몰차게 잡힌 손을 뽑아내고 돌아앉더니, 이렇게 말했다.

"이 땅의 모든 것이 나를 거슬러가도 꽃까지 이렇게 나를 배신할 줄은 몰랐다."

어머니는 뱃전에 철럭이는 물결을 바라보다가 한없이 뚫린 허공으로 눈을 돌리고 어깨를 들먹이며 심하게 울음을 토해냈다. '웅남호'라고 쓴 깃발을 스치고 한 마리의 갈매기가 어머니의 시선을 따라 날았다. 동민도 뿌옇게 흐려오는 시야 속에서 갈매기가 점이 되어 사라지는 허공을 어머니와 함께 응시하고 있었다. ✦

— MBC 베스트극장 방영

"여기가 아프세요?"

닥터 황이 환자의 젖가슴을 어루만졌다. 말려 들어간 젖꼭지와 아직 성한 다른 쪽의 젖꼭지가 좋은 대조를 이루었다. 예쁜 젖이었다. 산딸기처럼 붉은색을 띤 젖꼭지는 수난을 당한 다른 젖무덤에 비해 아주 싱싱했다. 가만히 젖무덤을 눌렀다. 돌처럼 단단했다. 아직 성한 젖무덤에도 자잘한 몽우리들이 만져졌다. 그때 여자의 손이 그의 손을 꼬옥 잡았다. 그녀의 감은 눈두덩이 파르르 떨렸다.

"영원히 아프지 않게 해드릴게요."

정방형의 하얀 건물 정수리에 붉은 리본이 가랑이를 쩍 벌리고 미친 듯이 불어오는 봄바람을 타고 펄럭였다. '혜은(惠恩)병원'이라 쓴 간판의 먹물이 뚝뚝 떨어질 것 같다. 병실을 50개나 갖춘 5층 건물이건만, 멀리서 보면 예쁜 줄을 멋들어지게 묶어 놓은 하얀 선물상자처럼 보였다. 흰색 건물에 매단 리본의 빨간색, 게다가 건물 가장자리에 심어진 회양목의 초록색이 어울려 아주 산뜻한 인상을 풍기는 개인 병원이다. 접수구에 앉은 여직원은 잉크방울이 전혀 묻지 않은 새 유니폼을 입은 것이 아직 쑥스러운지 환자가 올 적마다 엉거주춤 일어서 인사를 해서 그런 친절을 처음 접하는 환자들이 오히려 얼굴을 붉히기도 했다.

체경처럼 어른거리는 복도는 꼬마들의 좋은 놀이터였

다. 아기 환자들은 열이 벌겋게 오른 눈에 장난기를 듬뿍 담고 휘젓고 다녀 소아과 앞은 놀이터처럼 시끌벅적했다. 이런 정경을 잔잔한 미소로 바라보다가 만족한 마음으로 마악 방에 들어온 닥터 황정민의 방문을 다급하게 노크하는 사람이 있었다.

"뭐야?"

"웬 여자가 병원정문에서 기절해 있는데, 어떻게 할까요?"

수간호사인 미스 장이 몸은 밖에 두고 얼굴만 디밀고는 거북살스러운 몸짓으로 쭈뼛거리며 물었다.

"행려병잔가?"

"옷이 깔끔하고 귀티가 나게 얼굴이 고운 여자에요."

"그럼 처녀란 말이야?"

"아니요. 50대로 보이는데요. 출입구에 쓰러져 있어 사람들이 구름처럼 모여드는데, 그냥 방치할 수는 없고……."

만에 하나 보호자가 나서지 않을 경우 입원비나 치료비 때문에 치를 곤욕을 익히 알고 있는 노련한 간호사는 명령대로 움직일 터이니, 나중에 직원들을 닦달하지 말라는 듯 문을 빠끔히 열고 서서 닥터 황의 눈치를 살폈다.

"사람들에게 좋은 인상을 심어줘야지 어쩌겠어, 제기랄! 병원이란 소문하고 깊은 관계가 있는데, 그냥 내치면 환자가 줄 것이고, 아이쿠! 재수 사납게 첫 입원환자가 하필이면 병원 앞에 쓰러진 여자라니."

닥터 황이 이렇게 구시렁거리는 동안 미스 장은 황급하게 사라졌다. 어떻든 죽어가는 사람을 병원 앞에 뉘어놓고 너스레를 떨고 있을 수는 없는 노릇이기 때문이다.

서른두 살의 내과 의사, 닥터 황은 사지가 우두둑 펴지도록 기지개를 켰다. 봄 열이 그의 퍼진 몸속으로 파고 들어와 나른한 졸음을 안겨주었다. 얼굴도 둥글고 입과 코가 큰데다가 살결도 희어서 귀공자 냄새가 고여 있는 그는 병원 앞에 쓰러졌다는 여자를 보려고 몸을 일으켰다. 천천히 여유만만하게 걷는 그에게 간호사나 동료 의사들까지도 경의를 표하며 지나갔다. 그 나이에 어울리지 않게 이런 카리스마적인 권위가 몸에 서려 있는 것은 그가 이 병원의 실질적인 주인이기 때문이기도 했다. 외아들 가진 산부인과 의사와 무남독녀를 둔 외과 의사가 사돈을 맺었으니, 양가의 상속자는 의사아들을 가진 집이리라. 더구나 초라하게 꾸려가던 개인 병원을 두 사돈이 합자해서 5층 건물로 짓고 종합병원을 만들었으니, 세월이 흐르면 자동적으로 닥터 황은 이 병원의 주인이 되는 셈이다. 장인은 외과, 아버지는 산부인과, 그 자신은 내과이니, 다른 과의 의사들을 데려다 쓴다 해도 우선 주요한 세 과를 집안 식구들끼리 해먹을 판이다.

직원들도 병원 일에 진력을 내며 어떻게든 틈을 내서 골프를 치러나가려는 두 노인 의사보다 패기를 가지고 덤비는 젊은 후계자인 닥터 황의 눈치를 더 보았다. 어느 과나 아침 진료는 간단하게 끝이 났다. 개업한 지 이제 나흘, 아직 알려지지 않았지만, 가까운 곳에 좋은 병원이 있어 그쪽으로 환자들이 몰리고 있는 현실이라 소문을 좋게 내서 단골들을 많이 만드는 일이 급선무였다. 그러니 좋든 싫든 사람들이 많이 모인 앞에서 일부러라도 홍보활동을 해야 할 판인데, 자기 발로 걸어 들어온 환자가 기절했으니, 이 병원의 후덕함을 과시할 얼마나 좋은 기회란 말인가! 그는 거드름을 피우면서 아직도 호기심을 가지고 알찐거리는 사람들 틈을 헤치고 여자가 누워있는 병실로 향하다가 통유리로 밖이 시원하게 보이는 창가에 섰다. 황사 현상으로 흙먼지가 날려 햇살이 강렬하건만 시야가 희뿌옇게 흐렸다. 주차장 가장자리에 훤칠하게 자란 자색 목련을 심느라고 일꾼들로 부산해서 조금씩 병원은 곱게 치장을 하고 있다. 따지고 보면 재작년에 한 그의 결혼이 이런 큰 병원을 짓게 한 셈이다. 그의 아버지, 황경성은 낙태 수술도 못하는 자칭 양심가기 때문이 변두리에서 겨우 조산원 노릇이나 한 셈이었다. 그래서 말만 의사지 찌들고 가난하게 살아왔는데, 닥터 황이 명문대학에서 의학을 공부했고, 눈에 띄게 잘 생긴 탓에 중심가에 자리 잡아 돈을 많이 번 외과 의사를 장인으로 맞게 되는 행운을 누렸다. 시쳇말로 의사사위를 얻으려면 열쇠를 셋 준비해야 된다지 않던가. 하나는 아파트, 하나는 자가용, 그다음이 모두 군침을 흘리게 하는 병원건물 열쇠가 아니던가. 어쨌든 그의 나이에 비해 닥터 황은 빨리 성공한 편에 속했다. 그저 사람 좋다는 소릴 들어가며 직원들의 존경을 받아 높아 보이는 자세를 흐트러뜨리지만 말고 사랑과 자비가 넘치는 귀공자 행세만 하면 족할 것이다. 이 나라는 어차피 풍요와 장수의 바람을 타고 어느 종합병원이나 시간 문제지, 터지도록 붐비게 마련이기 때문이다.

미스 장이 창가에 선 닥터 황의 곁에 다가와서 나란히 서며 환자의 근황을 알렸다. 세찬 봄바람에 자색목련꽃잎이 두어 개 떨어져 내린다.

"신원 확인을 해야 하는데, 소지품은 없어?"

"핸드백을 가슴에 꼭 안고 있어서 간신히 빼냈어요. 링거주사를 꽂고 열어보니 글쎄, 호호……."

미스 장은 무엇이 그리 재미있는지 한 손으로 입을 막고 웃다가 너무 소리가 크게 터져 나와 억제를 못하겠는지 두 손으로 입을 틀어막았다. 하긴 그 나이에 낙엽이 바람에 날려도 웃는다는데 여자의 비밀스러운 것이 담긴 백을 열어보았으니 웃음이 나겠지. 미스 장이 자꾸 웃는 바람에 닥터 황도 덩달아 따라 웃었다. 음탐한 오십대 여자 가방에서 콘돔이라던가 아니면 그 나이에 어울리지 않게 웃기는 연애편지라도 나왔는지 모를 일이었다. 처녀 간호사 옆에서 파안대소한 것이 열없게 느껴져 잠시 웃음 끝을 삼키느라고 닥터 황은 뿌옇게 흐린 하늘을 흘겨보며 여자가 있는 병실 문을 열었다.

환자는 링거주사를 손등에 꽂은 채 숨을 고르게 쉬고 있었다. 턱뼈가 눈에 띄게 튀어나올 정도로 바짝 말라 연민을 자아내게 하는 여자였다. 그러나 오뚝한 코나 깨끗하고 희맑은 피부가 천격스러운 여자가 아님을 말해 주었다. 가만히 맥을 짚어보니 죽어가는 사람의 맥이다. 눈꺼풀을 뒤집어보니 핏기가 싹 가신 허연 속이 드러났다.

"지독한 빈혈이군."

이렇게 중얼대던 그는 여자가 낯설지 않아 머리를 갸우뚱했다. 어디서 많이 본 얼굴인데……. 감이 잡히질 않았다. 얼마간 머리를 갸우뚱거리는 순간 그의 뇌리를 스치고 지나가는 여자가 있었다. 혹시 그녀가 아닌가. 맞다 바로 그 여자였다. 병원을 개업한 첫 아침, 직원들 모두 인사를 나누며 큰 기대에 부풀어 있던 그날, 낯선 여인이 사람들 뒤에 숨어 서서 내내 그를 지켜보고 있지 않았던가. 아직 직원들을 다 모르기에 어디 부서에 배치된 사람인 줄 알았는데, 그 다음날도 그 여자는 직원들 틈에 끼어 서서 그를 훔쳐보고 있었다. 하루, 이틀, 사흘……. 똑같은 얼굴을 보면서 닥터 황은 묘한 기분에 빠져들었다. 도대체 저 여자가 누군데 나를 이렇게 눈이 빠지게 훔쳐보는 것일까.

어제는 차에서 내려 화단에 심은 팬지와 사루비아를 둘러보고 꽃 잔디가 연분홍 빛깔의 꽃을 현란하게 자랑하고 있어 그 빛에 취해 한참 서 있었다. 바로 그 자리에서 그 여자와 딱 마주쳤다. 순간 여자는 얼굴을 붉히며 뒷걸음질 쳐 도망가버렸다. 모를 일이었다. 50줄의 여자가 30 초반의 남자를 연모할 리는 없고……. 가끔 진료를 하다 보면 환자 쪽에서 의사를 짝사랑해서 고역을 치르는 경우는 있지만, 그건 대개 젊은 여자들의 경우이지 이렇게 세대차를 가지고 덤빈 적은 없었다.

여자는 레이스가 달린 연보라색 원피스를 입고 있었다. 싸구려 노점에서 사입은 것이 아니고, 곱게 수를 놓은 깃과 소맷부리가 아주 정교해서 천덕스럽게 살아가는 여자로 보이지는 않았다. 침대 한쪽에 미스 장의 웃음을 자아내게 했던 갈색 핸드백이 놓여 있었다. 마침 병실엔 닥터 황 혼자 있어 조금 쭈뼛거리면서 백을 열었다. 의사로서 신원을 밝히기 위해 어차피 조사해야만 했다. 비닐에 싼 흑백 사진·빗·입술연지, 그리고 지갑이 나왔다. 그는 재빨리 지갑을 열었다. 그녀의 외모에 어울리지 않게 때가 잔뜩 묻어 꼬깃거린 천 원짜리 지폐 한 장과 동전이 몇 개 있을 뿐이다. 외모로 봐선 몇 만 원은 넣고 다님직한데……. 사람을 대하는 직업이라 관상과 옷차림으로 대개 생활과 교육정도를 가늠할 수 있는데, 이 여자는 감을 잡을 수가 없었다. 머리를 갸우뚱거리며 투명한 비닐에 싸여진 사진으로 시선이 갔다. 고추에 초점을 맞춘 백일 사진으로 얼마나 오래되었는지 누렇게 바래다 못해 부황에 들뜬 듯 이상야릇한 빛을 발하고 있었다. 그 외에 무엇이 없을까

하고 가방의 밑바닥을 더듬으니, 흑색봉투가 나오고 그 안에 만 원짜리 크기의 딱딱한 것이 들어 있어 돈일 것이란 짐작을 떨쳐버리지 못하고 얼른 안의 것을 꺼냈다. 순간 닥터 황은 고압선에라도 감전된 듯 몸을 움찔했다. 이럴 수가! 그의 결혼사진이 어떻게 해서 이 여자의 손에 들어갔단 말인가. 도대체 이 여자가 무엇 때문에 이걸 넣어 가지고 다니며 병원 언저리를 알찐대는지 모를 일이었다. 그는 천천히 그의 소유여야 하는 두 장의 사진을 들여다보았다. 한 장은 신부 신랑 둘이서 찍은 것으로 두 사람 모두 행복에 겨워 입이 찢어지도록 활짝 웃고 있었고 다른 한 장은 신랑 쪽 친척들을 찍은 것으로 아버지의 일가와 어머니의 일가가 갓난아이까지 모두 나와 뫼 형상을 이루며 신랑과 신부의 주변에 달라붙어 있었다. 무슨 이유로 이 여자는 자신과 전혀 관계없는 이런 사진을 간직하고 그의 병원에 드나들고 있단 말인가. 가장 소중히 여기는 보물을 도둑맞은 것처럼 야릇한 마음에 사로잡혀 아직도 혼수상태에 빠져있는 여인을 노려보았다. 아련히 그의 기억 저편에서 여인의 얼굴이 떠올랐다. 재작년 이맘 때, 결혼식장에서였다. 사진사와 친구들 이외에 모두 나와 가족사진을 찍는데, 유독 한복을 곱게 차려입은 여자 혼자서 물에 기름 돌듯이 식장 주변을 맴돌았다. 오죽했으면 양가에서 쑤군대기까지 했다. 저 여자가 누구 쪽 피붙이냐고, 그러나 모두 머리를 흔들었다. 결국 예물을 넘보는 상습범일 것이란 의구심을 자아내서 모두 경계의 눈을 번쩍이며 축의금과 예물을 감춰 따돌리느라고 양가가 모두 신경을 곤두세운 적이 있었다. 그런데 무슨 이유로 다시 이 여자가 그의 앞에 나타났단 말인가. 더구나 그의 결혼사진까지 챙겨들고 다니면서 말이다. 멀리서 발자국 소리가 나서 그는 재빨리 그의 몫인 두 장의 사진을 흰 가운 왼쪽주머니에 찔러 넣어버렸다. 의당 가져야 할 자신의 사진을 가져가는 것이련만 가슴이 후드득 뛰었다.

어느새 왔는지 미스 장이 그의 옆에 나란히 서서 환자의 맥을 짚었다.

"사연이 많은 여자인가 봐요. 응급 치료를 했던 닥터 강이 이 사진을 보며 얼마나 웃었다고요. 잘 생긴 녀석이 얼마나 구박을 받았으면 눈에 눈물이 그렁하게 그득 고여 있느냐고요. 아마도 부모님들이 무척 싸운 뒤에 찍었나보지요."

예의 고추사진을 내놓고 미스 장이 호들갑을 떨었다.

"억지로 웃기면서 찍느라고 식구들이 귀찮게 구니까 아이가 그런 표정을 지었겠지."

"아니래요. 아이도 초능력이 있어서 다가올 비참한 상황을 감지하고 그렇게 청승맞은 표정을 지었을 것이래요. 글쎄, 이걸 보세요. 아이의 입이랑 눈에 고인 슬픈 표정이 여느 아이들의 백일사진하고 너무나 다르다고 생각지 않으세요?"

"고만 떠들어. 혹시 이 여자의 소지품 속에 주민등록증이 없었어?"

"있었지요."

"그걸 어디 두었어?"

"신원조회를 하느라고 서무실 직원에게 맡겼어요."

"지금 당장 내 방으로 가지고 와."

닥터 황은 무뚝뚝하게 이렇게 잘라 말하고 휭하니 병실을 빠져나갔다. 창밖은 여전히 황사로 찌뿌드드했다. 구름이 몰려오는지 하늘 한쪽 자락이 깜깜해지기 시작했다. 황사가 일고 있는데, 비가 온다면 토우(土雨)일 것이다. 이런 비가 내리고 나면 송충이가 죽어 나무들이 더 푸르다는데, 이따 퇴근할 적엔 선글라스를 써서 황사가 눈에 들어가지 않게 해야지. 이런 생각을 하며 닥터 황이 서랍을 여는 순간 노크 소리가 났다.

"들어와."

닥터 강이 조심스럽게 그의 앞에 섰다. 아주 조신한 몸가짐을 했다. 하긴 너무 많이 쏟아져 나오는 의사 지망생들 때문에 공부를 마쳐도 도심지의 큰 병원에 자리 잡기가 그리 쉽지가 않은 탓에 그 관문을 뚫고 들어온 여독이 아직 가시지 않은 모양이다.

"이영자라는 여자의 병명을 잡았습니다."

닥터 강은 무엇이 그리 두려운지 마른 입술에 침을 칠하며 더듬거렸다.

"이영자가 누구야?"

"아침나절 병원 앞에 쓰러졌던 여자의 이름입니다."

"그래, 병명이 뭐야?"

"아무래도 암의 말기증상인 듯합니다."

"암이란 검사에서 즉각 나타나게 마련인데, 인듯하다는 것이 무슨 말이야. 의사란 과학적인 조사결과를 들고 병명을 말할 수 있는 법이야."

"검사는 더 해봐야 하는데요."

"그럼 어떻게 그 여자의 병이 암이라고 단정지을 수 있어."

"가슴에 큰 멍울이 만져집니다."

"이 사람 참 어리군. 멍울이 양성일 수도 있잖아."

"임상경험으로 말하는 것입니다."

"암이란 임상으로 말하면 못 써. 정확한 검사결과를 들고 말해야지."

닥터 강은 그의 선입감이 얼마나 의사로서 적중 했는가 칭찬을 받으러 들어왔다가 야단을 맞고 멋쩍어서 뒤통수를 긁다가 나가버렸다. 혼자 된 닥터 황은 아무래도 주머니에 넣어가지고 온 사진에 마음이 쓰였다. 무슨 사연으로 이 여자는 내 결혼사진을 신주 모시듯이 가방바닥에 깔고 다닌단 말인가. 그날 날치기를 못한 것이 한이 되어서 사진사를 찾아가 돈을 주고 사진들을 입수한 뒤 무슨 함정을 파서라도 돈을 우려내려는 어떤 음모가 숨겨있는 것이나 아닐까. 이런 생각에 이르자 그는 벌떡 일어나 다시 그녀의 병실로 갔다.

"그녀의 주민등록증이 여기 있습니다."

닥터 황은 환자 옆의 민짜걸상에 앉아 미스 장이 주는 주민등록증을 받았다. 무료로 치료해주는 환자에게 무슨 관심이 이렇게 많으냐고 할까봐 그는 의도적으로 아주 뚝뚝하게 굴었다.

이영자. 51세. 현주소는 금호동 산 234번지, 그는 이런 인적상황을 죽 훑어본 뒤에 미스 장에게 그걸 다시 넘겨주고 여자의 맥을 다시 짚는 순간 여자가 눈을 가느스름하게 떴다.

"아아! 정신이 드시는군요. 어쩌다가 그렇게 쓰러지셨어요."

그는 의식이 돌아온 여인의 손을 꼭 잡으며 이렇게 물었다. 동공에 잡힌 사람이 닥터 황임을 알아보는 데 시간이 걸렸는지 한참 데면데면하게 눈을 감았다 떴다 하던 여인이 갑자기 놀라서 움찔했다.

"어디가 아프십니까?"

여자는 말없이 가슴을 가리켰다. 그는 능숙하게 가슴을 풀어헤쳤다. 여자는 처음엔 기부하다가 그가 하는 대로 가슴을 내맡겼다. 왼쪽 젖가슴 옆으로 달걀 크기의 멍울이 잡혀 왔다. 아주 딱딱하고 차가워서 섬뜩했다. 사진을 찍지 않더라도 촉감으로 잡히는 멍울들이 유방 주변에 널려있어 땅콩넝쿨처럼 주렁주렁 손에 잡혔다. 젖꼭지가 안으로 쏘옥 말려 들어가 유방암임을 숨길 수 없었다.

"여기가 아프시지요?"

그가 제일 큰 멍울을 꽉꽉 누르며 묻자 여자는 머리를 크게 주억거렸다.

"종합검사를 해봐야겠습니다."

그러자 여자는 대답을 않고 머리를 가만히 흔들었다.

"경우에 따라서는 수술을 해야 합니다."

"수술해서 될 일이 아닙니다. 그건 한(恨)이 뭉쳐진 것이라 수술로도 도려낼 수 없는 것입니다. 한이 그리로 모여서 응혈된 것이지요."

암의 말기 증상이라고 닥터 강이 말한 것에 동의하면서도 환자가 심중에 가지고 있는 한 덩어리란 말에 가슴이 뭉클했다.

"가족들을 부르셔야 합니다."

"……."

"전화번호를 대세요."

그래도 여자는 머리를 흔들었다. 미스 장이 오고, 닥터 강이 오고, 병실은 호기심에 들뜬 직원들이 밀려와서 시끌시끌했다. 호스피스에 있을 환자의 보호자를 찾을 수 없다면 낭패인데 하는 생각을 하고 있을 때 서무직원이 들어섰다.

"현주소에 가니 혼자 살고 있어서 연고자를 찾을 수가

없었습니다."

이제 정말 행려병환자를 만났으니, 동회로 가서 처리하든지 무슨 수를 써야겠다고 두런거리며 직원들이 나가버렸다. 밖을 보니, 후드득 토우가 쏟아지고 있었다.

닥터 황은 이상한 줄에 끌려 금호동 산비탈을 오르고 있었다. 자가용을 세워둘 자리가 마땅찮아 한참 헤매다 구멍가게 옆에 바짝 차를 대놓았지만 마음이 몹시 불편했다. 아무리 생각해도 자신의 행동에 웃음이 나왔다. 왜 이러고 다니는 것일까. 심지어는 죽을 때까지 비밀을 지니지 말자고 새끼손가락을 걸어 맹세한 아내도 모르게 슬그머니 이런 곳을 헤매고 있으니, 자신도 이해할 수 없는 일이었다. 그러나 속내를 털어놓으려면 아무 관계도 없는 여자가 자신의 결혼사진을 들고 다니는 사실을 참을 수가 없었기 때문이다. 이영자란 여자의 핸드백을 열어 아무도 모르게 사진을 감춘 것이 얼마나 다행인지! 무슨 연유로 남의 결혼사진을 고이 간직하고 다니는지 알아야 한다는 비밀스러운 호기심에 들떠있었다. 감잎의 맥처럼 얼기설기 이어진 골목을 비집고 다니다 미로에 빠져 이러다간 차를 세워놓은 곳을 찾기도 어려울 것이란 걱정에 온 길을 자꾸 돌아보기도 했다. 다행히 우편배달부를 만나 그의 뒤를 졸랑거리며 바짝 따라붙어 문제의 집을 찾을 수가 있었다. 대문이 뒤로 조금 넘어선 판잣집. 초인종을 찾을 수가 없어 문을 세차게 두드렸으나 대답이 없었다. 할 수 없이 나중엔 문고리를 잡고 흔들었다. 싸리나무를 어설프게 엮어 만든 시골집의 싸리문처럼 대문전체가 흔들려서 뒤로 벌렁 자빠질 듯 위태롭기까지 했다. 다행히 할머니 한 분이 방문을 열고 얼굴을 내밀었다.

"뉘를 찾으시오?"

"이 집에 이영자란 여인이 살고 있지요?"

"무슨 일로 자꾸 이럽니까. 어젠 병원에서 다녀가 사람을 놀라게 하더니."

"죄송합니다. 꼭 알고 싶은 것이 있어서요."

노파는 마루에 널려있는 허섭스레기를 주섬주섬 치마에 싸안고 마지못해 대문을 따주었다.

"그분의 방을 좀 볼 수가 없을까요?"

"어제 온 사람들도 그러더니, 왜 이러십니까? 건넌방 아줌마가 간첩이라도 됩니까."

무심코 흘러나온 간첩이란 단어에 닥터 황의 가슴이 철렁했다. 여태 돈을 사취하려는 여인쯤으로 여겼지 첩자일 것이란 생각은 해본 적이 없었기 때문이다. 노파는 부유층 특유의 옷차림을 한 낯선 사람에게 스스럼없이 방문을 열어주었다. 훔쳐갈 사람이 아니란 점에서 마음을 놓은 모양이다.

"들어가서 조사해도 될까요?"

그녀는 잠깐 당혹스러운 표정을 짓다가 금세 체념의 빛을 보였다. 남의 방을 검색하려는 것은 위에서 나온 사람이나 하는 짓이라고 판단한 모양이다. 사복형사에게 마다 할 이유가 없지 않느냐는 얼굴로 덤덤하게 머리를 끄덕여 주고 치마에 감싸 안은 쓰레기를 버리려 밖으로 나가버렸다.

방은 아주 정돈이 잘 되어 있었다. 차가운 구들장의 한기가 발바닥을 타고 종아리를 거쳐 전신으로 퍼졌다. 접거울이 윗목에 있고, 하늘색 바탕에 앙증맞은 바이올렛 서너 송이가 수놓인 커튼이 조그마한 창문을 가리고 있었다. 비닐장이 아랫목구석에 있어 닥터 황은 그 지퍼를 열었다. 겨울옷과 봄옷, 그리고 여름옷이 가득 차있을 뿐 무어 특별한 것이 없었다. 그런데도 그는 자꾸 여기저기를 쑤셔보았다. 간첩전용의 무전기나 그 비슷한 것을 찾아내길 기대해서였다. 좁은 방은 상당히 깔끔하게 정돈되어 있어 방 주인의 성품을 잘 말해주었다. 아랫목에 보자기를 씌워둔 것이 눈에 들어오면서 가슴이 두방망이질했다. 처음엔 밥상인가 생각하고 무심히 넘겼던 것이다. 북으로 암호문을 보내고 있는 무전기일 것이란 생각이 언뜻 그의 뇌리를 스쳤다. 맞아, 이 여자는 우리 부부를 간첩망에 넣으려고 공작수행 중이었어. 그렇다면 아내 쪽으로 북에 사는 거물급 인사라도 있었단 말인가. 이런 생각까지 해가며 그는 왈살스레 보자기를 잡아챘다. 다음순간 그의 눈에 들어온 것은 너무나 어처구니없는 것이어서 입을 딱 벌리고 채신머리없이 나댄 것이 부끄러워 귓불이 후끈 달아올랐다. 50대 여인의 장난감치고는 참말로 웃기는 물건이 보자기 밑에서 드러났기 때문이다. 어처구니없게도 갓난아기만한 헝겊인형이었다. 손수 만든 것으로 너무 오래되어서 때가 끈적끈적하게 묻어날 지경이었다. 인형은 백일 잡이 모자를 빼딱하게 쓰고 무릎까지 내려오는 망토를 어깨에 걸치고 있었다. 더구나 서툴게 뜬 양말이 신겨져 가지고 놀기엔 아주 빈약하고 웃기는 인형이었다. 망토의 실은 한 세대 전에 유행했던 반짝이실로 지금까지 보관하고 있는 것이 이상할 지경이었다.

"무어 이상한 것이라도 있소?"

낯선 사람을 주인 없는 방에 들여놓은 것이 아무래도 께름칙했는지 주인할머니가 툇마루에 걸터앉아 목을 외로 꼬고 방안에 눈길을 던졌다.

"이분에게 딸린 식구는 없습니까?"

"아이쿠! 젊은 양반이 너무 모르는군. 이렇게 좁은 방을 혼자 써야지. 독신이라고 해서 세를 놓았어."

"언제부터 이 방에 세 들어 살았나요?"

"작년 이맘때부터라고 생각되는데, 맞아요. 지금처럼 봄바람이 황토를 품고 불어댈 적에 짐을 이고 눈을 몹시 비볐거든."

"인형에 입힌 망토가 인상적이네요."

"그게 웃긴다고, 미친 여자처럼 매일 그걸 껴안고 있으니, 인형 가지고 놀 나이도 아닌데 말이야."

노파는 입을 삐죽이며 못마땅한 사람에게 방을 주었더니, 이렇게 형사나 드나들고 뒤가 좋지 않다고 구시렁거렸다.

"전 형사가 아니고 의사입니다."

"요즘 의사는 콧대가 높은데 뭐 땜시 예까지 왔누?"

"그분이 몹시 아파서 연고자를 찾아 나섰지요."

"여기 1년 가까이 살았어도 단 한 사람도 찾아온 적이 없어 의심을 했단 말이여. 북에서 밀파된 간첩이 아닌가 하구."

닥터 황은 이 노인과 말해봐야 더 이상 건져 올릴 건더기가 없음을 알고, 가볍게 목례를 하고 흔들거리는 대문을 나섰다.

"보나마나 병원비 땜시 온 것이 아니요. 이 방에서 꺼낼 것이 없응께, 그리 아시오 잉. 난 방세를 받지 못하면 굶어야 해요. 미국으로 가버린 자식이 자기 집하고 새끼들만 이쁘다고 쪽쪽 빨지 제 에미를 버렸다니까."

문밖까지 따라 나오며 자글자글 끓는 노인을 떼어버리고 비탈을 내려오며 그는 차를 세워두었음직한 곳을 찾느라고 거미줄 같은 골목을 누비고 다녔다. 그러다 생각지도 않았는데, 그가 가진 주소의 기록을 보관한 동사무소 앞을 지나게 되었다. 그는 성큼 안으로 들어가 주민등록 등본을 신청했다. 기다리는 사람이 없어 금세 이영자란 여인의 기록이 담긴 등본을 손에 쥘 수가 있었다. 여기 이

사 오기 전에 꼭 열두 군데를 철새처럼 이동한 기록이 고스란히 나와 있었다. 이 주소지를 돈다면 아마도 그녀에 대한 편린을 주워 모을 수 있겠지만, 그럴 필요가 있단 말인가. 그의 결혼사진을 지니고 있었다는 것이 사기 칠 목적이나 혹은 간첩활동, 이 두 가지로 집약된다 해도 그게 어떻단 말인가. 여자는 암이 가슴에 그물처럼 퍼져서 기동도 못하고 죽어 가는데. 그래도 마음이 찜찜했다. 돈을 노린 것이었다면 몇 번 부닥쳤으련만, 여인은 그의 주변을 그림자처럼 돌다가 사라지지 않았던가. 급변하는 사회에서 정신 혼란을 일으켜 방황하는 여자겠지. 아니면 혜은병원 후계자의 정보를 캐오라는 악당의 명을 받고 그의 병원을 맴돌다가 그야말로 신(神)의 노함을 얻어 쓰러진 것이 아니겠는가. 생각이 이에 이르자 여자가 이렇게 혼수상태에 빠진 것이 어찌나 고소하고 좋은지 어깨가 가볍기까지 했다. 병원에 돌아와 손을 씻고 나서 숨을 돌리는데, 수간호사 미스 장이 들어섰다.

"선생님 어디 계셨어요. 무척 찾아다녔어요."

"오전 중 내 할 일은 다 하고 나갔는데."

"글쎄 웃기는 일이 벌어졌어요. 이영자라는 환자 말이에요. 다른 의사의 진료는 거부하고, 꼭 닥터 황을 불러달라고 야단이네요. 기가 막혀서. 돈 한 푼 낼 수 없는 주제 파악도 못하고, 땡강 부리다니, 우습지 않아요."

미스 장의 헤픈 입이 한없이 너스레를 떨 것이 분명해

서 닥터 황은 뿔다귀가 난 사람처럼 휘잉 이영자의 병실로 갔다. 여자는 가슴 전체로 번져간 암세포의 위력에 눌려 진땀을 흘리며 머리를 쥐어뜯고 있었다. 닥터 황이 버쩍 마른 그녀의 손을 잡고 맥을 보자 환자는 가까스로 눈을 뜨더니 반짝 눈에 생기가 고였다.

"아프지 않게 하는 주사를 놔드릴까요?"

"네. 한(恨)이 너무 단단하게 뭉쳐 있지요."

이 모든 아픔이 환자 스스로 진단해서 한(恨) 덩어리에서 번진 병이라고 스스로 확신하고 있었다.

"간호사가 주사를 준비하는 동안 마음에 고인 한 덩어리를 풀어놓으세요. 그래야 병이 낫습니다."

여자는 입을 꾸욱 다물고 마치 잠이라도 든 듯 눈까지 감았다. 퍼뜩 헝겊인형이 떠오르자 이 환자의 아이가 그 인형을 가지고 놀다가 백일이 지나고 죽어 한을 품었을지도 모른다는 생각에 이르렀다. 사실 병이란 신체적인 요인보다 정신적으로 오는 경우가 허다하니 말이다. 미개발국가에서나 신체의학이 필요한 것이지. 이만큼 경제성장을 한 나라에선 심신의학이나 제2의 의학인 인간형성학을 연구해야 하는 마당에 와있지 아니한가. 의사로서 마땅히 한 많은 여인의 한풀이를 들어줘야 할 것이 아니겠는가. 주사바늘이 살이 없는 팔뚝을 찌를 적에 몹시 아픈지 여자는 끄응 찡그린 표정을 지으며 입을 앙다물었다. 그러더니 발작하듯이 닥터 황의 가운 한 자락을 움켜쥐었다.

"제발 제 곁에 있어 줘요."

"환자가 이상하게 선생님을 좋아해요. 젊은 여자였다면 오해하겠어요."

미스 장이 주사를 놓으며 호호 웃었다. 약기운이 서서히 퍼져나가자 여자는 아기가 젖꼭지를 물고 있다가 잠들 듯이 그렇게 맥을 놓고 잠속으로 빠져 들어갔다.

"몇 시간을 잘 것인가?"

"이 정도면 다섯 시간을 잘 수 있어요. 그러나 다음번엔 양을 늘려야 하는데, 이 환자 얼마나 살 수 있을까요?"

"길어야 한 달."

언제나 죽음을 앞둔 사람과 함께 있을 적에 밀려오는 이상야릇한 서러움을 달래느라고 진한 커피를 마시며 그는 의학 잡지를 뒤적였다. 황사가 걷혀가며 철쭉이 피기 시작했고 꽃만을 자랑하던 목련이나 개나리·진달래가 지면서 푸른 잎 사이사이에 포도송이처럼 머리를 내민 수수꽃다리(라일락)가 초여름의 열기를 먹고 요염함을 자랑했다. 연분홍의 꽃 잔디도 절정에 이르러 혜은병원 주위는 양탄자를 깔아 놓은 듯 꽃 바다였다. 봄은 어김없이 와서 꽃들을 깨우고 갈 길을 가고 있었으나 닥터 황의 속사람은 이영자라는 여인으로 인해 꽃들을 보면서도 점점 암울해졌다. 서른을 갓 넘은 나이로는 죽음이나 무덤을 생각할 연령이 아니고 지옥도 동화로 여겨지는 나인데, 뜬

금없이 뛰어든 행려병자로 인해 속이 편하질 않았다. 날마다 그를 호출하는 단말마의 비명이 그를 옭아맸기 때문이다. 기이한 것은 그녀의 아픔이 그가 병실에 들어서는 순간 거짓말처럼 가시고 평온한 얼굴로 되돌아갔다. 이게 소문이 나서 닥터 황은 아편주사보다 더 강력한 힘을 지닌 카리스마적인 인물로 부상했다. 신은 재산과 사랑스러운 아내를 주었고, 영(靈)권까지 주어서 죽어가는 말기암 환자까지 그의 나타남으로 인해 고통을 잊을 수 있으니, 이 얼마나 큰 축복이란 말인가! 그녀가 입원하고 나서 이런저런 소문이 퍼져가며 병원은 차츰 환자들로 붐비기 시작했다. 장인이나 장모도 병원의 번창함에 만족해서 허허거렸고, 아버지 어머니도 새로 맞은 며느리가 복을 업고 왔다고 어찌나 아끼는지 집안은 봄날의 꽃밭처럼 아름답게 고운 빛으로 넘쳐흘렀다.

　그러나 닥터 황은 알 수 없는 미궁으로 빠져 들어갔다. 이 환자로 인해 늘 불편했기 때문이다. 문명이 발달하면서 병도 고차원이 되어 정신세계의 고통에서 오는 병이 육체적인 병으로 둔갑한다지만 이 여자의 케이스는 좀 특이했다. 그를 바라보는 눈에 말할 수 없는 빛이 고여 있었기 때문이다. 그 눈빛을 어떻게 설명해야 할지. 암이란 너무 아픈 것이라 지식이고 교양이고 다 팽개치고, 아무 앞에서나 몸부림치며 잡아 뜯어야 정상인데, 그가 나타나면 아기처럼 웃으며 순해지고, 진짜 아픔도 사그라지는지 편안한 얼굴을 하니 진짜 모를 일이고 정말 황당한 일이었다.

"선생님, 어서 가보세요. 환자가 아픔을 참지 못하고 몸부림쳐서 주사를 놓으려하자 완강하게 거부하며 닥터 황을 불러달라고 야단이에요."

어쩔 수 없어 닥터 황은 생사화복을 한 손에 거머쥔 절대자처럼 많은 사람들의 존경의 눈빛을 받으며 병실로 향했다. 노크도 않고 불쑥 들어서니, 여자는 아픔이 절정에 달했는지 몸부림을 치다가 어금니를 세게 물어 피가 입꼬리를 타고 흘러내렸다. 그가 곁에 있는 것도 모르고 해산의 고통을 겪고 있는 여인처럼 진땀을 흘리며 몸을 비틀던 그녀의 눈이 닥터 황의 눈과 마주치자 어디서 그런 힘이 나는 것일까. 여자는 금세 웃기 시작했다. 그리고 발작이 끝난 간질병환자처럼 기진한 몸을 편안히 베개에 기대었다.

"너무 아프시죠?"

"아니, 참을 만해요."

"한(恨)으로 그렇게 아프다고 했는데, 이야기를 해주세요. 응어리진 것을 풀면 고쳐질 수도 있습니다. 제가 모두 들어드리면 어떨까요."

여자는 그의 이런 제안에 놀라서 꿈틀했다. 잠시 눈을 감고 있다가 머리를 가볍게 흔들었다. 그녀의 과거 흔적을 자극해서라도 말꼬리를 잡으려고 닥터 황은 핸드백을 그녀 앞에 놓으며 지퍼를 열었다.

"아주머니, 이 백 속에 있는 사진을 보여드릴까요."

이런 제의에 여자는 벌떡 일어나더니, 핸드백을 앗아서 가슴에 꼭 끌어안았다.

"그 안에 빛이 바랜 백일 잡이 아기 사진이 있더군요. 그걸 보여드릴까요. 아주 잘 생긴 녀석이던데, 아주머니의 아들인가 보지요. 아니면 손자를 보셨든지."

여자는 귀에 아무소리도 들리지 않는지 눈을 침대 난간에 고정시키고 인형처럼 굳어있었다. 단둘이 병실에 있었지만, 그의 결혼사진문제를 꺼내려다가 그만 두었다. 환자의 가장 비밀스러운 곳을 건드리기 싫어서였다. 어떻든 그 사진은 주인의 수중에 들어왔으니, 일의 결과는 잘 되어진 것이 아닌가. 이 여자의 주민등록등본에 세대주로 되어있는 사람을 찾아보면 일이 잘 풀릴 것이란 생각에 이르렀다. 어쩌자고 주변만 더듬었단 말인가. 연고자를 찾는 방법으로 컴퓨터를 동원할 수도 있는 일이다. 아침 진료를 마치고 경찰에 근무하는 친구에게 문의를 했더니, 쾌히 다음날 오라 했다.

점심시간이 지난 다음부터 여자의 의식이 오락가락했다. 가끔 무엇인가를 찾으려고 허우적거리는 손짓을 해서 그때마다 그는 그녀의 방에서 본 인형을 떠올렸고, 너무 그 몸부림이 심할 적엔 베개를 안겨주어 마음을 안정시켜 주었다. 만약 이 여자가 이렇게 있다가 죽어버리고 훗날 연고자가 나타난다면, 유일한 흔적이 될 백일사진을 꺼냈다. 사진을 그의 방 책상 위에 놓은 채 마침 독일에서 새로 사온 수술기구를 점검하느라고 바쁘게 돌아다녔다. 늦은 오후에 여간해서 병원엘 들르지 않는 어머니가 오셨다는 전갈을 받고 그의 방에 들어서니, 며느리까지 대동한 나들이였다.

"어쩐 일이세요. 고부간에 싸움이라도 했나요."

그는 실실 웃으며 안락의자에 깊이 몸을 묻었다.

"새아기가 내달이 해산인데 애기이불이랑 장난감을 사려고 나왔다. 첫 아이인데, 너도 같이 가자꾸나."

"근무 중인데, 두 분이 나가 쇼핑하세요."

"글쎄, 며늘아기하고 다투고 있는 것이 아들 것을 사느냐, 딸 것을 사느냐, 티격태격거리는 중이다. 분홍이냐, 하늘색이냐, 이 말이다."

"그 중간색은 없나요?"

"아하하……. 중간색이라니. 분홍하고 하늘색이 합쳐지면 무슨 색이 나올까."

무심코 닥터 황이 책상 위에 놓아두었던 백일사진을 집어 들었다.

"우리도 아들을 낳으면 이렇게 고추를 과시하는 사진을 찍어두어야 하는 것이 아닌가요."

"아니, 어디서 이런 사진을 얻었어요."

그의 아내가 빛바랜 사진을 그의 손에서 빼앗아 보는

것을 어머니가 다가와 며느리의 손에서 그걸 앗아갔다. 그건 순간이었다. 어머니 얼굴근육이 실룩이더니, 나중엔 사진을 북북 찢어버리는 것이 아닌가.

"아니, 왜 이러세요. 이건 혼수상태에 빠져 죽어가는 환자의 소지품에서 나온 것인데 어쩌자고 이렇게 찢어버리세요. 주인이 찾으면 어찌하려고요."

닥터 황이 당황해서 찢어진 사진조각들을 어머니 손에서 빼앗으며 소리쳤다.

"네가 의사지만 너무 모르는 것이 많다. 산모에겐 태아교육이라는 것이 있다. 이건 분명히 불행을 지닌 사람의 사진인데, 그걸 네 아내에게 보여 태아에게 나쁜 영향을 미치게 하려고 이러느냐."

하긴 어머니의 태아교육은 철저했다. 하다못해 저질 영화도 못 보게 했고, 찌그러진 과일도 못 먹게 했다. 집안엔 언제나 고운 꽃들이 꽂혀있었고, 감미로운 음악이 웅덩이처럼 고여 있었다. 세상에서 제일 예쁘다고 생각하는 아기의 사진을 붙여놓고 늘 그걸 보게 하여 태어날 아이가 산모가 늘 보는 사진의 아이를 닮도록 했다. 마흔이 넘어서야 딸 하나 낳아보지 못하고 간신히 닥터 황을 낳아 길렀으니, 그렇게 하는 것도 당연하지 않은가. 손자를 기다리는 심정이 남다른 것을 알고 있는 터라 그의 아내도 멈칫해서 시어머니의 눈치를 보았다. 바쁘다는 이유로 아기의 용품을 사러가자는 아내와 어머니를 달래서 내보내고 그는 땡감을 씹는 것 같은 떨떠름함에 빠져들었다. 낭패였다. 죽어가는 여자가 그렇게 소중히 여기는 사진을 찢어버렸으니, 어쩐담. 얼마나 갈기갈기 찢어놨는지, 어떻게 짜 맞출 수도 없었다. 어쩐담. 참으로 못할 짓을 죽어가는 여자에게 저지른 셈이다.

그녀로 인해 그의 명성은 물론 병원에 대한 좋은 소문이 파다하게 나서 자리가 잡혀가고 있는데, 그걸 도와준 여자의 마지막 유물인 사진을 이렇게 해놓았으니, 마음이 몹시 언짢았다. 그 보상으로라도 그녀의 가족을 찾아 나서기로 했다. 직원을 시킬 수도 있으나 이렇게 관심을 가지고 한 사람에게 집착한다는 사실이 가족들에게나 병원 식구들에게 알려지는 것이 어쩐지 께름칙해서 그는 밖에 볼일이 있다고 둘러대고 혼자 차를 몰고나와 친구가 있는 경찰서로 행했다.

"미안하다. 병원을 운영하다 보니, 별별 사람이 다 있어서 이런 부탁을 할 수밖에 없구나. 그 대신 너의 식구가 아프면 우리 병원으로 오너라. 잘 보살펴줄 터이니."

닥터 황은 미리 미안하다고 오금을 박으며 친구의 손을 잡고 흔들었다.

"이런 일이 있어야 찾아오지, 내 생각 날 적이 있겠니."

"내가 부탁한 사람의 신분과 주소는 찾아냈니?"

"너 참 이상하다. 이 사람을 모르다니. 유명한 내과 의사인 김이호 박사를 정말로 몰라서 찾아달라고 하는 거냐."

"웃기지 마라. 김이호가 이 나라에 한두 사람이겠니. 내가 찾는 사람은 행려병자의 남편 김이호야."

"아이쿠! 날 무어로 알고 이 야단이니. 그의 전처는 이영자로 이혼. 현재의 부인은 유명한 가수 오미라. 아들이 하나, 주소는……."

"아! 몇 년 전에 유명했던 특종기사의 주인공이구나."

"보나마나 남자가 재산은 있겠다, 늦바람이 나서 회춘의 방법으로 화면에 선정적으로 나오는 여자를 택한 것이 아니겠어. 본처는 내쫓기고."

얼마나 큰 충격이었으면 병원언저리를 맴돌고 있는 것일까. 그나저나 지금으로선 그녀의 정신질환이 어느 정도의 것인지 알 수가 없었다. 너무 아파하니, 정신의 영역까지 터치할 수가 없었기 때문이다. 그런 집안에서 더구나 아들을 낳아준 조강지처를 길거리로 내쫓다니! 흔한 이야기처럼, 하늘처럼 믿었던 남편이 다른 여자와 놀아나는 걸 보고 노라처럼 가정을 뛰어나와 방황하다 가슴에 한이 뭉쳐 유방암이 된 것일까. 그러자 이해의 실마리가 서서히 풀려갔다. 아아! 그랬었구나. 여자는 결혼 당시의 남편의 환상을 쫓고 있는 것이 분명했다. 믿음직하고, 늠름하고 진실했던 과거의 남편의 품으로 돌아가서 그 꿈에 안주하려는 것이 틀림없었다. 아마도 닥터 황의 모습이 젊은 시절 그녀의 남편과 비슷하게 생겼기 때문에 그를 찾아온 것일 터이고…….

그는 시내에 자리 잡은 김이호 박사의 병원으로 차를 몰았다. 그의 특강을 몇 번 들어본 적이 있어서 생판 낯선 인물은 아니다. 그리고 보니, 김 박사는 닥터 황처럼 장신이고, 눈이 두리두리하고 후덕하게 생긴 사람이었다. 새 여자에게 빠져 인생의 깊은 흔적을 남긴 여자를 헌신짝처럼 버릴 수 있는 남자에게 침을 뱉어 주리란 격한 감정이 가슴에서 용솟음쳤다. 진료 마감 시간이 가까워 오자 약국만 붐볐고, 복도는 헐렁하게 비어있었다. 그는 직접 병원장의 방으로 가서 노크를 했다.

"들어오시오."

굵직한 바리톤 음성이 위압적으로 들려왔다. 그는 문을 열고 들어가 인사도 없이 한참 그를 노려보았다. 간호사나 의사가 사무적인 것을 들고 왔으리라 믿었는데, 전혀 생경스러운 사람이 들어와 그렇게 오래 째려보고 있으니, 본능적으로 의료사고인 줄 알고 오리발을 내밀었다.

"혹시 지난주에 사망한 산모에 관한 건이지요. 그거 우리 쪽의 실수가 아니라 손을 쓸 수 없을 정도로 산모의 몸이 허약해 있었습니다. 그런 상태에서 임신해서는 안 되는데……."

"전 황정민이라고 선생님의 강의를 들은 적이 있는 제자입니다."

"아! 그러면 의사군 그래. 난 얼마나 놀랐다고. 요즘은 이렇게 좋은 시설을 가지고도 예기치 않은 사고가 나서 신경이 곤두서 있었거든."

그는 제자 앞에서 드러낸 치부가 사뭇 신경이 쓰이는지 자꾸 주절주절 변명을 늘어놨다.

"여기 온 이유가 뭔가?"

"……."

"취직 부탁을 하러 온 것인가?"

"이번에 개업을 했습니다. 혜은병원이라고."

"아하! 그랬구나. 그럼 황경성 씨의 아들이군, 내가 그분 밑에서 수련의를 지냈었지. 참 오래전 이야기지만."

거뭇한 피부랑 늘어진 턱, 눈가에 잡힌 주름들이 인생의 황혼기에 접어든 나이임을 숨길 수 없었다. 저런 외모에 그래 20대의 여자에 반해 놀아나다니! 아이를 낳아주고 희로애락을 함께한 조강지처를 버릴 정도로 이성을 잃고 아직도 양심의 가책을 받지 않고 지내다니 한심했다.

"전 그런 인사치례로 여길 들른 건 아닙니다. 이영자라는 여자 문제로 왔습니다."

순간 그의 얼굴근육이 씰룩했다. 그리고 안락의자를 빙그르 돌려 창문을 향해 앉더니, 한참 말이 없었다. 등을 그에게 돌리고 있어 표정을 읽을 수 없었으나 분명히 그는 흔들리고 있었다.

"제 병원 앞에 쓰러져서 지금 입원 중입니다."

"병원비를 못내 돈을 요구하러 왔나?"

"행려병자로 치료할 참입니다."

"으음, 그러면 여길 뭐 하러 찾아왔나."

"유방암이 폐까지 퍼졌으니, 곧 뇌로 전이될 것입니다. 생명이 얼마 남지 않았다고 봅니다."

"그게 나하고 무슨 관계가 있단 말인가?"

"아들의 엄마가 아닙니까. 더구나 선생님의 조강지처……."

"입 다무시오. 난 그 여자 이야기만 들어도 머리 피가 곤두설 지경이요. 충분히 고통 받았다고 생각하니, 어서 나가시오."

안락의자를 다시 닥터 황 쪽으로 돌리고 얼마나 화를 내는지, 그의 고함소리를 듣고 수위가 달려오고, 간호사들이 몰려와서 그는 빚쟁이처럼 그들의 손에 잡혀 질질 끌려나왔다.

"점잖으신 분이 여기서 이야기해도 되는데, 왜 병원장실까지 들어가서 이러십니까?"

"이거 봐요. 도대체 이해할 수가 없어요. 사람이 죽어간다는데도 눈 하나 깜짝 안하니, 그렇게 나가면 저주를 받아 온전할 줄 알아요?"

"이 사람이 누굴 이렇게 까뭉개고 있소."

"이 병원의 주인이지 누구요. 글쎄 조강지처를 내쫓고 가수하고 사는 재미가 얼마나 있으면 임종자리에 좀 와보래도 저 야단이야."

닥터 황도 분노가 치밀어 이렇게 막말을 뱉어냈다.

"아유! 또 그 사건이요. 그 일로 기자 양반들에게 혼쭐나게 당했는데, 왜 이제야 케케묵은 사건을 들고 나오는 거요. 본부인하고 벌써 끝이 났어요. 법적으로도 끝이 났고, 모든 것이 마무리됐는데, 왜 이제 나타나 아문 상처를 쑤셔놓는 거요."

그건 그의 등 뒤에 대고 수위가 해준 말이다. 아무리 법적으로 부부관계가 끝났다 해도, 아들이 있고 그래도 몸을 섞고 살아온 사이인데 죽어가는 여자 앞에 나타나 위로의 말 한마디도 해 줄 수 없단 말인가. 나이 들면 양심의 저울도 제 기능을 못하고 무디어가는 것일까.

그는 차를 S대학으로 몰았다. 형사친구가 전해준 바로는 하나뿐인 아들이 이번에 그 대학에 입학했다고 했기 때문이다. 의예과라고 했던가. 난쟁이철쭉이 핏빛을 교정에 뿌려놓은 듯 만개하고 신록이 우거져 싱싱함이 넘쳐흘렀다. 과를 찾아갔으나 데모로 어수선해서 찾는 학생이 어디 있는지 모른다고 모두 머리를 흔들었다. 어쩔 수 없이 의대생들이 모여 공부한다는 열람실을 일러주어서 그리로 서둘러 올라갔다. 본 남편도 거부하는 여자의 임종 자리에 그녀의 피붙이라면 누구라도 끌고 가야겠다는 이상한 오기로 그는 여자의 아들 김정호를 찾아 헤맸다. 아버지는 젊은 여자에 빠져 저러고 살지만 이런 상황에서 아들이란 으레 어머니 편을 드는 것이 상례였기에 아들에게 어머니의 소식을 알려주면 그의 인간적 도의적 임무는 끝이 나는 것이기 때문이다. 열람실 안에 각 좌석을 샅샅이 뒤졌으나 그는 자리에 없었다. 다행히 그의 자리엔 가방과 책이 놓여 있었고, 벗어놓고 나간 점퍼가 있어 그가 교정 안 어디엔가 있다는 심증을 굳혔을 뿐이었다. 오랜 시간 헤매다가 찾아낸 자리인지라 그의 의자에 털썩 앉아 아직도 알알한 최루가스의 독한 흔적을 손수건으로 닦아내고 있을 때 옆에 있던 여학생이 물었다.

"김정호를 찾아오셨어요?"

"그래요."

"친척이신가 보지요? 데모하면 잡아가려고 오셨지요. 전 다 알아요. 그 앤 언제나 데모대에서 앞줄에 서니까요."

묻지도 않는 말을 해대는 여학생을 끌고 밖으로 나왔다.

"김정호를 찾아주시오. 난 시골서 올라온 먼 친척뻘인데, 10년 전에 그 앨 봐서 지금 얼마나 컸는지 잘 모르겠어."

"그 집안에나 있음직한 이야기군요. 어머니 쪽인가 보지요."

여학생은 다람쥐처럼 쪼르르 학교 뒷문으로 가며 따라오라고 턱짓을 했다. 신문이나 잡지에서 떠들어댄 정호 아버지의 스캔들을 너무 잘 알고 있기 때문에 찾아온 사람은 틀림없이 어머니 쪽 친척으로 몰아붙이고 가엾다는 얼굴이었다.

"요즘은 모두가 민주화예요. 남녀문제도 국가도 심지어는 가정에서까지 자유의 물결이 덮쳐서 난리에요. 개 집안도 그런 예지요. 어쩌면 선구자적 길을 걸었다고 할까요. 똑똑한 사람은 으레 몇 년 앞서서 시범을 보이는 것이 아니겠어요. 근데 정호는 조금 달라요. 지독하게 구린내가 나는 구닥다리지요. 자기가 뭐 성직자라도 되는 듯이 어머니 이야기만 나오면 화를 내지요."

여학생은 주절주절 말이 많았다. 정호를 마음에 두고 오랫동안 접근해서 상식적인 정보를 가지고 있다는 투였다. 더구나 좋아하는 남자의 친척이라니, 호기심을 가지고 과잉 친절을 베푸는 게 틀림없었다.

"아! 저기 수수꽃다리 나무 밑에 앉아 신문을 보고 있군요."

연보라 라일락꽃이 한창 만개해서 냄새가 물씬 났다. 김정호는 병원에 누워있는 여자를 그대로 빼박은 얼굴이었다. 타원형의 갸름한 얼굴에 반달눈썹이 여자처럼 예쁘장했다.

"형! 어머니 친척이 멀리서 찾아오셨어요."

이렇게 말해놓고 여학생은 토라진 아이처럼 뽀르르 달아나버렸다. 아마 연애 중 사랑싸움으로 되게 다툰 모양이다. 어머니의 친척이 왔다니까 정호는 신문에서 눈을 떼고 의아해서 닥터 황을 한참 보더니, 머리를 갸우뚱했다.

"이영자라는 분을 아십니까?"

닥터 황의 입에서 이영자라는 이름이 나오자 정호는 불에라도 댄 듯이 어깨를 움츠렸고, 눈썹이 꿈틀했다. 그리고 아주 침착한 표정을 지었다.

"저는 그분을 맡은 의사입니다. 내 소견으로는 며칠 못 사실 것 같아서 이렇게 연고자를 찾으러 왔습니다."

"의사가 할 일이 없어서 그러고 다니십니까. 죽음이란 으레 누구에게나 찾아오는 것인데, 동정심이 그렇게 많아 어떻게 의사노릇을 하십니까."

너무나도 당돌한 말에 울컥 화가 치밀었고, 혈기가 가슴을 거쳐 머리로 확 올라왔다.

"말이면 다 하는 줄 알았니. 바로 네 놈의 어머니를 두고 하는 말이야. 네 엄마가 죽어가고 있다는데, 그럴 수가 있니. 이 동물 같은 놈아."

"흥분하지 마세요. 어머니 때문에 전 충분히 고통을 겪은 놈입니다. 제 나이 이제 스물 셋, 부모 세대의 소용돌이에서 벗어날 나이도 되었어요. 돈 문제라면 나중에 이리로 연락하세요."

정호는 가방에서 메모지를 북 찢어내서 달필로 전화번호를 적어 닥터 황에게 내밀었다. 이런 그의 손을 매정하게 탁 쳐내며 닥터 황은 그의 눈을 독이 오른 시선으로 쏘아보았다.

"어어……. 왜 이러십니까. 돈 때문에 오신 것이 아닙니까. 의사야 돈만 챙기면 되는 것이지, 더 이상 무얼 알려고 그러세요."

"학생, 아주 못돼 먹은 사람이군. 세상이 아무리 변해도 핏줄에 대한 끈을 그렇게 쉽게 내던지는 것이 아니야. 핏줄은 인간에게 마지막 보루거든. 그러지 말고 날 따라가서 어머니를 뵙도록 해요. 죽음이란 영원한 이별이 아닌가. 그것도 아버지의 바람기로 희생된 가여운 여자가 아니냔 말이야."

닥터 황은 정호를 달래고 있었다. 해산의 고통보다 더한 암의 말기 증상을 참아내면서 몸부림치고 있는 버려진 여인에게 끌리는 그의 마음을 이렇게 해서라도 털어버리고 싶어서였다. 더구나 여자가 보물처럼 간직한 사진을 찢어버렸으니, 보상을 해야겠다는 마음이었다.

"단순히 의사라는 직업으로 인해 여기까지 찾아오셨다면 더 이상 내 가정사에 끼어들지 마세요. 우리 아버지에 대해 뭘 아신다고 어머니 편을 드세요. 어머니는 나쁜 여자예요. 그렇게 죽어가야 싸단 말이에요."

예상하지 않았던 반격에 놀란 닥터 황은 그의 등을 쓰다듬으며 손을 잡아끌었다.

"우리 앞의 다방에라도 가서 조용히 이야기하지. 난 혜은병원 내과 과장이요. 개원 첫 입원환자가 하필이면 병원 문 앞에 기절한 자네 어머니여서 이러고 찾아 나선 것이 예까지 온 것이야. 물론 남의 가정일이라 내가 개입할 것이 못 되지만."

정호는 순순히 그의 손에 이끌리어 학교 정문 옆에 있는 파리다방으로 들어갔다. 귀가 떨어져 나갈 듯 요란한 음악이 실내를 매웠고, 조명도 어두워서 상대방의 얼굴에 앙꽹이가 그려졌어도 분간 못할 어두컴컴한 장소였다.

"제 어머넌 아빠나 제가 없어도 살 수 있는 여자예요. 아버지도 어머니의 마음을 돌려서 잘 살아보려고 무척 애를 썼어요. 아무도 어머니 가슴에 묻힌 옛일을 치유시킬 수가 없었어요. 세월 따라 잊을 만도 한데 어머니의 아집은 대단했어요."

"사연이 깊은 모양이군."

"그래요. 어머니가 사랑했던 남자의 아이를 뱄는데도 외할아버지가 극구 반대하고 가난한 의사 지망생인 사윗감을 친히 골라서 어머니와 결혼을 시켰지요. 재산을 몽땅 상속해주었고요. 외할아버지가 살아계실 적엔 모두 고분고분하게 서로 죽이고 살더니, 그분이 돌아가시고 나선 고삐 풀린 망아지들처럼 뛰더군요. 어머니는 그 뒤부터 언제나 밖으로 돌아다녔어요. 그러니 그렇게 헤매다 본인이 원하는 좋은 곳에서 숨을 거두는 것이 편하실 거예요."

"그럼 내 병원이 그분이 원하는 좋은 곳이란 말이요?"

그의 말에 정호는 미국 놈처럼 어깨를 으쓱하고는 아주 차가운 웃음을 입가에 흘렸다.

"그럴 테지요. 어머니는 제가 태어나서 사물을 판단할 수 있을 적부터 누군가를 찾아 헤맸으니까요. 사진 한 장 들고요."

"어떤 사진인데?"

"발가벗고 고추를 자랑스럽게 내놓고 찍은 백일사진이에요."

순간 닥터 황은 여인의 가방에서 꺼낸 흑백사진을 떠올렸다.

"그 아이가 누군데?"

"어머니가 처녀시절 부정해서 낳은 아이래요. 친척들이 수군대는 소릴 제가 어깨너머로 들었는데, 외할아버지의 가장 친한 친구에게 그 앨 개구멍받이로 주었대요. 애를 낳지 못하는 산부인과 의사였다는군요."

닥터 황은 어떻게 다방에서 나와 정호와 헤어졌는지 모른다. 세상의 모든 소리는 차단되고, 귀에서 위잉 이상한 소리가 날 뿐이었다. 아아! 그래서 아내와 함께 그의 방에 들어온 어머니는 그 백일사진을 보고 얼굴이 하얘져서 그다지도 그악스럽게 사진을 찢어버렸었구나.

병원에 들어서니, 미스 장이 큰일이 난 것처럼 그 여인의 병실을 가리키며 호들갑을 떨었다. 여자가 무척 그를 찾고 있는 모양이다. 묵묵히 그는 자신의 방으로 들어가 의자에 깊숙이 몸을 묻고 앉았다. 아내가 이 일을 안다면 큰일이다. 소름끼치는 생각이 그의 뇌리를 스치고 지나갔다. 그렇다, 그 방법 밖에는 없다. 그는 떨리는 손으로 약장을 열어 비밀히 넣어둔 약병을 꺼내 주사기에 넣었다. 여자의 방엘 갔다. 얼마나 아픈지 환자는 앞가슴을 풀어 헤쳐 놓고 몸을 비틀고 있었다.

"여기가 아프세요?"

닥터 황이 환자의 젖가슴을 어루만졌다. 말려 들어간 젖꼭지와 아직 성한 다른 쪽의 젖꼭지가 좋은 대조를 이루었다. 예쁜 젖이었다. 산딸기처럼 붉은색을 띤 젖꼭지는 수난을 당한 다른 젖무덤에 비해 아주 싱싱했다. 가만히 젖무덤을 눌렀다. 돌처럼 단단했다. 아직 성한 젖무덤에도 자잘한 몽우리들이 만져졌다. 그때 여자의 손이 그의 손을 꼬옥 잡았다. 그녀의 감은 눈두덩이 파르르 떨렸다.

"영원히 아프지 않게 해드릴게요."

여자는 가만히 머릴 끄덕였다. 닥터 황은 병실 문을 잠그고 주사를 놓기 시작했다. 그의 이마에서 구슬땀이 후드득 여자의 얼굴로 떨어졌다.

숨 막히는 침묵.

닥터 황의 얼굴은 심하게 일그러졌으나, 여자는 편안하고 행복한 얼굴로 숨을 몰아쉬었다. ✸

— MBC 베스트극장 방영

오 교장은 그날 정말 눈물이 나와서 흐느끼면서 자신의 팔뚝을 걷어붙이고 회초리로 세차게 때리기 시작했다. 처음에는 조용하던 학생들이 끼룩끼룩 웃기 시작했다. 오 교장은 그 순간 아픈 팔뚝보다 학생들의 웃음소리에 더 가슴이 섬뜩했다.

"여보, 언제까지 이 고생을 하란 말이에요."

새벽 다섯 시. 뿌윰하니 창문에 새벽빛이 들어올 무렵 박씨의 거동을 창틈을 통해 살펴보던 아내가 짐짓 밖에까지 들리게 목청을 높였다. 이거 여자가 새벽부터 왜 이러느냐고, 오근수 교장은 기겁을 하고 아내의 입을 손으로 틀어막았다.

"박씨가 첫차를 타려고 저러고 있는 것 아니에요. 전 이러고 못 살아요. 당신 혼자 잘해 보구려. 당신은 아무리 보아도 호랑이 담배 먹던 시절에 사는 사람이라, 이런 고통을 당하고 있는 거라니까요."

오늘은 무슨 일이 있어도 담판을 내보겠노라고 부리나케 쫓아나가는 아내를 오 교장은 와락 껴안아 이불 밑으로 끌고 들어갔다. 박씨가 첫차를 타러 버스정류장까지

가려면 10분은 족히 걸릴 터이니, 그때까지 시간을 끌면 되어서 나이답지 않게 총각이 처녀를 희롱하듯 간지럼을 태웠고, 아내도 그의 이런 짓거리가 싫지 않은지 큼큼거리면서 이불 밑에 배를 깔고 누워버렸다. 당신의 그런 밍밍함이 문제에요. 순해 보이면 오히려 사람들이 깔본다니까요. 언제나 희생·봉사·사랑이니 뭐니 해가면서 모든 걸 혼자 짊어지고 끙끙거리며 몽땅 뒤집어쓰고는 손해를 보고 살아가니, 이제 신물이 난다니까요. 이 세상에 우리 같은 사람이 어디 있나 둘러보라고요. 눈을 씻고 봐도 없어요. 좀 똑똑하게 실속을 차리고 다부지게 살 수 없어요? 지금은 정보사회라고요. 두고 온 부모니, 고향이니 해가며 고리타분한 사고구조를 지니고 살려니까, 이런 델 들어와서 이 지경이 되었지요. 참 답답해 죽겠네. 빼도 박도 못하고 이러고 말년을 지내야 하니. 내가 미치고 환장하겠어. 아내의 바가지 긁기가 새벽부터 시작되었다. 오 교장은 못 들은 척 천장을 향해 팔베개를 하고 누웠다. 아내의 잔소리를 듣는 걸 조금만 더 참자. 곧 봄이 올 터이니, 그때까지 기다려 보자. 두고 온 이북의 고향집처럼 멋들어지게 가꿀 테니까. 그는 눈을 스르르 감고 열다섯 살에 떠났던 황해도 산비탈의 과수원과 집을 떠올렸다. 훤하게 펼쳐졌던 앞 들판의 보리이삭이 생생하게 눈앞에서 물결쳤다. 쪽을 찐 검은 머리의 어머니 얼굴도 아른거렸다.

"이 양반, 또 잠자는 거예요? 아무튼 당신은 속도 편안한 사람이유. 훈장질을 오래 하면 이렇게 되나. 투쟁해야 사는 것이 정보시대의 삶인데, 당신은 늘 뒷전에 서 있으니 참 한심해요."

여성해방 강의를 듣고 온 뒤부터 아내는 끄떡하면 정보사회를 들고 나섰다. 아내의 잔소리가 강도 있게 그의 얼굴에 쏟아져서 고향을 그리던 상상의 날개를 접어버리고 현실로 돌아왔다. 5대가 이 집에서 살았다는 박씨는 이사 갈 낌새가 전혀 없어 보인다. 중도금을 일찍 당겨 주면서 어서 도시에 나가 집을 알아보라고 편의를 봐주었고, 그 뒤 잔금을 넘겨준 지가 어언 반 년이 가까워오건만 저렇게 꿈지럭거리며 새벽이면 첫차를 타고 나갔다가 자정이 가까워올 무렵에나 막차를 타고 고양이처럼 기어들어오니, 참으로 난감한 일이었다.

곧 봄이 올 터이니, 그의 꿈을 실현하려면 박씨가 나가 줘야 해서 어젯밤 자정까지 박씨를 기다려서 담판해 볼 자세로 임했었다. 그런 오 교장의 마음을 읽었는지 박씨는 시무룩한 얼굴을 푹 숙이고 오 교장 앞에 앉았다.

"아직도 집을 구하지 못하셨습니까?"

"벌써 석 달 전에 샀지요. 이 농토를 판돈으로 그간 쌓인 농사 빚을 갚고 겨우 판잣집 한 채를 샀답니다. 마당이 좁아서 답답하지만, 이사를 가야지요."

"도시 생활에 적응하시려면 어서 이사를 가셔야지요."

"길일(吉日)을 택하여 이사하려고 기다리고 있습지요."

그의 말에 아내가 참지를 못하고 끼어들었다.

"세상에! 요즘에도 길일이 있습니까? 그럼 그 길일이 언젭니까?"

"오대까지 이 집에서 살아온 조상신들을 전부 모시고 나가는 판이니, 섣불리 이사했다가는 자식들이 죽어나가고 병들면 어쩝니까. 3월 그믐이 길일이라니, 그날 이사를 해야지요. 그날 못하면 5월 보름이 길일이니……."

"그럼 그때까지 이러고 살잔 말입니까?"

"그럼 어쩝니까."

"도시에 사놓으신 집은 지금 비워 놓았습니까? 이 추운 겨울에 말입니다."

박씨는 그렇다고 머리를 깊게 주억거렸다. 이번 겨울에 상수도가 전부 얼어 터졌을 터인데, 어쩔 거냐. 도시 집이란 모두 수세식이고 보일러시설인데, 그냥 비워두었으니, 모두 터져 야단났을 것이 아니냐 하는 말이 목구멍까지 올라왔으나 오 교장은 꾹 참았다. 아내가 옆에서 따발총으로 연신 면박을 주었건만, 박씨는 못 들은 척 감정의 변화를 눈곱만치도 보이지 않고 덤덤하게 앉아있었다. 이 마을 사람들이 일률적으로 보이고 있는 돌처럼 멍청하고 무덤덤한 그런 표정이었다. 도시 생활에 젖은 사람들이 볼 적에는 그게 이상하게 느껴져서 저 사람 내게 무슨 감정이 있구나 하는 불안을 자아내는 그런 인상이었다.

박씨가 제때에 나가 주었다면 작년 가을에 허름한 농가지만 수리를 잘 했을 것이고 지금쯤 뜰에 심을 꽃씨를 분류하여 백여 그루 들어선 과수원 옆 밭에 심을 씨앗을 사러 종묘상을 기웃거리고 있을 것이 아닌가. 그래도 명색이 초등학교 교장이었으니, 작은 아파트에서나마 편히 생활했던 사람이다. 그런 사람이 세상에! 주인이 안방을 차지하고 비워주질 않아 어쩔 수 없이 소와 송아지가 살았던 외양간에 방을 드려 살자니, 말이 아니었다. 피난 시절처럼 밖에서 밥을 해먹자니, 손에 문고리가 척척 들러붙을 정도로 추운 날은 노부부가 아예 방에 퍼질러 앉아서 전기밥솥에 밥을 하고 찌개는 부탄가스레인지에 끓여먹었다. 소형 아파트를 팔고 그간 부었던 적금을 몽땅 찾아서 이 산골에 들어와 허름한 농가와 그에 딸린 2천 평의 밭과 과수원을 인수했는데, 잔금까지 치르고 근 반년이 지나도록 주인이 집을 비워주지 않으니 참으로 난감했다.

날마다 오 교장은 아내를 옆에 앉히고 어떻게 밭과 과수원을 가꿀 것인지 기염을 토하며 백지에 그려나갔다. 이 모두가 황해도 산비탈에 자리 잡은 옛 고향을 재현하는 구도였다. 우물가에는 꽈리와 난초를 심고, 그 옆엔 옥잠화와 봉숭아를 심을 것이다. 꽈리와 난초, 흰 옥잠화와 활짝 핀 봉숭아를 상상만 해도 즐거웠다. 황매화는 헛간 뒤에 심을 것이며, 신호등처럼 빨간색으로 피어나는 접시꽃은 대문 밖 채마밭 가장자리에 심으리라. 분꽃과 백일

홍은 80년이 족히 되는 감나무 옆에 심어도 좋으리라. 과 꽃은 집으로 돌아오는 길가에 코스모스를 대신해서 쭉 심을 것이고, 빨간 단풍·자색목련·흰색과 보라색의 수수꽃다리(라일락)는 밭 둘레에 빙 둘러 심고 탱자를 제일 바깥에 심어 울타리를 삼는다면, 가을에 탱자 냄새가 진동하겠지. 오 교장을 즐겁게 한 것은 목단이 마당가에 즐비하게 심어져 있어서이다.

태어나서 단 한 번도 이 고장을 떠나 본 적이 없다는 박씨. 그는 5대 독자라서 군대도 가지 않았고, 환갑이 지나도록 물려받은 농토에서 농사를 짓던 사람이다. 이 땅에서 죽어 묻혀야 마땅한 이런 사람이 도시로 나가기로 결심한 사연은 이러했다. 딸 일곱에 아들 하나를 두었는데, 모두들 도시에서 살겠다는 것이다. 중학교를 졸업한 아들이라도 아버지와 함께 고향에서 살겠다고 하면 좋으련만, 택시기사가 된 뒤에는 도시를 누비고 다니느라고 얼씬도 하지 않았다. 열여섯에 시집온 아내만이라도 살아있다면 타산 없는 농사지만 그냥저냥 이 집을 지키며 농토를 갈아먹다가 조상들이 묻힌 산자락에 함께 나란히 들어가련만, 글쎄 그 아내마저 위암으로 홀쩍 먼저 가버렸다. 살려보려고 밭만 남기고 열 마지기 논을 몽땅 팔아서 병원비로 디밀었으나, 아내는 이웃집에 마실 가듯 그렇게 홀쩍 떠나버렸다.

한 달 전 아파트 경비원으로 취직한 박씨가 어쩐 일로

이건숙 문학전집2 미인은 챙 넓은 모자를 좋아한다

해가 석양에 걸렸을 때 일찍 귀가했다. 비번인 날도 누나들 집에 가서 뒹굴다가 자정에야 들어오는 터에 이른 귀가는 좋은 조짐이었다. 아내는 아마 이삿짐을 꾸리러 일찍 왔나보다고 만면에 웃음을 띠고 박씨의 거동을 문틈으로 살폈다.

박씨는 80년이 넘었다는 키다리 감나무 밑에 쌓아 둔 장작을 부엌에 한 아름 옮겨 놓고 군불을 지폈다. 5대를 살아가며 음식을 해먹던 부엌은 백 사람도 족히 들어갈 만큼 넓었다. 천장과 벽·부뚜막이 온통 검댕으로 눌러붙어 본래의 색을 짐작할 수조차 없었다. 작은 밥솥과 물 끓이는 큰 가마솥의 두 아궁이에 입이 터져라 장작을 쑤셔 넣고 불을 때고 있는 박씨 곁에 오 교장이 가만히 다가갔다. 바람이 굴뚝 방향으로 불어와서 아궁이의 불이 모두 박씨에게 덤벼들었고, 아직 불이 붙지 못한 나무가 연기를 무섭게 토해내는 바람에 쿨럭쿨럭 연기를 마셔가며 박씨는 연신 눈가를 문질렀다.

"어쩐 일로 이렇게 일찍 들어오셨습니까?"

"아아! 오늘이 바로 죽은 집사람 귀빠진 날입니다."

"아이쿠! 제가 아픈 상처를 건드렸군요."

"별말씀을 다 하십니다. 하긴 저의 집사람 참 좋은 사람이었습니다. 지금은 야속하지만요. 죽은 사람이야 편안하게 두 다리 쭉 뻗고 누웠으련만 살아남은 이놈은 참으로 힘이 듭니다요."

"해서 부부가 해로하는 것이 가장 큰 복 중에 하나가 아닙니까."

"저희 부부는 여기서 참 재미있게 살았답니다. 살아 보려고 무진장 애도 썼고요. 바로 이 부엌에서 멋들어지게 살았다는 걸 인정해 주세요. 일 년에 열두 번 치르는 제삿날이랑 생일잔치만 해도 매달 두 번씩 있었으니까요. 시집간 누나들까지 모이면 집이 터져나가게 버글댔었지요. 학벌 박씨네라면 이 동리에서 가장 번성하고 잘 사는 집안이었는데. 콜록콜록⋯⋯."

박씨는 울고 있었다. 죽은 아내에 대한 끈적끈적한 정과 태어나서 여직 살아온 집에 고여 있는 부모와 조부모에 대한 추억이 막상 이 집을 팔고 떠나려 하니, 쉽사리 인연의 줄을 끊을 수 없게 옭아매나보다. 박씨가 눈물을 보이자, 오 교장은 머쓱해져서 아궁이 앞에 박씨와 나란히 쪼그리고 앉아 찡해 오는 가슴을 눌렀다. 마치 박씨를 몰아내고 집을 강제로 빼앗는 것 같아 미안한 마음도 들었다.

오 교장이 학벌로 들어오게 된 것은 순전히 두고 온 북녘 땅의 향수와 두고 온 부모님 때문이었다. 황해도 사리원에서도 30리를 더 들어간 곳에서 태어나 보냈던 유년의 숲은 항상 그에게 가장 아름다운 꿈을 안겨주었다. 농촌에 대한 그리움을 심어주었고, 도시 생활에서 오는 권태와 어려운 일들을 참을 수 있게 해 주었다. 평교사 생활에서 교장이 되기까지 길고 긴 사닥다리에 매달려 얼마나 많이 좌절했으며 낙망했었던가! 그러나 그는 언젠가 찾아갈 고향을 생각하며 모든 걸 참고 이기지 않았던가.

유년의 숲속에서 그의 머리에 가장 깊은 골을 이루며 인각된 것은 어머니 무릎에 누워서 들었던 동화였다. 어머니가 즐겨 들려주었던 동화는 방정환 선생님의 것으로, 어머니는 이 이야기를 수십 번씩 되풀이해가며 두 가지 반응을 심어주었다. 어떤 때는 웃느라고 눈 가장자리가 눈물로 젖었고, 어떤 때는 정말로 슬퍼서 울었다.

동화의 내용은 이러했다.

어떤 시골 사람이 일생 처음 서울에 갔었는데, 불을 켜는 양초를 보고 하도 신기해서 동네 사람의 수만큼 선물로 사가지고 돌아왔다. 모여든 사람들에게 한 자루씩 양초를 나누어 주고 갑자기 들이닥친 손님을 맞느라고 사랑채에 나간 사이 사건이 터졌다. 이게 뭐냐고 양초를 들고 떠들던 시골 사람들이 가래떡 같이 생겼으니, 먹어 보자고 했다. 모두 한 입씩 깨물었다. 가래떡치고는 너무 단단하고 맛이 요상해서 상을 찌푸렸다. 무슨 떡이 이렇게 맛이 없느냐고 떠들썩했다. 서울 떡은 참으로 이상하다고 했다. 가운데 굵은 심지를 박은 것이 웃긴다고 모두 끼룩거렸다. 서울 떡을 못 먹고 남기면 촌스럽다고 할까 봐서 모두 심지만 남겨놓고 양초를 다 먹어치웠다. 손님을 보내고 들어선 양초 주인은 기가 막혔던지 혀를 차며 양초에 불을 켜서 치켜들었다. 양초 먹은 사람들은 이것을 보고는 모두 앞개울로 달려가서 옷 입은 채 물속으로 뛰어들어갔다. 물속에 주저앉아 얼굴만 물 위에 내놓고 불덩이와 끄름과 연기가 빠져나가라고 입을 딱딱 벌렸다.

이 이야기를 어머니의 무릎에 누워 여름 밤하늘의 별을 헤가며 듣기도 하고, 더운 한낮 어머니의 부채바람 밑에서 듣기도 했다. 반쯤 졸면서 듣기도 하고 잠결에 듣기도 했다. 늘 들으면서도 시골사람들의 순박함에 감동해서 어머니랑 함께 배꼽이 빠지게 웃은 적도 있었다. 이따금 어머니는 진짜 슬퍼서 펑펑 울기도 했었다. 책이 금 조각처럼 귀한 시절에 방정환 선생님의 잡지를 기다리는 것이 시골아이였던 어머니의 큰 낙이었다고 한다. 겨우 서른을 넘긴 방정환 선생님이 돌아가셨다는 비보가 시골까지 전해졌을 적에 동네아이들은 두 다리를 쭉 뻗고 앉아 땅을 치며 통곡했노라고 말하는 어머니는 그 시절의 슬픔이 어른이 다 된 나이까지 전해 오는지 진짜로 흐느껴 우셨다. 이래서 시골은 오 교장에게 가장 아름다운 곳이요, 시골사람들은 순박하고 어여쁜 사람들이요, 마음씨가 고와서 도시사람과는 다른 천사의 성품을 지닌 사람들이라고 믿어왔다.

오 교장이 정년을 5년 앞두고 사표를 던지고 시골로 들어온 이유도 어머니 무릎 위에서 들었던 양초 먹고 물속에 앉은 시골사람들의 백치에 가까운 순수한 마음 밭을 동경하며 찾아 든 것이다. 둘 낳아 기른 자식들도 대학을 나와 모두 짝을 지어 떠나버렸고, 교사 생활 35년 뒤끝에 나오는 연금을 매달 타먹어도 생활이 될 정도였다. 그러던 중 도저히 용납할 수 없는 사건이 터졌다. 이때다 싶어 그는 일생 모은 재산인 아파트를 용감하게 팔아들고 시골로 직행한 것이다. 그때 주위 사람들은 쌍수를 들고 반대했었다. 그까짓 사건이 뭐가 그리 크다고 일생 지켜온 교단을 그렇게 떠나느냐고 붙들고 늘어졌으나 그는 용감하게 시골로 내려왔다. 그만큼 양초 먹고 물속에 앉은 시골사람들을 동경했기 때문이고 또한 열다섯에 이별한 어머님이 그리워서다.

그가 정년을 다 채우지 못한 사건이란 이러했다.

점심시간 교실들을 둘러보는 그의 일과에 따라 전교를 한 바퀴 돌고 졸업반이 있는 3층에 올라갔다. 6학년 학생들이 술 담배를 하고 교실에서 행패를 부려 그들을 모두 잡아 앉혀놓고 일장 연설을 했을 때였다.

"젊은이들이여! 비전을 가지시오. 큰 꿈을 지니시오. 어째서 어린나이에 폭력에 물들어 술 담배를 하고 이런 일을 저지른단 말이오. 이 모든 것이 교장인 내가 잘못 지도한 탓이니, 내가 먼저 벌을 받는 것이 마땅하오."

오 교장은 그날 정말 눈물이 나와서 흐느끼면서 자신의 팔뚝을 걷어붙이고 회초리로 세차게 때리기 시작했다. 처음에는 조용하던 학생들이 끼룩끼룩 웃기 시작했다. 오 교장은 그 순간 아픈 팔뚝보다 학생들의 웃음소리에 더 가슴이 섬뜩했다. 교장선생님! 저희들이 잘못했어요. 저희들이 종아리를 맞아야 합니다. 이렇게 울부짖으며 교장선생님의 손에서 회초리를 빼앗아가고 회개의 눈물바다가 되어야 하는 것이 여태껏 그가 지녔던 가치관이었다. 한데 학생들은 하나둘 실실 웃기 시작하더니, 한 학생이 벌떡 일어나 이렇게 외쳤다.

"아하! 옛날에 흔했던 고단위수법을 쓰시는군요. 우리들은 그런 수법에 넘어가지 않습니다, 오호호……."

와그르르 쏟아지는 폭소와 발을 구르며 웃어대는 소리, 소리, 소리……. 그의 등에 식은땀이 흘렀다. 오 교장은 매를 거두고 패잔병의 처절한 심정으로 교실을 빠져나오며 이렇게 중얼거렸다.

"양초 먹고 물속에 앉는 사람들이 사는 시골로 가야겠어. 도시는 너무 요란해. 쓸데없이 웃고 지껄이는 사람들이 너무 많단 말이야."

그 반 담임선생님이 바짝 따라오며 말을 더듬었다.

"요즘 아이들은 우리머리 위에서 놀고 있습니다. 학교도 비즈니스처럼 되어서 지식을 사고파는 집단처럼 변했으니까요. 교장선생님, 너무 신경 쓰시지 마십시오. 세상이 변해버렸습니다. 옛날하고는 다릅니다."

40중반의 선생은 늘 이런 일을 당했는지 아주 담담하

게 말했다. 뭐 그런 일로 그러느냐 속상해 하지 말라는 투였다.

그날은 참으로 끔찍한 날이었다. 얼얼한 팔뚝보다 피흐르는 심장에 고춧가루를 뿌린 듯 아픔을 지니고 교장실에 들어서는 순간 그의 소매를 잡고 늘어지는 사람이 있었다.

"저는 ○○잡지 기자입니다. 이 학교에 돈 봉투가 난무한다는 소식을 듣고 특종기사로 다루려고 왔습니다."

그는 쭈뼛해서 멈춰 섰다. 어떻게 이 사건이 벌써 신문사로 흘러들어갔단 말인가. 바로 어제 교내에서 그 사건이 터졌는데 말이다. 바보 같은 교사가 잘 사는 아이 집에 전화를 해서 치사하게 무얼 요구했던 모양이다. 하필이면 까다로운 가정에 직통으로 전화를 해서, 교장실로 달려온 학부모에게 시달렸던 오 교장은 그 반 담임을 불러 무섭게 호통을 쳤고, 전체직원회에서 야단을 쳤는데, 어떻게 그 사건이 기자 손에 넘어갔단 말인가.

"교장선생님도 평교사들로부터 상납을 받고 있다지요?"

"날 무어로 알고 그런 말을 함부로 지껄입니까? 이건 명예훼손이오."

"지난 추석에 제가 숨어서 교장선생님 댁에 드나드는 교사들 사진을 다 찍어두었습니다. 이거 보십시오."

기자는 10여 장의 사진을 그의 코앞에 바짝 디밀었다.

교사들이 추석이라 쇠고기를 두어 근 사들고 오기도 하고 사과상자를 들고 오는 사람도 있게 마련인데, 그걸 찍어 문제를 삼고 있다니, 퍼뜩 교감의 얼굴이 지나갔다. 얼굴이 얼금얼금 얽은 사람으로 윗사람과 줄이 닿아서 교장자리에 눈독을 들이는 그런 사람이었다.

"내게 요구하는 것이 뭐요?"

"혼자만 드시지 마시고 함께 나누어 먹읍시다."

키가 뭉툭하고 얼굴에 개기름이 번지르르 흐르는 기자가 느물댔다.

"구제해 달라고 애걸하면 불쌍해서라도 돈을 주겠으나, 협박하면 천 원짜리 한 장도 줄 수 없소."

"그래요. 어디 두고 봅시다."

개기름이 흐르는 기자는 당당하게 떡 벌어진 어깨를 보라는 듯 척 돌리고 나가버렸다. 순간 사랑니라도 나는 듯 오스스한 한기가 전신을 훑았다. 위에서부터 아래까지 모두 학생들의 돈 봉투로 먹칠 되어있다는 편견을 가지고 덤비는 기자가 문제였다. 그런 고정관념을 무슨 수로 바꿔 줄 수 있단 말인가. 급하니 돈을 집어주어 일을 무마하자고 동료교사들이 야단들이었으나, 그는 선비처럼 단단한 사람으로 서기를 원했다. 다음날 잘 알려지지 않은 지방신문에 이 사건이 다루어지자 기자들이 참새 떼처럼 덤벼들었다. 이러쿵저러쿵 사람들의 입방아는 끝이 없었다. 아니라고 말해도 믿어주는 사람이 없었다. 학교 안에 즐비한 자가용도 교사봉급으로 어떻게 운영될 수 있냐고 신문과 잡지들이 때렸다. 운동장가에 세워 둔 교사들의 자가용이 대문짝만하게 신문의 사회면을 장식하고, 이 모두가 학부모의 돈을 뜯어내서 산 것들이 아니냐고 몰아붙이고 모든 학교가 이렇게 썩었다고 일괄해서 함께 매를 때렸다. 맹세코 그는 단 한 번도 학부모에게 돈을 받아 본 적이 없다고 항변했으나, 그게 참새들의 지저귐 속에서 묻혀버렸고, 오히려 그런 소리가 불협화음을 이루어서 그는 입을 다물었다. 우리 신문이나 잡지에서는 그런 기사를 싣지 않을 터이니, 돈을 달라고 노골적으로 덤비는 기자들도 있었다. 그는 기자들에게 단 한 푼도 내놓지 않았고, 식사대접도 하지 않았으며, 구구하게 변명을 늘어놓지도 않았다. 가까운 친구들은 그를 두고 이렇게 말했다. 웅덩이 물속에서 함께 살아가는 신세에 너만 깨끗할 수 있겠니. 웅덩이 물이 이쪽은 깨끗하고 저쪽은 오염되었다고 해도 믿을 사람이 없어. 그러니 기자들에게 뭉텅 집어주고 부지런히 돈을 긁어모으는 것이 상책이야. 고고하게 고집을 부리며 학처럼 혼자 나무 꼭대기에 앉아 있는 사람은 바보라고. 이 시대에 살아남으려면 적응해야 하는 거야. 공룡이 적응 못해서 죽은 것처럼 너도 죽고 싶어 이러니. 입가에 거품을 물어가며 일장 훈시를 해주는 친구들 앞에서 하필이면 두고 온 고향산천이 어른거렸다. 3·8선이 가로막혀 그리로 가지는 못해도 그런 곳을 찾아가리란 생각으로 휘익 사표를 던져버렸다. 남자란, 특히 교육자란 명예로 사는 법인데, 이런 풍토에선 메스꺼움을 금할 수가 없었다. 사표를 던진 때가 10월 하순께, 한참 오곡이 무르익어갈 즈음이었다. 차를 몰고 산골로 파고들어 유년시절을 보냈던 곳, 어머니가 양초 먹고 물속에 앉았던 사람들의 이야기를 들려주었던 그 비슷한 곳을 찾아서 마구 산길을 달렸다. 그런 집에는 밤나무가 뒷산에 있어야 하며, 앵두나무가 우물가에 있고, 사과나무와 감나무가 옹기종기 모여 있어야 했다. 대문 앞으로는 멀리 산을 안고 널찍한 논밭이 있는 곳이면 족했다. 얼굴이 까맣게 타도록 오 교장은 도시와 떨어진 산야를 누비고 다녔다.

그가 학벌의 농가와 농토를 사게 된 것은 참으로 우연이었다. 비가 추적추적 내리는 저녁, 도시의 탁한 공기가 끝나는 지점에 자리 잡은 복덕방이 눈에 띠였다. 도심지에 번쩍 눈에 띄게 버티고 있는 복덕방에 비해 그 집은 간판도 낡았지만 이름도 우스꽝스럽게 '도깨비 복덕방'이라고 했다. 차를 세워 놓고 문을 두드리나 인기척이 없었다. 시골집을 사려면 이렇게 낡고 초라한 복덕방만이 소개할 수 있으리란 마음에 처마 끝에서 거품을 이루며 떨어지는 낙숫물을 하염없이 보며 서 있었다.

"누굴 찾소?"

"시골에 집을 하나 사려고 하는데 복덕방에 사람이 없네요."

"도시 사람이 시골로 오겠다, 이 말이요?"

"네에. 그게 왜 그렇게 이상한가요?"

"시골 사람이 도시로 가는 건 흔하지만 거꾸로 도시에서 시골로 온다니, 이상해서 그라지요. 어쩌다 글을 쓴다는 사람들이 가끔 엉뚱한 소리를 하며 농가를 샀다가는 되파느라고 애를 쓰는 경우가 있긴 하지만…… 혹시 선생님도 그런 사람이 아닌가요?"

"전 본래 농촌에서 자라서 밭이 붙은 농가를 원해요."

"그런 집이 하나 있긴 하지만…… 2천 평이 넘는 농토를 혼자서는 엄청 힘들 터인데 진짜 농사를 손수 지어 보겠다고요?"

오 교장은 허리가 구부러진 복덕방 노인을 운 좋게 만난 셈이다. 엊저녁 술김에 농토를 팔고 도시로 가겠다고 말한 박씨의 농가를 찾아 함께 나섰다. 감이 마악 익기 시작했고, 밤은 토종이라 작지만 집 옆으로 흐르는 개울가에 우뚝 서서 바람결을 따라 후드득 후드득 떨어지고 있었다. 사과도 가지가 휘게 익었고, 배도 먹음직스럽게 큰 것들이 가지가 휘청하도록 매달린 전형적인 농가였다. 그의 마음을 녹아내리게 한 것은 울안에 선 감나무가 80년생으로 하늘을 찔렀고, 20여 년이 넘은 감나무가 울안에 세 그루나 있는데다가 2천 평의 밭에는 자두·복숭아·앵두·모과·대추나무가 숲을 이룬 곳이었다. 야트막한 산이 마을을 싸안고 있어서 아늑했다. 집 옆으로 흐르는 개울은 고향을 연상케 해서 더 이상 생각하지 않고 이런 농가와 거기 달린 농토를 사겠다고 결심했다. 문제는 이 집 주인 박씨였다. 농부란 부부가 한 몸이 되어서 함께 움직여야 하는데, 반쪽이 떨어져 나가자 혼자 남은 박씨는 마음을 잡지 못하고 방황하던 참이었다. 농산물수입이 쏟아져 들어와서 농사를 지어도 나오는 돈으로 생계를 잇기도 힘이 들어서 집안은 풀이 무성하게 우거졌고, 외양간에 쌓인 오물이 마당을 온통 뒤덮었다. 송아지란 놈이 부엌까지 들어올 정도고, 털이 군데군데 빠진 강아지가 제때 먹지를 못해서 뼈만 앙상하게 남아 한쪽에 웅크리고 있었다. 어른의 키를 웃돌게 자란 접시꽃 줄기는 베어내지 않아 가을비에 제멋대로 넘어졌고, 여자의 손길이 닿지 않은 마당 구석구석에 쓰레기가 너저분하게 널려 있었다. 돌절구·나무방아·새끼 꼬는 기계와 크기가 다른 멍석들, 대식구였음을 증명하는 수십 개의 대소쿠리들이 헛간 구석에 나동그라져 있었다. 다섯 개의 도리깨와 열 개도 넘는 호미와 괭이가 대문입구의 뒷간 벽 난간에 전시장처럼 쭉 걸려 있었다. 아귀 한 귀퉁이가 떨어져 나간 오줌장군이 빗물이 고인 채 잡다한 쓰레기와 함께 마당가에 버려져있었다.

여덟이나 되는 자식들이 둥지를 떠나 대도시로 나가버렸고, 그림자처럼 따라다니던 아내마저 앞산에 묻혀버리자 빈집에 홀로 남은 박씨는 농사도 짓기 싫고 살 재미가

이건숙 문학전집 2 미인은 챙 넓은 모자를 좋아한다

없었다. 더구나 조상 대대로 천석꾼이란 소리를 들으며 이어받은 논을 아내의 병원비로 전부 팔아버려서 남의 땅이 된 논을 바라보는 것도 고통이었다. 해서 모두 팔아버리고 도시로 뜰까 하고 복덕방 할아버지에게 흘린 말이 직통으로 오 교장과 연결된 것이다. 하지만 막상 조상의 얼이 서린 농토와 집을 팔자니, 망설여져서 박씨는 팔겠다, 안 팔겠다, 수백 번씩 마음을 바꾸어 오 교장의 애간장을 녹였다. 하도 결정을 못 내리고 나대니까 복덕방 할아버지도 그까짓 것 다른 데도 많다고 오 교장의 마음을 바꾸려했으나 두고 온 북녘 고향집을 그대로 빼박은 박씨 집을 물고 늘어졌다. 잡초 우거진 흉가 같은 집에서 혼자 밥을 해먹다 굶다 술을 마시다 울다 난리를 치던 박씨는 결국 계약서에 도장을 찍었다.

그러고도 집에 얽혀 있는 정을 떼지 못해 이사를 가지 않고 머무적거리다가 길일(吉日)을 들고 나오더니, 결국 오 교장 앞에 생떼를 부리기 시작했다.

"창고를 지어 집안에 가득한 농기구와 세간을 보관해야지요."

"그건 댁의 사정이지, 그게 나와 무슨 상관이 있습니까."

"아무리 봐도 손바닥만 한 주택에 농기구와 조상대대로 때가 묻은 세간들을 다 실어다 넣을 수가 없어서 그래요. 5대가 살며 남긴 물건들을 어떻게 몽땅 싣고 도시로 갑니까. 그러니 백만 원만 주시면 내일이라도 당장 창고를 지어서 몽땅 쑤셔 넣고 이사를 하겠습니다."

아내가 곁에서 그의 말을 듣다가 발끈 화를 냈다.

"이건 듣자 하니 너무하군요. 창고를 지어서 조상들의 물건을 쌓아두면 어떻게 하겠다는 겁니까. 지금은 세상이 변했어요. 버리는 것도 경제적입니다."

"이따금 돌아가신 분들이 보고프면 창고 문을 열고 만져보려고 그라지요."

이사를 빨리 시키는 방법으로 박씨가 요구히는 백만 원을 해주는 수밖에 없었다. 봄이 다가오는데 빨리 과수들도 전지해야 하고, 밭도 갈아야 하고, 꽃나무도 심어야 한다. 백만 원을 받아간 이틀 뒤, 박씨가 또 어눌한 표정을 짓고 오 교장 앞에 섰다. 이번에는 무얼 요구하려고 그러나 해서 오 교장도 표정이 굳어졌다.

"이천 평이나 되는 땅 중에서 한 귀퉁이 50평만 주세요. 거기에 창고를 지어야겠습니다."

"맙소사. 현대판 도둑이군요. 도시에 나가 살아보시오. 단돈 백 원도 그렇게 거래되지 않아요. 도시를 모르는 시골사람들은 답답하다니까요."

아내가 분통을 터뜨렸고 오 교장의 얼굴근육도 실룩거렸다. 그 뒤부터 강하게 아내의 지청구와 달달 볶음이 계속되었다.

"여보, 이해를 합시다. 한두 해를 산 것도 아니고 5대가 살았다니, 얼마나 떠나기가 힘들면 그러겠소. 그러니 불쌓히 여기고 조금만 더 참읍시다. 절대로 땅을 내주는 바보짓을 하지 않으리다. 그건 나도 싫으니까."

오 교장은 최선을 다해 참으며 박씨가 이 고장을 완전히 뜨기를 고대했다. 드디어 3월 마지막 날, 박씨는 짐을 내갔다. 결국 창고를 짓지 않았으면서 백만 원만 더 앗아간 격이 되었다. 이사하는 날 동네 사람들이 대문 밖에 한 줄로 늘어서 있었다.

"왜 사람들이 줄을 서 있지?"

"글쎄요. 꼬마들까지 줄을 서서 기다리고 있으니, 무슨 일인지 몰라요."

오 교장 부부는 사태가 어찌 진행되나 보려고 기웃거렸다. 저런! 박씨는 모든 잡동사니를 동네 사람들에게 나누어주기 시작했다. 도리깨·돌절구·멍석·소쿠리·호미·전지가위……. 하다못해 팔뚝만한 주걱까지 동네 사람들에게 배급을 했다. 부엌의 가마솥에서부터 볼품없는 돌확에 이르기까지 깡그리 동네 사람들의 손으로 넘어갔다.

"이 물건들을 잘 보관했다가 내가 돌아오면 다 돌려주는 것이오. 난 돌아와요. 이집에 돌아온단 말이오. 잘 보관하시오."

박씨는 물건들을 내주며 연신 이렇게 외쳐댔다. 그러면 함께 수십 년을 살아온 이웃들은 그러마고 머리를 끄덕거렸다.

이걸 지켜보고 있던 아내는 화가 바글바글 끓어올랐다.

"이럴 수는 없어요. 창고를 짓지 않았으니, 백만 원 우리 돈을 돌려 받아야지요. 돌절구나 돌확 같은 무거운 것을 여기 남겨주고 가면 큰일이 난답디까. 더구나 도리깨 같은 것은 콩 농사를 지으면 꼭 써야 하는 것이에요. 이젠 그걸 시장에 가서도 살 수 없는 세상인데, 그것까지 남을 주다니. 또 이 집으로 돌아온다니, 그게 무슨 말이에요?"

"오죽하면 그러겠소. 어쩌다 우리 집에 들르면 대대로 쓰던 물건이 눈에 띌 때 얼마나 가슴이 철렁하겠느냔 말이요. 그런 속셈으로 저러고 있겠지."

아내는 이번에도 세차게 반대했다.

"그렇다면 더더욱 놓고 가야지요. 어쩌다 와서 조상을 생각하려면 우리 집에 두고 가야지요. 도시 사람인 우리가 밉고 이질감이 느껴져서 그러는 거예요. 농사를 지어 살 수 없기 때문에 이래저래 농토를 떠나는 것이지, 농사를 지어 살 만하면 뭣 때문에 대대로 살아온 곳을 떠나겠어요. 도시에서 돈을 벌어서 농촌에 들어와 말년을 살겠다는 우리 부부에게 저 사람은 분노하고 있어요. 우리의 우윳빛 살갗에 박씨는 화가 났고, 농토는 삶의 수단으로 삼지 않고 늙은 뒤에 여생을 보내려고 들어온 우리에게 화가 난거에요. 여보! 큰일 났어요. 이 동네 농민들과 어울리려면 상당한 갈등을 겪어야 할 것 같아요."

본래 여자란 말이 많고 직감적인데다 상상력도 풍부하고, 눈물도 많은 것이 여자가 아닌가. 오 교장은 예의 시골사람 예찬론을 폈다.

"농촌사람들은 도시사람보다 훨씬 순수하니까, 그런 걱정 마시오."

박씨가 극성을 떨며 5대가 남긴 것들을 동네 사람들에게 풀어주었건만, 그 흔적을 깡그리 파낼 수는 없었다. 그것이 오 교장 부부를 즐겁게 했다. 집수리를 하느라고 파낸 땅속에서 일제 시대 쓰던 밥그릇과 국그릇이 백여 개나 쏟아져 나왔다. 사기그릇이라 투박하고 볼품이 없었지만, 아내는 즐거운 비명을 질렀다. 베 짜는 북틀이랑 솜트는 기계도 나왔다. 구석구석에 버려진 것들을 아내는 소중하게 모아서 닦고 윤을 내서 광에 진열해 놓았다. 그러나 박씨는 끝까지 오 교장 내외를 놀라게 했다. 아침에 일어나 보니 마당가에 심어진 목단 10여 그루를 몽땅 파내 가버렸기 때문이다.

"여보, 이러다간 과수원의 나무들도 하나하나 다 캐가는 것이 아닐까요."

이때 오 교장도 처음으로 참을 수 없는 화가 치밀었으나 꿀꺽 삼키고 집수리에 열중했다. 거실 부엌까지 모두 동파이프를 깔고, 기름 탱크를 묻고, 수세식 변소에서 입식 부엌으로 완전히 개조를 했다. 마당은 포클레인을 불러 한 자를 파냈다. 5대가 살아가며 밟은 마당은 암석처럼 단단했다. 그걸 파고 두 트럭분의 흙을 사다 뿌린 뒤에 잔디를 심었다. 지붕을 빨갛게 칠하고, 벽은 노리끼리한 건빵 색을 칠했더니, 앞산에 핀 진달래와 연이어 피어나는 살구꽃·복숭아꽃·앵두꽃이 피고 지고 하는 사이에 점점 북녘에 두고 온 고향집을 닮아갔다. 밤꽃이 피고, 모를 다 내고 자두가 익었고, 잔디의 잡초를 뽑고 과수를 돌보고, 밭에 씨를 뿌리고 김을 맸다. 날마다 땅을 딛고 햇빛을 받으며 살았더니, 잠도 달고 근심도 차츰 사라졌다. 도시에 살면서 고였던 더러운 것들이 차츰 빠져나가는 듯 몸이 가볍기까지 했다.

오 교장의 시골집은 산을 안고, 등을 돌리고 토라져 있어서 이웃과 얼굴을 대할 기회가 없었다. 거울을 보듯 부부가 서로 마주 보며 하루가 가고 또 하루가 왔다. 아내가 콩씨를 두세 알 넣어 주면 그는 발로 꼭꼭 밟아야 했다. 넓은 밭에 콩씨를 뿌리고 들어오니, 저녁이 되었다. 아내는 콩 자루를 어깨에 걸머지고 오 교장을 따라 들어섰다. 그때 이장이 그들 뒤를 따라 성큼 들어왔다.

"수세식변소를 만드셨지요?"

"네에."

"그걸 막아 주셔야겠습니다."

무슨 뜻인지를 몰라 오 교장은 한참 얼얼한 표정을 지었다.

"개울이 동네 한가운데로 흐르는데, 그리로 똥과 오줌이 내려가게 할 수는 없습니다. 오염이 된다 이 말입니다."

"대형정화조를 묻었으니 오염에 대해선 마음을 놓으시오."

"정화조를 놨다지만 똥오줌 씻은 물이 깨끗하다 이 말입니까?"

이장은 연신 잔디밭을 보고 안도 기웃거렸다. '이 깊은 산골 마을에 잔디밭이라니!' 하는 표정이었다. 더구나 입식 부엌에, 수세식 변소에 기름을 때는 보일러를 쓴다는 것 모두가 거부감을 자아냈는지 오만상을 찌푸렸다.

"두 식구가 수세식을 썼다고 개울물이 오염되겠습니까."

"동네 사람들이 뒷간냄새가 난다고 잠을 잘 수 없답니다. 솔직히 말씀드리자면 당신 집에 설치한 수세식변소를 생각하면 화가 나서 잠을 잘 수 없다 이 말입니다. 동네 사람들이 그렇게 싫어하는 수세식변소를 꼭 써야 합니까. 수세식을 좋아하시면 도시에 살지 어쩌자고 시골구석에 들어왔지요?"

"시대가 변하고 있습니다. 편리한 문화의 이기를 누리셔야지요. 그럼 이 동네 사람들은 텔레비전도 보지 않고 냉장고도 쓰지 않는단 말입니까?"

오 교장이 언성을 높이자 이장도 불끈 화를 냈다.

"이 동네에서 사시려면 수세식을 폐쇄하시든지 아니면 수세식에서 나오는 물을 몽땅 받아서 퍼내든지 하세요."

"만약에 꼭 수세식을 사용하면요?"

오 교장도 지지 않고 화를 내며 대들었다.

"동네를 가로지르는 개울가를 따라 하수도관을 묻어서 써보시오. 하지만 큰길가에 사는 방앗간 주인도 어젯밤에 야단을 했지요. 도시 사람 똥물을 왜 우리가 마셔야 하느냐고요. 수입과일과 농작물을 싸구려로 들여다 먹는 도시인들이 미워 죽겠는데, 신선놀음하려고 들어온 도시인의 똥물까지 먹으라고 하느냐고 모두 화가 나있어요. 이런 동네 분위기를 아시고 수세식을 고집하시려면 방앗간까지 통과하는 하수관을 묻으셔야 합니다."

"맙소사. 10리도 넘는 하수도를 혼자 설치하라고요."

농촌사람이 도시로 가면 큰물에 물방울처럼 녹아버리는데, 농촌으로 역류해서 올라온 도시사람은 기름 돌 듯 내몰렸다.

"농촌지도소나 면사무소에서 30만 원씩 주어가며 권장하는 수세식변소를 어째서 거부하십니까. 세상은 변하고 있습니다. 문화의 이기를 누리며 위생적으로 살아야지요. 농산물수입시절에 살아남으려면 이런 사고구조로는 큰일 납니다. 정보물결에서 뒤지면 원시인이 돼버립니다."

오 교장이 정보사회 운운하며 거창하게 나가자 말이 막힌 이장은 잠시 멈칫했다. 토요일이라 마루에 켜놓은 텔레비전에서는 대학들과 전경들이 맞서서 화염병을 던지고 야단하는 장면이 생생하게 펼쳐졌다.

"저걸 보시오. 지금 세상은 무엇이나 싫으면 싫다고 야단하는 세상입니다. 저 애들도 싫다고 불덩이를 던지고 맞서서 경찰과 싸우는 판인데, 우리라고 가만있겠습니까? 정부가 무어라 해도 우리 이 시골에서는 우리가 말하는 것이 곧 법입니다. 우리가 싫으면 싫은 것이지, 무슨 말이 많습니까. 우리가 법이라고요. 국가법이 무슨 소용이 있습니까. 그 법 지키다가 농촌이 요 꼴이 되었는데요. 우리 시골 사람들이 그까짓 수세식변소 하나 못 없앨 줄 아셨나요?"

"세상은 변하고 있습니다. 이 동네도 곧 수세식으로 바뀔 것입니다."

오 교장의 주장은 허공을 쳤다. 동네 사람들이 우우 모여들었다. 잔디를 둘러보고 안을 들여다보며 입을 삐죽거렸다. 팔짱을 끼고 퉁퉁 부은 얼굴로 현대식으로 고쳐진 집안을 기웃거리던 여자가 이장 편을 들어서 악을 썼다.

"우리는 죽어도 그런 뒷간을 만들지 않을 것이니, 두고 보시오. 어떻게 그런데 앉아서 똥을 눕니까. 똥이 나옵니까, 똥이?"

담이, 그것도 얕은 담이 아니라 높고 거대한 벽이 오 교장의 앞에 딱 막아서는 기분이었다. 서서히 이곳 사람들에 대한 분노가 치밀었다. 양초를 먹고, 냇물 속에 목을 내밀고 앉았던 시골 사람들이 아니었기 때문이다.

"어서들 돌아가시오. 대화를 나누고 싶지도 않습니다."

오 교장은 털썩 주저앉고 싶을 정도로 온몸에서 힘이

쭈우욱 빠져나갔다. 어쩐다. 이제 여길 떠야하는 것인가. 아내도 힘이 진(盡)했는지, 저녁도 짓지 않고 누워버렸다.

"우리를 쫓아내려는 수작이에요. 이제 다시 집을 살 수도 없고, 이를 어쩌지! 이 사람들 우리를 이런 식으로 들볶아 쫓아내고 박씨를 다시 들어오게 하려는 거예요."

아내가 훌쩍훌쩍 울기 시작했다.

"안에 계시오? 이장이 다시 왔습니다."

술이 거나하게 취한 이장이 비틀거리면서 안방으로 들어와서 터억 퍼더버리고 앉았다.

"교장선생님을 하셨다고요. 도시사람이 시골에 와서 도시식으로 살 생각을 아예 버리십시오. 수세식에 오줌을 누는 것은 모르지만, 어떻게 똥을 눕니까. 우선 동네 사람들과 화합해서 살아갈 마음을 잡수셔야지요. 이건 제 의견인데, 교장선생님이 하수관을 묻을 돈을 전부 내놓으면 동네 사람들이 부역을 해서 개울을 아주 복개해 버리면 어떨까요?"

한 대 얻어맞은 기분이었다. 아내는 너무 기가 차니까 말도 않고 돌아누워버렸다. 결국 저들이 노린 것은 얄팍한 잔꾀였구나. 이장이 나가자 오 교장은 가래침을 탁 잔디밭에 뱉었다. 대문 밖에서 낄낄 웃어대는 소리가 났다. 대문 틈으로 내다보니, 이장과 박씨 두 사람이 손을 맞잡고 신나게 웃고 있었다. 오 교장은 시멘트에 모래를 섞어 변기의 구멍을 막으면서 중얼거렸다.

"어머니시대에 양초 먹고 물속에 앉았던 시골사람들과 당신이 항상 들고 나오는 정보사회를 살아가는 농촌사람들이 달라지는 것은 당연하지."

변기 안에 시멘트를 넣어 완전히 먹통을 만든 뒤, 오 교장은 울적한 마음을 쓰다듬으며 대문을 나섰다. 그래도 나는 이곳에 고향을 꾸미고 말 것이다. 뒷간을 만들어 사용하더라도 꼭 고향을 만들리라. 황해도 고향 집처럼 밭 가장자리에 토종밤나무를 심으려면 몇 그루를 사야 할까 가늠하기 위해서였다.

밭의 경계선이 끝나는 산자락에 무덤 하나가 있었다. 박씨 어머니의 묘라고 했다. 무덤 가까이 이르니, 누군가 묘 뒤에 몸을 숨긴 채 진흙으로 범벅이 된 검은 구두만 삐죽 이쪽으로 밀어내 보이고 있었다. 누굴까? 발소리를 죽이고 다가가 보니 박씨가 세운 무릎 사이에 얼굴을 묻고 울고 있었다.

재를 뿌려 놓은 듯 감색 석양을 안고 참새 떼들이 잔망스럽게 재재거리며 북쪽 산을 향해 날아갔다. 오 교장은 흐려오는 눈을 들어 새들이 날아간 방향을 따라 눈길을 던졌다. ✣

살찐 갈매기

미숙은 남편의 가슴에 꼭 안겨서 레돈도 비치의 살찐 갈매기를 떠올렸다.
무서운 식성과 몸 전체를 감싼 기름기에 구역질이 났다. 창공을 날아오르
는 것도 팽개치고 고기잡는법도 잊어버리고 인간이 주는 것은 무엇이나 삼
키면서 동료들을 그 큰 부리로 쪼아대던 그 살찐 갈매기 말이다. 지나치게
살찐 갈매기는 더 이상 새가 아니라 짐승일 뿐이었다.

　나성의 하늘은 구름이 없고 바닷가의 하늘은 새털구름을 보기도 어렵다. 하지만 오늘 아침은 달라서 이상하리만치 안개가 짙다. 안개도 구름이 아니겠는가. 땅거미처럼 안개가 자욱한 아침은 미숙을 슬프게 한다. 두고 온 삼천포 고향을 떠오르게 하기 때문이다. 바지 밑단을 한 벌 줄이면 5불을 번다. 하루에 20벌을 줄이면 백 불을 버는 것이고, 한 달이면 그것도 3천 불이 되서 눈앞에 암청색의 달러가 오락가락한다. 이 일만 해온 것이 15년. 재봉틀 앞에 앉으면 달러 위에 박힌 엄숙한 표정의 대통령 얼굴이 떠오르면서 순간 손발에 힘이 솟구쳤다. 돈 돈 돈……. 돈을 벌어야 한다. 미숙은 흐려진 눈을 가늘게 뜨고 하얀 치아처럼 고르게 박은 바늘 뜸을 응시했다.

　달달달……. 전기 재봉틀의 부드러운 음을 타고 바깥에

서 밀려오는 섬쩍지근한 한기가 전율할 정도로 전신을 감쌌다. 순간 미숙은 눈을 들어 창밖을 응시했다. 세상에 이럴 수가! 미숙은 벌떡 일어나 창가로 갔다. 촘촘히 걸어 놓은 세탁물의 틈새를 비집고 머리를 밖으로 내밀었다. 옷 수선(Alteration)이라고 쓴 광고가 미숙의 얼굴을 가려 주어 엉거주춤 이마를 광고판에 가리고 눈과 턱을 유리창에 바짝 댔다. 너무나 무서운 현장을 목격한 미숙은 벼락이라도 맞은 듯 몸을 움직일 수가 없다. 뒤에서 다림질을 하고 있는 남편, 경한을 향해 미숙은 기어들어가는 목소리로 도움을 청했다. 아무리 외쳐도 모기소리보다 작았는지 남편은 미동도 하지 않는다. 나중에는 헛손질을 하면서 촘촘하게 나란히 걸린 세탁물을 잡아 흔들었다.

"왜, 왜 그래?"

아내의 허우적임을 흘끔 본 경한은 일이 심상치 않음을 직감하고 아내 곁으로 다가와서 세탁물들 사이를 비집고 머리를 내밀었다. 순간 경한은 아내를 잡아끌었다. 어찌나 세게 아내를 밀쳤는지 두 사람은 함께 세탁소의 차가운 바닥에 나둥그러졌다.

"쉬이…… 조용히 하라고. 우린 아무 것도 보질 않았어. 내 말 알아들었어. 우린 본 것이 아무 것도 없어."

남편의 손이 잽싸게 흰 플라스틱판에 붉은 글씨로 '가게를 열고 있음'(Open)이라고 쓴 것을 뒤집어 놓는다. 같은 판에 검을 글씨로 '가게를 닫았음'(Close)이라고 쓴 것을 밖에서 볼 수 있도록 하고는 한 사람만 들어올 수 있는 작은 문을 찰칵 잠가버렸다. 그러곤 불을 껐다. 숨을 할딱이면서도 겁에 질려있는 아내의 곁에 나란히 남편도 누웠다. 바닥에서 올라오는 한기로 몸이 굳었고, 두 사람의 심장박동이 귓청을 찢을 정도로 쿵쿵거렸다. 나중에는 위잉 귀울음이 나더니, 작은 세포 하나하나를 타고 흐르는 피 소리가 굉음처럼 귓가를 스쳤다. 얼마나 시간이 흘렀을까. 밖에서는 앰뷸런스 오는 소리가 났고, 경찰의 사이렌 소리가 요란했다.

두 사람만의 침묵에 지쳐버린 경한이 살그머니 일어나 밖을 보았다. 노랑 범죄 테이프가 상가들이 몰려있는 곳(Mall)의 주차장에 둘러쳐있다. 아직도 많은 경찰들이 두런거리면서 서 있었고, 구경나온 주민들의 서성거림으로 밖은 어수선했다.

"여보! 우리 여길 빠져나가자."

"어떻게 나가요. 아직도 밖엔 사람들이 저렇게 웅성거리는데, 나가다가 붙잡힐 것이 뻔해요. 그냥 여기 이렇게 누워있다가 저녁에 나가요."

설령 미숙이 몸을 일으킨다 해도 걸음을 걸을 자신이 없었다. 하반신의 힘이 다 빠져나가 후들거릴 것이 뻔했다.

"다시 한 번 말하는데, 당신이 본 것은 아무것도 없어. 알았지? 우리가 말하지 않아도 다 해결될 거야. 지난번

백악관 주변에서 일어난 저격사건으로 경찰도 긴장하고 있어. 캘리포니아에서도 그 비슷한 사건이 일어나고 있는 것이 아닌가 하고 모두 긴장하고 있을 것이 뻔한데, 당신이 증인이라고 나서면 전 미국이 떠들썩할 거야. 우린 소수민족이고 이민자란 걸 잊지 말아. 다행히 우린 아랍사람이 아니니까 안심이 되는군."

남편의 입술이 바짝 타들어가서 입가에 거스러미가 까실까실 일어난다.

"그래도 어떻게 가만히 있어요. 전 다 봤어요. 전 여성잡지 기자경력이 있잖아요. 그 당시 훈련받은 것처럼 번개 같은 순간이지만, 그 모든 걸 머릿속에 입력했어요. 한번 훑어본 것을 완벽하게 머리에 찍을 수 있는 기자의 본능 말이지요. 전 다 알아요. 도망친 차는 수박색 렉서스이고, 뒤판은 WEB 270…… 그 다음 숫자가 생각나질 않아요. 그 정도만 말해도 범인을 잡을 수 있을 터인데, 입을 다물어야 하나요."

미숙의 입을 가로막은 남편의 손이 거세게 떨렸다. 하도 억세게 입을 틀어막아서 미숙은 숨이 막힐 지경이었다.

"내 영어가 시원찮아서 당신 말대로 입을 다물 터이니, 걱정 말아요. 범인은 세 놈으로 모두 검둥이고, 그중에 한 사람의 얼굴을 잘 알고 있어요. 가끔 우리 집에 세탁물을 들고 오던 깡패기질이 있는 검둥이인데, 이름이 조지 뭐라고 했어요. 세탁물에 꼬리표를 붙일 적에 몇 번 써 봤어요. 아직도 그의 옷이 걸려있으니, 가서 꼬리표를 보면 알아요."

"당신 정말 이렇게 나갈 거요. 우리 집이 거덜나야 당신속이 편하겠어. 여긴 남의 땅이야. 우리 땅이 아니라고. 당신이 정의의 사도로 나선다면 우리의 꿈은 끝장이라고. 하나밖에 없는 우리 딸, 산드라를 기억하라고. 우리의 소망이요, 유일한 생명줄인 그 애를 죽이고 싶어서 당신 이러는 거야."

산드라 이야기가 나오자 미숙은 기가 죽어버렸다. 그리고 속으로 생각했다. 하긴 내가 가만히 있어도 미국 경찰은 기가 막히게 훌륭하니까 곧 범인을 잡을 거다. 최근 동부를 휩쓸었던 무서운 살인사건으로 누구나 겁에 질려 외출을 삼가지 않았던가. 열 명이나 죽이고 세 명이 부상당한 이 저격사건도 해결하는 걸 보면 이번 사건은 식은 죽먹기일 거야. 미숙은 남편이 이끄는 대로 뒷문으로 나갔다. 앞쪽은 사람들로 물결쳤지만, 세탁소 뒤쪽에 주차한 남편의 차는 뒷골목을 타고 인파를 빠져나가기에 아주 적격이었다. 골목을 빠져나온 차는 1번 도로를 타고 남하했다. 두 사람은 모두 입을 다물었다. 1번 국도는 태평양을 끼고 달린다. 캘리포니아는 세워놓은 떡가래처럼 기름하게 태평양을 끼고 있다. 1번 고속도로는 샌프란시스코에서 샌디에고까지 오른쪽에 태평양을 끼고 수직선을 그리며 북에서 남으로 펼쳐진 길이다. 태평양 저편 서쪽으로 한없이 가면 조국 한국의 남단 삼천포에 닿을 수 있을 터인데…… 갈매기 한 마리가 작은 비행기처럼 날개를 펴고 하늘 깊숙이 날아오른다. 홀로 허공을 나는 새가 외로워 보이지만, 그런 비상을 보기만 해도 답답한 가슴이 시원해지는 듯했다. 한눈에 다 넣을 수 없을 정도로 광활하게 수평선을 긋고 철썩이는 바다를 향해 앉아 한 마리의 갈매기를 눈으로 쫓던 미숙은 깊은 생각 속으로 빠져들었다.

'아아……. 날고 싶다. 저 갈매기처럼 높이 날아서 자유롭고 싶다. 하늘 깊숙이 날아 올라가 멀리 아래를 내려다보고 싶다. 저 갈매기처럼 태양을 향해 한없이 솟구치고 싶다. 목을 묶어 재봉틀에 매놓은 강아지 같은 신세가 역겹다. 저 외로운 한 마리의 갈매기처럼 자유를 찾아 비상하고 싶다. 돈을 버는 기계가 아니라 생각하는 사람이 되고 싶다. 먹을 것과 입을 것과 살 곳을 위해 목 매인 강아지가 아니라 훨훨 자유롭게 날아 올라가고 싶다.'

앙증맞은 야자수들이 듬성듬성 바닷가에 줄이어 서 있다. 이민 와서 이 땅에서 제일 먼저 눈에 들어왔던 나무들이다. 건조하고 비가 없는 날씨에도 끄떡없이 하늘을 향해 치솟아 살이 찌지 못하고 까칠했다. 새처럼 날아보려고 자꾸 위로, 키만을 키우고 있는 탓일까. 바람에 견디기 위해 잎사귀도 아기 손처럼 앙증맞게 작은 것들을 기다란 외줄기 나무 기둥머리에 몇 잎 이고 서 있다. 강한 태풍이 불어오면 허리를 굽힐 정도로 휘어져도 절대로 꺾이지 않고 의연하게 서 있는 강인한 나무들이다.

"어디로 가는 거예요. 집하고 반대 방향이잖아요."

"레돈도 비치(Redondo Beach)에 가서 점심을 먹고 석양에 고래 떼를 구경하러 라구나 비치(Lauguna Beach)에 갑시다. 15년 전 처음 이민왔을 적에 내 친구가 데려갔던 곳이야. 우리 너무 바쁘게 사느라고 그 뒤에 단 한 번도 거기에 간 적이 없었군 그래. 그 친구가 바닷가 야외식당에서 일생 처음 먹어보는 멕시코 음식, 브리또를 사주었지. 그날 고기를 싫어했던 당신이 화장실에 가서 토한 것을 잊어버렸어. 우리처럼 채소만 먹던 사람들이 기름에 푹 담근 것처럼 느끼한 음식을 먹었으니, 나도 속이 느글거리고 토할 것 같아서 혼이 났었지."

"그래도 하늘이 감빛으로 물들어가면서 엄마고래가 새끼고래들을 거느리고 직선을 그리며 헤엄쳐가던 장면은 장관이었어요. 지금도 생생하게 그 광경이 떠오르네요. 아직도 그 고래들이 있을까요. 엄마고래는 늙었을 것이고, 어미를 뒤따르던 새끼고래들 중의 한 마리가 어미가 되어서 그렇게 헤엄을 치고 있겠지요."

남편은 의도적으로 아내의 머리에 인각된 상가의 살인 사건을 지워버리고 다른 것으로 채워 넣으려는 듯 화제를 바꾸었다. 산타모니카에서 레돈도 비치까지는 1번 프리

웨이로 반 시간은 족히 달려야 하는 곳이다. 두 사람의 대화가 다시 끊겼다.

미숙의 머리는 남편의 노력에도 불구하고 다시 앞쪽으로 갔다. 녹화 테이프를 되감아 틀어놓은 듯 그 현장이 생생하게 살아났다. 총알은 옆 가게 리커 스토어(술을 파는 가게)의 여주인 해리 엄마의 뒤통수를 맞힌 것이 분명했다. 머리에서 피는 나오지 않았으나 가슴에 돈다발을 껴안은 채 앞으로 고꾸라졌으니 말이다. 매일 5만 불씩 노동자들이 받은 수표를 현금으로 바꿔준다고 했으니, 가슴에 안은 돈뭉치는 5만 불이 족이 될 것이다. 20대 초반의 어린 흑인 녀석이 쓰러진 여자의 가슴에서 돈다발을 앗았고 그것을 지켜보던 대학생 아들, 해리가 덤비자 뒤에서 망을 보던 흑인이 총을 쐈다. 일류 대학에 다닌다고 입이 마르도록 자랑하던 아들은 발목에 관통상을 입고 주차장 바닥에 나동그라졌다. 그 앞에 망연자실해서 서 있던 남편은 아내를 안아 일으키면서 짐승처럼 부르짖었다. 차를 사건 현장에 바짝 대고 앉아있던 운전석 흑인 녀석의 하얀 이가 무섭게 번뜩였고 그들은 1번 프리웨이 쪽으로 사라졌다. 그건 불과 1분도 안 걸리는 짧은 시간에 일어난 사건이었다. 그 장면이 비디오를 되감듯 다시 미숙의 머릿속을 헤집고 재생되었다. 등줄기를 타고 찬 기운이 흐른다. 이런 미숙을 흘금 훔쳐본 경한은 팔꿈치로 아내를 툭 쳤다.

"우린 딸, 산드라를 참 잘 키웠어. 산드라가 황인종이면서 백인을 젖히고 학생회장이 된 걸 생각하면 하늘을 나는 것 같아. 아까 우리가 달려오던 길에서 본 한 마리 갈매기가 생각나? 그 갈매기 심정이 바로 요랬을 거야. 우리 딸이 우리를 대신해서 이 땅에서 성공하면 그건 우리 부부가 돼지우리 같은 좁은 공간에 갇혀 양놈들의 더러운 옷을 빨아준 덕이야. 당신이 수선한 옷을 다 쌓아놓으면 아마 작은 산이 될 거다. 이런 고생 끝에 우리 산드라가 성공하면 우리 고생한 모든 걸 보상하고도 남을 거야."

"우리가 작년에 산 집은 어떻고요."

"맞아. 우린 집도 학군이 좋은 라카나다에 샀으니, 벌써 우리의 꿈은 반 이상 이룬 거나 마찬가지야."

딸, 산드라의 성공을 위해 손가락 마디가 튀어나올 정도로 일해서 모은 돈으로 일류 학군으로 손꼽히는 부자촌에 집을 산 것이 꿈만 같았다. 백인들이 모여 사는 최고급 동네로 파고드느라고 옷 한 벌 제대로 사 입은 적이 없이 중고품을 파는 굿윌 스토어(Good Will Store)에 가서 1달러, 2달러를 주고 헌옷을 사 입는 생활이 15년이나 되었다. 딸애의 옷도 99센트짜리 헌옷을 사 입히면서 공부를 시키지 않았던가. 은행에서 융자를 받아 산 집이지만 그간 그 집값이 거의 배로 뛰어올랐으니, 이제 이 나라의 중산급에 끼어든 셈이다. 내년에 딸을 동부의 명문대학교에 보내려면 돈이 필요하다. 더 허리를 졸라매야 한다. 돈 돈 돈……. 돈이 필요하다. 딸, 산드라를 위해서 말이다. 남편의 말이 맞다. 무엇을 위해 주위를 둘러봐야 한단 말인가. 폭포수처럼 물줄기를 따라 힘껏 흘러야지, 조그마한 장애물이 있다고 시간을 지체할 수는 없다. 타인을 생각할 겨를이 없다. 공의가 하수처럼 흐르고 진리를 따라 살아야 한다는 말은 이성적으로 귀에는 좋으나 현실은 그렇게 할 수가 없지 아니한가.

경한은 외항선을 타고 항해하던 중 머물렀던 로스앤셀레스에서 일어난 사건을 잊을 수가 없다, 바로 윗사람이 슬쩍 실은 짐이 마약이란 걸 알고 숨길 자신이 없었다. 이상하게도 그걸 목격한 사람은 경한이 한 사람뿐이었다. 그냥 눈감고 지나갔으면 좋았으련만 팽팽한 젊음과 받은 교육이 불의를 보고 그냥 지나칠 수 없었다. 해서 양심의 소리를 따라 본 대로 말한 경한을 놓고 의리 없는 놈이라고 친구들이 몰매를 맞았다. 모두가 그렇게 엉켜서 해먹고 있는 줄을 몰랐다. 해서 강제로 마도로스의 꿈을 접었던 아픔이 상처에 소금을 뿌리듯 생생하게 살아났다.

그냥 지나치는 거야. 모두가 썩어서 함께 뒤엉켜서 사는 세상에 본 대로 말했다가는 큰일을 당해 불려 다니면서 시간을 낭비해야 하고, 그러면 손해가 나고, 장사에 차질이 나면 집값이랑 매달 내는 자동차 부금이랑 널린 월부금을 어찌 처리한단 말인가. 구더기처럼 엉켜서 우글거리면서 눈과 입을 꼭 닫고 사는 거야. 하수도의 지렁이처럼 뒤엉켜 밝은 곳을 피해 어두운 곳에서 지내는 것이 수야. 뭐 잘났다고 입을 열고 야단이야. 정의의 투사가 된 것처럼 나댈 필요가 없어. 그렇게 했다가는 손해를 보거든. 남들처럼 살면 되는 거야. 물줄기를 따라 흘러가면 되는 거지. 열심히 먹이를 따라 살아가리라. 삶이란 다 그런 것이 아니겠어.

그들 부부가 탄 차는 레돈도 비치의 건물 주차장 안으로 파고 들어갔다. 한낮이건만 부두에는 관광객들로 붐볐다. 두 사람은 오랜만에 팔짱을 끼고 거센 바닷바람을 가슴 가득히 안으며 깊은 호흡을 하면서 걸었다.

"우리 저기 한국횟집에서 어른손바닥보다 더 큰 게를 먹자. 당신 아직도 기억하지? 나무망치로 마구 게를 두들겨서 먹던 일 말이야. 그걸 먹으면서 우리는 미국에 온 걸 실감했었지. 이렇게 큰 게였지. 생각이 나지?"

장신인 남편은 두 손으로 실제 이상으로 큰 원을 그리면서 아내를 내려다보았다. 얼마 만에 느껴보는 다정함인가. 마치 옛날 대학시절로 되돌아가서 데이트를 하는 기분이었다.

"벌써 정오가 넘었군. 우리 점심 먹고 부둣가를 걸어보자. 이 시간에 낚시꾼들이 있을까."

두 사람은 팔짱을 끼고 유리창에 갇혀 꿈틀거리는 횟감과 살아서 천천히 바닥을 헤매는 게들을 구경하다가 안으로 들어갔다. 바다 쪽으로 뚫린 창가에 앉았다. 열어놓은 창문으로 바닷바람이 살랑살랑 파고든다.

"아얏! 저 갈매기 좀 봐요? 아이 징그러워. 너무 뚱뚱보가 되어서 갈매기 같지가 않아. 꼭 짐승 같다니까."

미숙의 외침에 경한은 싱긋 웃으며 텁수룩하게 자란 수염을 쓰다듬었다. 갓난아이만한 살찐 갈매기는 너무 많이 먹어서 몸을 움직이기도 힘겨운 듯 뒤룩거리면서 열어놓은 창가로 다가왔다. 깃털에 자르르 흐르는 기름기가 영양분이 넘쳐나서 고혈압에 걸려 헐떡이는 심장을 연상케했다. 큰 쟁반에 나온 게를 나무망치로 두드리면서 먹는 동안 갈매기는 인내심을 가지고 안을 기웃거리면서 기다렸다. 작은 갈매기 두 마리가 다가오자 부리로 톡 쫘서 쫓아내고 터억 버티고 서서 그들 부부의 식사가 끝나기를 기다렸다. 요즘 인기리에 방영되는 '야인시대'의 김두한처럼 패기와 민족 사랑이 넘치는 깡패 두목의 모습이 아니라, 아니꼽고 징그럽고 더러워 보이는 짐승 같은 갈매기였다. 매운탕까지 먹은 뒤 경한이 남은 무쪽이나 생선을 내밀면 살찐 갈매기는 단숨에 삼켜버린다. 고추장 범벅인 매운 것을 주어도 그냥 꿀꺽 삼킨다.

"여보! 매운 것을 주면 어떡해요. 속이 탈 터인데, 물에 씻어서 주세요."

미숙이 보다 못해 역정을 내자 경한은 장난기 어린 몸짓으로 말했다.

"이놈은 이미 매운 음식을 먹는 것에 만족하는 놈이지.

본능을 저버리고 날지 못하니, 저렇게 살이 쪘지. 이놈은 고기를 어떻게 잡는지도 모를 거야. 저 몸을 하고 어떻게 고기를 잡아먹겠어. 매운탕에서 나오는 찌꺼기만 먹고 산 놈인데. 이놈의 직업은 매일 여기 깡패처럼 버티고 앉아 먹기만 하면 되는 거야. 자기 본분을 잊어버린 것이지. 자기가 새라는 것도 모를 거야."

"아이쿠! 불쌍해라. 새가 새 짓을 못하니, 너무 불쌍하네요. 창공을 날고 물속의 고기를 잡아먹어야 몸도 날렵하고 활달할 터인데, 저건 갈매기가 아니라 머루가 변형된 거봉 같군."

살이 덜 찐 갈매기들이 제일 살이 많이 찐 왕초갈매기가 배가 터지게 먹고 물러나기를 줄서서 얌전하게 기다리고 있었다. 질서 있게 말이다. 참새들이 촐랑대면서 다가와서 어쩌다가 흘린 밥풀이나 생선 찌꺼기를 잽싸게 쫘댄다.

두 사람은 한국횟집을 빠져나와 부둣가를 거닐었다. 비릿한 바닷바람이 얼굴을 스친다. 눅눅한 바람이 싣고 온 소금기가 살갗을 찜찜하게 했다. 부둣가에서 고기를 잡고 있는 낚시꾼들 주위에 펠리컨과 갈매기들이 꽥꽥거리면서 싸우다가 관광객들이 던져주는 빵쪼가리를 향해 아우성을 치면서 돌진했다. 몸이 둔한 펠리컨은 낚시꾼이 먹이로 쓰고 던지는 생선창자를 먹으려고 과감하게 낚시꾼의 곁에까지 바짝 접근했다.

미숙은 펠리컨을 보면서 가눌 수 없는 서글픔을 느꼈다. 저 펠리컨은 그저 먹을 것만을 향해 몸과 마음을 바치고 있다. 위대한 펠리컨의 진정한 자아는 창조주가 준 날개로 날면서 고기를 잡는 자유를 누려야 하는 것이 아닐까. 펠리컨 옆을 셀 수 없이 많은 갈매기들이 따라붙었다. 자기들이 소유하고 있는 재능을 알지 못하고 가장 쉬운 방법으로 먹이를 구하는 길을 찾은 셈이다. 좌우를 볼 필요도 없이 사람들 곁에 바짝 붙어 서성거리면 되는 것이다. 수십 마리의 갈매기들이 간데없이 확 트인 창공에서 부둣가에 와그르르 내려앉았다. 관광객이 먹이를 던지는 걸 보고 서로 몸싸움을 하면서 먹이 앞으로 돌진했다. 조국의 바다에서 본 갈매기는 날렵하고 귀여웠는데, 이곳 갈매기는 너무 커서 징그럽다. 갈매기가 아니고 집에서 기르는 푸들이나 영국 황실의 개처럼 보였다. 살찐 갈매기들의 머리와 목이 눈처럼 새하얗고 눈꺼풀이 붉은색, 등은 짙은 회색에 부리는 노란색이고, 아래 부리 끝 가까이에 붉은색 얼룩무늬가 있다. 저렇게 잘 생긴 갈매기들이 한심한 새가 되어 인간의 손길만 보고 있으니, 얼마나 불쌍한가! 그 와중에 갈매기 한 마리가 하늘 속 깊이 날아오르면서 두 발을 배에 착 붙이고 머리만 좌우로 움직여서 바다 위나 땅 위의 먹이를 찾았다.

"갈매기는 바다에 살면서 헤엄칠 줄 모르나 보지?"

뜬금없이 던지는 아내의 질문에 경한은 한동안 무엇인

가 생각하면서 미숙이 보고 있는 창공의 갈매기에 눈길을 돌렸다.

"바다를 삶의 터전으로 살아가는 것들이 헤엄을 못 치면 어떻게 살겠어. 하지만 갈매기가 헤엄치는 걸 본 적이 없군."

"아마 헤엄칠 줄 알지만 날아다니는 것만 좋아해서 잊어버렸을 거예요."

창공을 날던 갈매기가 갑자기 밑으로 내리꽂히더니, 날개를 퍼드덕거리면서 바다 위에 떠 있는 죽은 고기를 부리로 쪼아댔다.

"창공을 맘껏 날아오를 수 있는 새가 어째서 저렇게 지저분하게 굴까. 좀 더 고상하게 살 수는 없을까. 죽은 고기를 먹고 지근덕거리면서 사람 곁을 맴돌며 구걸하고 저희들끼리 서로 물어 뜯어가면서 싸우니, 진짜 엉망이야. 게다가 인간이 던져주는 것은 아무것이나 맵든 짜든 먹어 치우니, 완전히 타락한 새들이군. 갈매기가 왜 저렇게 되었을까. 갈매기란 물속에서 헤엄치는 싱싱한 물고기를 잡아먹으면서 주로 하늘 속을 날아올라 멀리멀리 보면서 삶을 조감하는 것이 아니겠어. 가장 멋진 꿈을 꿔야할 새가 타락하니, 저 눈 좀 봐. 천하고 메스꺼운 이상한 빛이 도네."

낚시꾼들 사이에서 서로 몸싸움을 하면서 쫓기고 쫓는 갈매기들을 한심한 듯 구경하고 있던 경한도 한마디 했다.

"갈매기는 내가 선원 생활할 적에 보니까 아주 못된 것들이야. 바닷새의 어린 새끼나 알까지 무자비하게 먹어치우더군. 모래펄의 갯지렁이, 농작물에 꼬이는 벌레나 메뚜기까지 닥치는 대로 먹어버려. 한번은 샌프란시스코 위쪽 캐나다 접경 지역의 해변 가에 갔더니, 갈매기들이 모두 죽어 널브러져 사람들이 구덩이를 파고 묻더군. 이유는 관광객들이 주는 음식만 먹다가 고기 잡는 법을 잊어버려 한겨울, 관광객이 오지 않는 계절에 모두 굶어 죽어버린 거라더군."

"새가 굶어 죽다니. 아하하하…… 진짜 웃긴다."

모처럼 아내가 소리 내어 웃자 경한도 기분이 좋아서 깊은 창공을 향해 머리를 뒤로 젖히고 시원하게 웃어댔다. 아내가 좋아할 다른 갈매기 이야기가 없나 머리를 조아리다가 문득 떠오르는 것이 있었다.

"당신하고 결혼하기 전해에 내가 유타 주에서 엽서 보낸 것 기억나지? 솔트 레이크 시에 세워진 갈매기 기념비가 찍힌 카드였다고 기억하는데. 몰몬 교도들이 유타 주에 이주한 뒤 한여름 피땀 흘려 지은 밀밭에 구름처럼 메뚜기 떼들이 내려앉아 깡그리 먹어치우려는 숨 막힌 위기의 순간, 갑자기 소금호수에 사는 갈매기 떼가 몰려와서 메뚜기를 모조리 먹어 치워버렸다는 거야. 그 일이 너무 고마워서 세운 기념비라고 하더군. 갈매기에게 그런 면도 있으니, 너무 더럽다고 생각하지 말라고. 아무것이나 마구 먹어 치우는 탐욕스러운 새지만 태어나길 그렇게 생겼을 걸."

"그래도 넓디넓은 바다와 하늘 사이를 날 수 있는 새가 하필이면 그 좋은 걸 포기하고 쉬운 방법으로 삶을 처리하는 것이 불쌍해서 그래요."

부부는 석양을 안고 부촌인 라카나다 동네로 돌아왔다. 집안은 낮이나 밤이나 어두웠다. 두꺼운 커튼을 무겁게 내려놓은 탓에 낮에 들어와도 불을 켜야 했다. 자동으로 들어오는 외등이 이 시간대에 켜있어서 바깥 정원이 꿈속 동산처럼 아름다웠다. 눈이 오지 않고 얼음이 얼지 않는 이곳 캘리포니아는 햇살이 강렬하고 온화한 탓에 언제나 꽃이 피어있다. 좋은 동네에 살지만 낮에 항상 비어있는 집이라 안을 들여다 볼 수 없을 정도로 두꺼운 커튼을 쳐놓았다. 혹여 딸, 산드라가 일찍 집에 와서 혼자 있을 때 도둑이나 나쁜 놈이 들여다보고 사고를 칠까 봐 미리 그런 식으로 방어선을 쳐놓은 것이다.

현관문을 열고 먼저 들어선 미숙이 거실 불을 켜는 순간 비명을 내질렀다.

"왜 그래. 무슨 일이야."

경한의 머리엔 혹시나 고이 기르는 딸, 산드라에게 무슨 일이 생겼나 해서 가슴이 철렁했다. 늘 혼자 두고 다니는 것이 마음에 걸리고 죄책감이 있었기 때문이다.

"저것 좀 봐요. 세상에 이럴 수가!"

미숙이 손가락질하는 곳으로 경한의 눈길이 따라갔다. 벽면을 덮은 대형 수족관의 물고기들이 모두 죽어 배를 위로하고 둥둥 떠다녔다. 죽은 지 며칠이 되었는지 역한 냄새까지 풍겼다.

"아니 이렇게 되도록 당신이 몰랐단 말이요. 수족관에 꽂아 놓은 전기코드가 빠져버렸으니, 죽을 수밖에. 산소 부족으로 모두 죽어버렸어. 그러고 보면 당신이란 사람 물고기 먹이를 주는 것도 잊어버린 것 아냐. 이렇게 물에 이끼가 끼었으니, 썩은 물에서 물고기가 어떻게 살아."

거금을 들여 벽면 한가운데를 수족관으로 꾸민 것은 순전히 딸, 산드라를 위한 배려였다. 저녁에 혼자 있는 것보다 이렇게 수십 마리의 물고기가 움직이고 있는 집에 들어오면 덜 외로울 것이란 생각에 설치한 것이다.

"그놈의 세탁소인가 뭔가 하느라고 나도 당신만큼 바쁘단 말이에요. 옷 수선까지 하니, 눈도 아프고 목 뒷덜미가 굳어서 집에 오면 짜증이 난다구요. 우리 모두 밤늦게 돌아와 마룻바닥만 보았지, 위나 옆을 볼 여유가 없었지요. 당신은 욕실로 나는 부엌으로 달려갔으니, 물고기들이 죽은 지 며칠이 지나도 몰랐나 봐요. 집안에 악취가 괸 것을 보니 죽은 지 일주일도 더 된 것 아니요."

오랜만에 경한의 목소리가 딸을 향해 커졌다.

"부모가 바쁘면 계집애라도 물고기를 돌봐야지. 요게 어디를 싸다니느라고 이 꼴이 되도록 방치하고 있어."

경한이 딸을 향해 화를 내고 있지만, 저녁마다 전화를 걸면 집에서 꼬박꼬박 받아주는 딸이 고맙고 믿음직스러워하지 않았던가. 부모가 원하는 대로 학교가 끝나면 곧바로 집으로 와서 걸려오는 전화를 기다리는 딸이 아니던가. 바쁜 이민생활에 부부는 싸울 힘도 없었다. 그냥 묵묵히 죽은 물고기들과 썩은 물을 퍼내고 어항 속을 닦아냈다. 비린내가 조금 전에 지나온 부둣가를 떠올렸다. 몸은 그렇게 바쁘게 움직이면서도 미숙은 여전히 아침나절 목격한 살인현장을 떨쳐버릴 수가 없었다.

"여보! 아무래도 제가 본 사건을 그냥 지나칠 수 없을 것 같아요. 죽은 사람이 미국 사람도 아닌 우리 동족인데, 그럴 수 있어요? 저랑 친한 사람인 걸 당신도 알잖아요. 밤에 잠을 잘 수 없을 터이니, 이를 어쩌지."

"또 그 문제. 그 사건을 목격했다고 하면 어찌 되는 줄 몰라서 당신 이러는 거야. 오라 가라 하는 경찰조사를 어떻게 감당하려고 그래. 더구나 신문과 방송에 떠들면 익명사회에서 우리의 신분이 다 노출되잖아, 거대한 태평양처럼 깊은 바다 속에 잠겨 사는 우리가 왜 물 표면에 나타나서 사람들의 시선을 받아야 하지. 그냥 모른 척하고 지나면 되는 거야. 우리 생활이 하루만 삐걱해도 와르르 무너지게 돼 있잖아, 매달 부어넣을 월부금에 조금이라도 차질이 생기면 크레디트가 나빠지고, 우리 식구들은 길거리에 나앉을 수도 있어. 당신이나 나나 아파도 단 하루를 누울 수 없는 사정을 잘 알면서도 그래."

남편의 격렬한 말에 미숙은 입을 다물어버렸다. 남의 땅에 와 살면서 정의니 법이니 하고 따질 이유가 없잖은가. 조국에서도 정의를 부르짖는다고 입을 열었다가 큰코 다쳤는데 말이다. 잔뼈가 굵은 조국이나 남의 땅인 이곳이나 다를 바 없을 터이다. 바른말을 하고 따지면 병신이 될 터이니 사회가 어떻게 되든 나라가 어느 쪽으로 가든 그냥 눈을 감고 귀를 틀어막아버려야 살아남을 수 있는 현실을 어찌 무시하겠는가.

"그래도 이번 사건은 제가 증언해야 되잖을까요. 하나님은 알고 계실 터인데, 제가 이대로 입을 다물면 하나님도 저를 향해 화를 내실 것 같아요."

"당신 정말 이렇게 나가기야. 잘못하다가는 우리가 망해. 바른말을 했다가는 나중에 우리가 그들 일당에게 당한다고."

남편의 주장은 구구절절 맞는 말일 것이다. 인생을 그녀보다 5년이나 더 살았고, 배를 타고 많은 나라를 돌아다녔으니 말이다. 살인범인 흑인 녀석만 해도 마약밀매조직에 끼어있는 것이 틀림없다. 사실은 며칠 전에도 마약을 주차장에서 10대들에게 파는 걸 목격했지만, 모른 척하지 않았던가. 만약 미숙이 살인자를 보았다고 말하고,

누군지를 알려주면 줄줄이 사탕으로 따라붙을 마약조직이 얼마나 들볶을까. 남편 말이 참말로 맞는 말이다.

여느 때처럼 딸, 산드라는 정확한 시간에 귀가했고, 부부는 공부에 지쳐 들어서는 딸에게 어항 속의 물고기가 어떻고 하는 말은 하지 못했다. 다 치웠으니 해결된 것이 아닌가. 그걸 말해 딸을 불쾌하게 만들고 싶지 않았다. 오랜만에 세 식구가 한 상에 둘러앉아 저녁을 먹었다. 딸은 이렇게 식구들이 모인 좋은 시간이 별로 마음에 내키지 않는지 생각에 잠겨 말이 없었다. 사춘기에 접어들면 말수가 적다고 하지 않던가. 특히 그 나이엔 부모가 간섭하는 걸 싫어한다니, 모른 척 딸이 편한 대로 놔두었다. 식사가 끝난 뒤에 산드라는 자기 방으로 들어가버렸고, 부부는 정말로 기분 좋고 느긋하게 텔레비전을 보았다. 오랜만에 이렇게 좋은 집을 산 것을 감사하면서 안방에 나란히 누워 9시 저녁 뉴스를 보고 한국 방송으로 나오는 일일 연속극에 빠져들었다. 모국어는 얼마나 달콤한 것인가. 한마디도 거스르지 않고 귓속으로 편안하게 파고들었다.

그때 대문 밖에서 귀청을 찢는 비명이 들렸다. 큰 사고가 터진 모양이다. 또 살인사건이 나는 것일까. 부부는 귀를 곤두세우고 몸을 달팽이처럼 도사렸다.

"쉬! 조용히 하라고. 우리 집 식구들은 다 집에 있으니, 죽은 듯이 가만히 있어."

남편의 말에 미숙은 안방의 불까지 꺼버렸다. 그래도 딸이 걱정되어서 안방 문을 열고 현관에 벗어놓은 딸, 산드라의 신발을 확인했다. 분명히 여자의 비명이었지만 식구들이 모두 집에 있다는 안도감에 가슴을 쓸어내렸다. 딸애의 방에도 불이 켜있으니, 공부를 하는 모양이다. 문틈으로 새어 나오는 딸 방의 불빛이 미숙의 가슴에 평안함을 안겨주었다. 산드라는 아주 곤하게 잠들었는지도 모른다. 절규에 가까운 비명에 놀라서 안방으로 뛰어 들어오지 않은 걸 보니, 깊이 잠든 것이 틀림없다. 부부는 텔레비전도 끄고 희미하게 벽에 부착시켜 놓은 밤 등까지 꺼버렸다. 숨을 죽이고 서로 꼭 껴안은 채 이불 속으로 숨었다. 가슴이 후드득 뛰었다. 오늘 두 번이나 이런 사건이 터져서 기분이 나쁘지만 우리 식구들 모두 안전하니, 그게 무슨 큰일인가. 차츰 밖의 신음소리가 잦아들고 있지만 세미한 소리까지 듣지 않으려고 머리끝까지 이불을 뒤집어썼다. 얼마나 시간이 흘렀을까. 밖은 조용했다. 모든 일이 끝난 모양이다. 긴 침묵을 참지 못하고 미숙이 먼저 소곤거렸다.

"여보! 911에 신고해야 하는 거 아닌가요."

"아니 이 여자가 또 이래. 그냥 모른 척 지나가자고. 왜 우리가 이 큰 미국 땅의 사건에 사사건건 끼어들어 시간을 소모하느냐고. 그냥 가만히 있어. 죽은 듯이 가만히 숨어있으라고. 그게 이 지구상에서 살아남는 비결이야."

미숙은 남편의 가슴에 꼭 안겨서 레돈도 비치의 살찐 갈매기를 떠올렸다. 무서운 식성과 몸 전체를 감싼 기름기에 구역질이 났다. 창공을 날아오르는 것도 팽개치고 고기잡는법도 잊어버리고 인간이 주는 것은 무엇이나 삼키면서 동료들을 그 큰 부리로 쪼아대던 그 살찐 갈매기 말이다. 지나치게 살찐 갈매기는 더 이상 새가 아니라 짐승일 뿐이었다.

그때 초인종이 요란하게 집안의 침묵을 깼다. 부부는 숨을 죽이고 머리끝까지 뒤집어 쓴 이불을 움켜잡았다. 웅성거리는 소리와 경찰차의 앵앵거림으로 동네가 떠나갈 것 같았다. 초인종에서 불이 났다. 사건이 큰지 신경질적으로 눌러대는 벨 소리는 화재라도 발생한 것일까. 그제야 어쩔 수 없이 경한이 잠옷 바람으로 현관문을 열었다. 죽은 시신은 얼굴까지 흰 천으로 덮인 채 앰뷸런스에 마악 실리고 있었다. 시신을 덮은 하얀 천 한쪽으로 살짝 빠져나온 옷자락을 보는 순간 미숙이 절규했다.

"아니 이건 우리 딸, 산드라가 아니야. 이 애가 어쩌자고 이 밤에 밖엘 나갔지, 방에 있어야할 아이가 왜 밖에 있었냐고. 아니야, 아니라고."

둘러선 동네 사람들을 헤집고 경찰이 다가왔다.

"일찍 발견했더라면 살았을 터인데, 너무 피를 많이 흘렸습니다. 집 앞에서 당했는데, 그걸 부모가 몰랐다니……. 5분만 빨리 발견해서 지혈을 했어도 살았을 터인데. 정말 안됐습니다. 칼날이 등 뒤를 찔렀기 때문에 출혈만 있었을 뿐인데."

죽어서 둥둥 떠 있는 물고기처럼 미숙과 경한은 그 자리에 털썩 주저앉았다. 동네 사람들이 수런거리면서 다가와 위로해주는 말들이 갈매기의 날갯짓처럼 윙윙거리면서 공중에 맴돌았다. 갈매기들이 먹이를 앞에 놓고 부리로 쪼아대듯 날카로운 부리의 톡톡거림이 전신을 아프도록 쑤셔댔다. 미숙이 숨넘어가는 목소리로 딸 이름을 부르면서 떠나려는 앰뷸런스를 잡으려 했으나 살찐 갈매기처럼 뒤뚱거릴 뿐 제자리만 맴돌았다. ✗

서른을 바라보는 엄마는 마음 깊은 곳에서 우러나오는 우아하고 편안한 웃음을 딸을 향해 함빡 웃어 보였다. 이런 때 엄마 얼굴이 천사처럼 보였지만, 그래도 엄마는 바보라고 생각했다. 아빠를 다른 여자에게 빼앗기고 노망난 할머니만을 차지하고 오줌똥을 치우며 입이 찢어지게 웃고 있는 바보 엄마, 여덟 살 딸의 눈에 비친 엄마는 계산도 못하는 백치 바보였다.

　가운데 가르마를 고속도로의 중앙선처럼 반듯하게 가르고 동백기름을 윤나게 바른 엄마와 초등학교에 갓 입학한 딸이 마주 앉아있었다. 딸은 책을 들고 있었고, 엄마는 삯바느질을 하느라고 정신없이 재봉틀을 돌려댔다. 새벽부터 봄비가 추적거리면서 내리더니 해거름엔 제법 굵어져서 초가의 이엉을 타고 흐른 빗물이 모녀가 앉아있는 방의 봉창을 흠뻑 적셨다. 달달달 돌아가는 재봉틀 소리의 단조로움에 지친 딸이 문지방에 걸터앉아 주춧돌 밑에 가마솥 모양의 거품을 일고 사라지는 낙숫물을 넋을 놓고 바라보았다.

　"엄마! 지금 제가 읽고 있는 이야기 내용처럼 저 처마 끝에 떨어지는 빗물이 땅 속 깊이 숨겨진 금덩이를 들어냈으면 좋겠어요. 이 책의 주인공은 엄마처럼 삯바느질을 해서 자식들을 키웠는데, 금덩이가 나오자 자식들은 좋아서 어쩔 줄 모르는 걸 보고 엄마가 손수 그걸 바다에 던져 버렸대요. 참! 바보 엄마지. 그걸 팔아서 부자로 살았으면 얼마나 좋았겠어."

어제 생일을 지내 여덟 살이 된 딸애의 눈엔 언제나 물기가 촉촉이 고여 있어 수정처럼 반짝거렸다. 이런 딸의 눈을 볼 적마다 엄마는 한숨을 삼키면서 중얼거렸다.

'자고로 계집애의 눈에서 빛이 나면 팔자가 드센 법이야. 영악한 기운이 눈에 흠뻑 고여 있으니 부평초처럼 떠돌아다닐 거야. 아아! 불쌍한 것.'

"제가 저 처마 밑에서 금덩이를 찾아내면 엄마는 어떻게 할 거야. 내다 버리지 않을 거지. 그럼 우리 서울로 이사 가서 첩 엄마를 놀래주자. 아빠도 우리가 궁궐 같은 집에서 살면 좋아서 우리 집으로 돌아올 거야."

"……."

"엄마! 삽이 어디 있지. 얼마나 파면 금덩이가 처마 밑에서 나올까. 나도 해 봐야지."

딸이 무어라 말하든 벙어리가 되어 재봉바늘 밑으로 열심히 옷감을 밀어 넣던 엄마가 갑자기 재봉틀을 멈추고 딸의 얼굴을 뚫어지게 노려보았다.

"넌 그렇게도 돈이 좋으니?"

"그럼. 돈이 없으니까 아빠도 큰집을 지니고 사는 첩 엄마를 따라가고, 우릴 시골구석에 버렸잖아."

"만약 저 처마 밑에서 네가 금덩이를 파내오면 엄마도 그걸 바다에 던져버릴 거야."

"……."

"엄만 바보야, 바보. 그러니까 이렇게 날 배고프게 하고 슬프게 하지. 난 엄마가 던져버린 금덩이를 따라 바다 속으로 들어가 다시 꺼내오든지 아니면 그걸 안고 죽어버릴 거야. 흑흑……."

방안까지 파고든 땅거미가 더 이상 실밥을 가늠할 수 없게 했다. 부스스 일어나 불을 켜고 엄마는 꺾어 세워놓은 인형처럼 제 자리에 앉아 다시 재봉틀을 돌린다. 엄마의 관심을 끌기 위해 딸애는 목청껏 울어댔지만, 엄마는 돌덩이였다. 제풀에 꺾인 딸이 책에 코를 박고 이야기 속으로 빠져 들어갔다.

허구한 날 똥을 싸서 벽에 바르는 할머니의 끙끙거림이 점점 거세지더니, 며느리가 밥도 주지 않고 시어머니를 굶겨 죽인다고 악을 쓰기 시작했다. 그제야 쇠심줄처럼 질긴 재봉틀 소리가 그쳤다. 쑥을 넣은 풀죽을 먹고 팔베개를 하고 누웠다. 산 메아리처럼 어머니의 흐느낌을 딸은 잠 속에서 간간이 들었다. 그때마다 딸은 꿈속에서 발을 구르면서 악을 썼다.

'엄마는 바보야. 할머니를 부자로 사는 아버지에게 보내버려. 아빠를 차지한 첩 엄마가 할머니를 돌봐야지, 어째서 우리가 이런 고생을 해야 하는 거야. 할머니는 아빠

의 엄마야.'

다음날 아침 시래깃국에 김치만 놓인 밥상을 차려온 엄마는 딸이 먹을 보리밥을 공기에 푸면서 차분한 목소리로 말했다.

"금덩이란 마음속에 품고 몸에 새기는 법이다. 그건 아무도 훔쳐가지 못한다. 도둑이 손 못 대도록 금을 몸에 박자니, 얼마나 아프겠니."

"살 속에 금을 된장에 짠지를 박듯이 밀어 넣으란 말이야. 난 아파서 그 짓을 못해. 엄마는 바보니까 그런 소릴 하지."

서른을 바라보는 엄마는 마음 깊은 곳에서 우러나오는 우아하고 편안한 웃음을 딸을 향해 함빡 웃어 보였다. 이런 때 엄마 얼굴이 천사처럼 보였지만, 그래도 엄마는 바보라고 생각했다. 아빠를 다른 여자에게 빼앗기고 노망난 할머니만을 차지하고 오줌똥을 치우며 입이 찢어지게 웃고 있는 바보 엄마, 여덟 살 딸의 눈에 비친 엄마는 계산도 못하는 백치 바보였다.

그리고 스물다섯 해가 흘렀다. 그 딸은 금문교 옆 마린 카운티에 삶의 터전을 잡았다. 미국 전역에서 모여든 부자들의 별장지다. 여덟 살이었던 그녀는 이제 서른을 훌쩍 넘어섰고, 얼굴이 반지처럼 동그랗게 생겼다고 해서 모두가 이선린이란 이름을 제쳐놓고 링(Ring)이라고 불렀다.

어제 아흔다섯 생일을 맞은 백인 노파 글레이는 유일한 친척, 매기가 머리에 꽂아준 흑장미 핀을 연신 만지작거리면서 아주 행복한 표정을 지었다. 목에서 가래가 더글더글 끓는 걸 보면 임종이 가까운 증상이 역력했다. 끼익, 금속성 소리에 이어 차고 문이 열렸다. 간밤에 병이 심한 글레이를 돌보느라고 링은 노파의 침대 곁에서 밤새도록 새우처럼 허리를 휘고 엎드려 있다가 퍼뜩 살아나 창기로 갔다. 병자가 간밤에 기침을 심하게 한 탓도 있으나 수없이 많은 집을 헐고 지으면서 미국과 한국을 오가느라 잠을 설쳤다. 박사 학위를 받고, 그 다음은 교수가 되고, 그에 따른 돈, 돈, 돈…… 확실히 돈이란 상상의 넓이까지 확장시켜서 전 세계를 넘나들게 했다. 독수리의 날개 위에 올라앉아 태양을 직시하면서 나는 기분이었다. 커튼을 열고 소리 나는 쪽을 내려다봤다. 아침 햇살이 링의 전신을 감싸안자 잠을 설친 탓인지 현기증이 나서 눈을 지그시 감았다.

매일 오전 두 시간씩 청소를 하러 오는 흑인 여자, 제인이 공기를 한껏 불어놓은 풍선처럼 둥근 배를 주체 못해 어기적거리면서 링이 서 있는 창을 흘끔 올려다보았다. 이 집에서만 20년이나 일해 온 여자라 조금도 서두르는 기색이 없이 여유 있고 당당했다. 링이 창가에 서 있는 걸 확인한 순간 그녀는 넝쿨장미가 우거진 울타리 가로 뒷걸음질해서 손을 흔들며 반갑다는 아침 인사를 보냈다. 오늘 아침 제인의 인사는 유별났다. 이 집에서 함께 일하고 있다는 동료의식이 언제나 두 사람 사이를 단단하게 묶고 있어 신뢰감이 탄탄한 줄처럼 당겨졌다. 링도 힘 있게 손을 흔들어 제인에게 답례를 보냈다. 간밤에 할머니에게 들볶이며 잠을 설친 이야기를 풀어놓을 친구를 만난 셈이다.

"링, 링…… 마이 다링, 링. 기막힌 뉴스야. 글레이 노파의 유산이 몽땅 링의 몫이 될 거란 믿어지지 않는 소리를 들었어."

"쉬이! 그런 소리하지 말라고. 유산을 기다리다 지쳐 알코올 중독자가 된 매기가 들으면 식칼 들고 덤빌 거야."

"이건 정확한 정보인데, 어제 오후 링이 학교에 간 새 변호사가 다녀갔다더군."

제인은 몇 천만 불짜리 복권에 당첨된 것처럼 신바람이 나서 입가에 거품을 물더니, 허리께로 쑤욱 올라간 궁둥이를 오리꽁지처럼 흔들면서 킥킥거렸다.

"링이 학교에 간 뒤 글레이를 돌본 마가렛이 내게 전화를 했어. 꼴같잖게 백인이랍시고 동양여자에게 그런 거액을 유산으로 물려주는 걸 싫어해서 군소리가 대단하더군. 하지만 나는 그렇게 생각하지 않아. 링이 글레이의 유산을 몽땅 받아야 한다고 주장했지. 솔직히 말해 링이 없었다면 이 할망구는 벌써 땅속에서 백골이 되었을 거라고."

"내가 없으면 글레이는 사인도 못하고 전화도 걸지 못하는데 어떻게 변호사를 불렀을까? 마가렛에게 그런 일을 설마……."

이렇게 말해 놓고도 링은 이런 때 어떤 표정을 지어야 할지 몰라 어정쩡하게 웃었다. 중풍으로 누워 지낸 지 5년이 된 글레이는 그나마 조금 움직이던 왼손마저 심한 수전증이 와서 작년부터 링이 집안의 대소사를 다 관리했다. 대단한 재산을 지닌 글레이는 주식이 천만 불에 가깝고, 정부에서 나오는 연금이랑 시내에 있는 120 유닛의 아파트에서 다달이 들어오는 임대료까지 합치면 어마어마한 액수였다. 그 많은 재산이 몽땅 링에게 떨어진다니 믿어지지 않는 일이었다. 증여세로 반을 뚝 잘라 정부에 바친다 해도 엄청난 재산이 그녀의 수중에 떨어진다는 뜻이다. 은밀하게 혼자만의 생각으로 글레이가 죽은 뒤에 유산의 일부가 그녀에게 돌아올 것이란 생각을 해본 적이 있어서 가슴이 떨려오기 시작했다. 이런 생각은 글레이를 돌보면서 살아온 생활 속에서 갖게 된 확신이기도 했다. 더 구체적으로 말하자면 작년 크리스마스와 근간에 일어난 사건에서 빌미를 잡을 수 있었다.

밤마다 글레이는 어린아가처럼 어둠을 무서워했다. 죽음을 앞둔 사람들은 다 깜깜한 것을 싫어하는 것일까. 글레이의 방과 맞뚫린 링의 방문을 언제나 활짝 열어놓고 가장 밝은 도수의 불을 켜놓으라고 성화였다. 창문을 열면 산라파엘 만의 바닷물이 어둠에 묻혀있고, 사시사철 꽃이 만발한 정원에서 온갖 꽃향기가 피어오르는 밤, 유일하게 링 혼자만이 백열등을 밝혀야 하는 고통은 참으로 견디기 힘든 일이었다. 모두가 불을 끄고 잠이 드는 밤, 그녀도 잠을 자려면 불을 꺼야 하련만 그것이 금지되어있었다. 노처녀의 자위행위도 있을 법한 밤, 귀신처럼 오그라드는 노파의 눈앞에 전신을 들어내놓고 매일 밤을 지내야 하는 일은 링에게 가혹한 고문과도 같은 아픔이었다. 어쩌다 폭풍이 부는 밤은 링을 더욱 미치게 만들었다. 동해나 남해의 물이 폭풍을 타고 이곳 태평양의 한구석으로 밀려왔을 걸 생각하면 혼자 어둔 곳에 숨어 실컷 울고픈 고독을 억제할 수 없었다. 혼자만의 시간을 갈구하는 것은 돈을 받고 일해 주는 여자에게 마지막 남은 자존심이기도 했다. 노파가 깊이 잠든 것을 확인하고 어쩌다 문을 가만히 닫으면 글레이는 우레치듯 소릴 질렀다. 자신은 불을 끄고 어둔 방에 누워 음흉스럽게 젊은 동양여인이 누워있는 방에는 불을 켜게 하고 밤새 지켜보는 꼴은 무슨 심보란 말인가.

링이 글레이와 인연을 맺은 것은 만(灣)이 굽어보이는 고급스러운 별장이 아니었다. 그들의 첫 상면은 병원에서였다. 미국에서 가장 알려진 대학원으로 유학온 지 두 달. 돈이 문제였다. 침대를 놓은 방이 거실이요, 부엌인 스튜

디오를 얻어도 한 달에 천 불을 지불해야 했다. 과연 무엇이나 비싼 지역이었다. 게다가 전화세, 전기세랑 식비까지 적게 잡아도 천팔백 불은 가져야 살 수가 있었다. 학비까지 합치면 어마어마한 액수였다. 미국은 학비가 세상에서 제일 비싼 곳이란 말이 실감났다. 그렇다고 시집도 가지 않고 서른이 넘은 나이에 엄마의 손을 뿌리치고 도망치듯 유학길에 오른 입장에서 엄마에게 도움을 청할 수도 없었다. 결사적으로 뒤적이던 신문의 구인란에서 글레이 간병 광고를 보게 된 것이 인연의 시발점이었다. 취직 시험을 치르는 햇병아리처럼 링은 쥐색 투피스에 하얀 블라우스를 받쳐 입고 힐까지 신은 차림으로 병상에 있는 글레이와 면접을 했다. 인형처럼 차가운 인상을 풍기는 여자가 지나치다 싶게 단정하고 빳빳하게 얼어서 그녀 앞에 서자 노파는 배를 잡고 웃었다.

"여군에 입대하는 줄 알았나 보지? 훈련을 시켜도 되겠네."

예기치 않은 말에 링은 얼떨떨해서 그저 멍청하게 노파의 눈만 응시했다. 대답을 않는 것이 더욱 매력적이었는지 링을 그 자리에서 채용했다. 먹고 자고 매달 천사백 불을 받기로 했다. 밤낮 근무를 하되 일주일에 두 번 오후에 학교에 가는 것이 유일한 휴가라는 단서가 붙었다. 어쨌거나 먹고 자고 돈까지 받는 직업이니 한 달에 3천 불이 넘는 일자리였다. 첫 일 년간은 구역질이 나고 자존심이

이건숙 문학전집 2 미인은 챙 넓은 모자를 좋아한다

상하는 일이 많았으나 이를 악물고 참았다. 너무 참을 수 없을 적에는 화장실에 숨어서 끼륵끼륵 울음을 삼키면서도 박사 학위를 받을 때까지 이 집에서 이렇게 살아가리라 다짐했다. 그러나 어느 정도 미국을 안 다음 그런 마음이 서서히 풀리기 시작했다. 이 고장의 어떤 사람도 링과 같은 인생을 사는 이는 없었다. 주말엔 산과 들에 나가 노는 것이 이곳의 생활습관이었다. 학교생활도 수업이 끝나면 글레이가 기다리는 집으로 줄달음쳐야 해서 교수나 학우들과 사귈 여유가 없었다. 늙어빠진 백인 노파가 단단히 거머쥔 줄에 손과 발이 묶여 움직여지는 인형이 바로 링 자신이었다.

이 집을 떠나기로 마음먹게 된 것은 4년이 흐른 뒤였다. 같은 반에서 공부하는 흑인 청년이 강하게 그녀의 입장이 부당하다고 따지고 나섰기 때문이다.

"빨래, 음식까지 해주고 밤낮 노망난 할망구의 말벗이 되어주어야 한다니, 그건 근로기준법을 무시한 처사요. 내 말대로 주말에 쉴 터이니, 또 다른 사람을 주말에 고용하라고 해 봐요."

"나가라고 하면 어떡하고?"

"그럼 나가겠다고 당당하게 맞서라고. 백인이 어떤 사람이라고 거기에 붙들려서 희생당하고 있어. 아메리칸 인디언을 어떻게 저들이 취급 했는가 역사를 보라고. 또 흑인들을 노예로 어떻게 부려먹었느냐 이 말이야. 넌 아시

아인으로 소수민족에 속해. 그 노파가 그 약점을 이용하고 있는 거야. 거지발싸개 같은 백인 놈들……."

그런 충고를 들은 날 밤, 링은 진짜로 이 집을 나가겠다고 강경한 태도를 보이며 조건을 제시했다. 글레이의 하얀 명주실 같은 머리털 속엔 굉장한 힘이 숨어 있었다.

"배은망덕한 누렁이 아시안! 넌 유학생이야. 널 누가 이런 조건으로 고용할 줄 알아. 어딜 가도 넌 이처럼 좋은 조건의 직업을 구할 수 없어. 은혜를 베푼 나를 배신하다니! 더구나 방값도 받지 않고 먹여준 나를 떠나려는 바보 같은 년아."

"동양여자지만 저도 인간입니다. 쉴 권리가 있고, 또 삶을 엔조이할 나이이기도 합니다. 그러니 다른 사람을 고용하세요."

글레이는 똥오줌을 질질 싸면서도 권위를 내세우며 고집을 부렸지만, 링은 담대하게 그 집을 나와버렸다. 갈 곳이 없었다. 그녀가 지닌 것이라고는 트렁크 둘뿐. 급한 대로 모텔에 묵기로 했다. 곧 부를 것이란 흑인 청년의 말을 믿기로 했지만 상당히 불안했다. 사실 유학생 주제에 그만한 자리도 귀하기 때문이다. 글레이는 그 점을 교묘하게 이용한 셈이다. 링의 자리엔 백인 여자가 들어 왔다. 2백 파운드도 더 나갈 진짜 양돼지 같은 여자였다. 글레이는 여봐란듯이 당당하게 백인 여자와 히죽거리며 링이 나가는 걸 흘겨보았다. 무서운 백인이라더니! 아프리카에

이건숙 문학전집 2 미인은 챙 넓은 모자를 좋아한다

서 검둥일 데려다 동물처럼 노예로 부려먹은 핏줄이 어디 갔겠나. 살갗이 희다는 사실 하나로 목이 곧은 백성이여! 공부하다가 더 할 수 없으면 귀국하리라 마음을 다잡았다. 조국에 돌아가 엄마 곁에서 재봉틀 소리를 다시 들어도 돌아가리라 다짐하면서 글레이 집을 빠져나왔다. 태평양을 건너와서 고작 한다는 일이 노망난 노인의 밑구멍만 씻어주는 일을 하며 황금 같은 시간을 보냈으니, 얼마나 한심한 일인가! 노인과 산다는 것은 우중충하고 슬픈 삶이란 걸 새삼 실감했다. 새장에 갇혔던 새가 창공을 향해 날개를 푸덕이며 솟아오르는 기분이 이럴까. 길가에 요상한 빛을 발하면 피어있는 이름 모를 들꽃들이 그렇게 앙증맞을 수가 없었다. 세포가 말라 죽어가는 사람 곁에선 모든 것이 희미했고, 안개가 낀 듯 암울했는데, 노인의 곁을 떠나니 눈에 띄는 모든 것이 새것으로 보이고, 중요한 의미를 담고 살아 움직였다.

닷새 만에 그러나 링은 다시 노파 곁으로 돌아왔다. 백인 뚱보는 사흘 만에 이런 집에선 죽어도 일 못하겠다고 한바탕 하고 나갔단다. 설령 전 재산을 유산으로 준다는 조건이라 해도 지옥 같은 집에서 살 수 없다고 악을 썼다나. 그리고 보니, 고용하는 사람마다 일주일을 못 채우고 떠나버려 병원 신세를 지고 있을 때 링이 글레이를 만난 것이다. 그건 글레이 집을 청소해온 제인의 귀띔에서 얻은 정보였다.

그로부터 링의 생활에 변화가 왔다. 글레이가 링의 비위를 맞추느라고 애교를 부리기 시작한 것이다. 링의 표정이 약간 굳어있어도 목걸이를 주고 과자도 주면서, 고양이처럼 요상한 콧소리를 내면서 다가왔다. 반지를 주기도 하고, 아주 강한 표현을 할 적에는 밍크 반코트를 유산이라며 선물하기도 했다. 물론 새것은 하나도 없었으나 노파의 꿈과 추억이 서린 것들이었다. 반세기가 지났음직한 귀걸이는 아무짝에도 쓸모없는 것이지만 그녀에게는 온갖 추억이 서려 있는 것이라 그런 걸 선물한 날엔 그것에 얽힌 시답잖은 기억들을 몽땅 끌어내다 풀어놓느라고 어찌 말이 많은지 그걸 듣느라고 눈이 지물거리고 골이 지끈거릴 지경이었다. 이까짓 것 낡아서 쓰레기라고 팽개치고 싶은 마음이 굴뚝 같았으나 노인 앞에선 차마 그럴 수가 없었다.

따지고 보면 이 모두가 엄마 때문이었다. 엄마는 일생할머니 곁을 맴돌다가 아들까지 버린 시어머니의 임종을 맞았고, 혼자 힘으로 장례를 치렀다. 아버지는 그 뒤 수고했다는 전화 한통도 없었다. 그래도 어머니는 항상 웃는 얼굴이었고, 그런 아버지를 원망한 적이 없어서 딸인 링이 악을 쓰며 엄마에게 대들 때면 늘 이렇게 중얼거렸다.

'나 같은 조강지처가 있으니 첩 곁에서나마 행복하게 사는 것이 아니겠느냐. 이런 자리에 처한 내가 오히려 더 보람 있고 행복하구나. 나로 인한 그의 평안함이 내 평안

함이 아니겠니.'

이상한 일은 글레이가 링이 어려서부터 미워했던 할머니로 보이다니! 설명할 수 없는 마력에라도 잡힌 듯 이상한 힘에 끌려 링은 노파 곁을 떠날 수가 없었다. 지남철에 철컥 달라붙은 쇠못처럼 링은 피 한 방울 섞이지 않은 그녀 곁에 붙어있어야 했다.

"나는 링이 좋아. 엄마처럼 좋단 말이야. 절대로 내 곁을 떠난다는 말은 하지 마. 난 링의 가슴에 안겨 임종하기를 진심으로 소원한다고. 내가 죽은 뒤에 링은 내가 얼마나 링을 사랑했다는 걸 알아내고 놀랄 터이니, 두고 보라고."

"내가 죽은 뒤 이 집에서 넌 평생 살고 싶겠지. 너에게 이 집이 돌아간다면 넌 나를 사랑하겠니? 전 재산을 몽땅 물려준다는 조건으로 내 곁을 떠나지 않겠다고 약속해 주렴."

노파는 링을 이렇게 늘 살살 꾀기 시작했다. 이 재산을 다 받는다 해도 밤낮 새우잠을 자며 노망난 할망구를 돌본 수고의 대가로 당연한 것이 아니겠는가. 우스운 일이지만 그때부터 링에게 고민이 생겼다. 이 많은 재산을 어떻게 관리할 것인가? 우선 변호사를 사서 영주권 신청을 해놓자. 반을 정부가 양도세로 앗아간다 해도 그 많은 돈으로 무엇부터 시작해야 한단 말인가. 그날부터 링은 잠을 이룰 수가 없었다. 공작이 아로새겨진 자개장이랑 산

수화 병풍을 들여놔 한국냄새가 물씬 풍기게 집을 꾸미는 기쁨으로 온밤을 노망나 지껄여대는 글레이 곁에서 시간을 보내기도 했다. 자가용은 새빨간 캐딜락을 살 것이고, 이 집으로 엄마를 모셔올 것이다. 이 집에 들어서면서 엄마는 얼마나 행복해 할까. 상상만 해도 가슴이 뛰었다. 감당할 수 없는 액수의 돈을 어떻게 키울 것인지 머리를 굴리느라고 링은 밤마다 들떠있었다. 글레이 부부는 자식이 없는 고로 남편의 여동생이 낳은 조카 매기에게 전 재산을 주라는 유서를 작성해 놓은 상태였다. 매기라는 여자는 고희를 넘긴 나이였지만, 유산만 기다리느라고 생활이 엉망이었다. 무엇이나 빚으로 처리하고, 글레이가 죽기만을 학수고대하고 있었다. 지금은 검둥이 신랑하고 눈이 맞아 살고 있는데, 술고래가 되어 어쩌다 글레이를 방문하는 날에도 눈은 벌겋고 몸에선 짙은 알코올냄새가 역겹게 고여 있어서 구역질이 났다. 죽을 날이 빤히 보이는 알코올 중독자인 여자, 더구나 꿈도 소망도 없는 그런 여자에게 글레이가 유산을 줄 마음이 없다고 늘 종알대면서 링의 손을 굳게 잡아주던 나날의 생활이었다.

이 돈으로 링은 무엇을 할 것인가? 고국에서 고생하고 있는 소년 가장들을 도와줄 것이며, 맹인들을 위한 도서관을 세울 것이다. 엄마처럼 외기러기 삶을 살아가는 여자들을 위한 피난처 집을 아파트처럼 지을 것이며, 모교에 장학금도 듬뿍 내놓아야지. '이선린 장학금' 아아, 얼마나 감격스러운 일인가!

　지난달에도 조카 매기와 글레이 사이에 큰 다툼이 있었
다. 오줌똥을 질질 싸면서도 끈질기게 목숨이 붙어있는
외삼촌댁을 향해 어서 죽으라고 고함을 치는 조카 앞에서
그녀는 그저 벌벌 떨고 있었다. 알코올 중독으로 코끝이
빨개져서 살인이라도 저지를 듯이 난폭하게 대드는 조카
앞에서 글레이는 무서워 숨을 쉬지도 못했다. 링이 그런
매기를 잘 달래가면서 문까지 배웅하고 오니, 글레이가
침대 밑에 굴러 떨어져 있었다.

　"아이쿠! 가엾어라. 글레이, 오줌을 그냥 옷에 싸도 좋
아요. 새 옷으로 갈아입으면 되는데, 어쩌자고 기어 내려
오다 이 꼴이 되었어요. 만에 하나 뼈가 부러지면 그땐 큰
일이에요. 노인의 뼈는 다시 들러붙지 않아 쇳조각을 대고
못질을 해야 한다고 의사가 주의 준 것을 잊어버렸나요."

　링은 노파를 끌어안았다. 어찌나 무거운지! 뼈만 앙상
하게 남은 육신이 맥을 놓고 있으니, 천근만근 나가는 무
게였다. 간신히 끌어다 침대에 눕히고는 더운물을 떠다
오줌으로 얼룩진 몸을 말끔히 닦아주고 분가루를 발랐다.
오랜 세월 침대에 누워있었건만 어찌나 잘 간호를 했는지
등창도 생기지 않았고, 중풍환자에게 흔히 풍기는 이상야
릇한 비린내도 없었다. 링은 노파를 깨끗하게 씻긴 뒤에
고실고실하게 새 옷으로 갈아입히고, 아기에게 하듯 뺨에
뽀뽀를 해 주었다. 주름살이 그물처럼 깔린 백인 할머니

지만 이 세상에 혼자 남은 그녀를 사랑해 주지 않을 수 없었다. 백 살을 바라보는 나이에 이르니, 자신의 피붙이는 물론 친구들까지 모두 저 세상으로 가서 아는 사람이라곤 피 한 방울 섞이지 않은 알코올 중독자 매기뿐이었다.

링은 커다란 베개를 노인의 허리 밑에 받쳐 주어서 등창이 생기지 않도록 한 시간 간격으로 몸의 위치를 바꿔 놓았다. 그럴 적마다 마치 갓난아기에게 하듯 볼기짝도 두드려 주고 등도 토닥거려 주었다. 두 다리를 쭉 펴게 하고, 꼭꼭 무릎을 눌러주고 힘껏 잡아당겨 주면 노파는 시원해서 눈을 실실 감았다. 때론 아기를 보듬어 안 듯 바짝 마른 글레이를 푸근히 껴안았다. 그럴 때마다 노파의 목에선 고양이 소리가 났다. 갈갈갈…… 식씩씩…….

"남편이 죽고 나서 내가 제일 그리워한 것이 무엇인 줄 알아. 바로 이렇게 포옹할 적에 전달되어지는 살갗의 따스함이야. 링이 날 이렇게 안아주니, 난 너무 행복해. 남편이 옆에 있는 것 같아. 젊어진 것 같기도 하고. 너무 고마워."

"내 품에 이렇게 안겨 하늘나라에 가세요. 당신이 죽은 뒤에야 난 이 집을 떠날 거예요."

"링! 모든 재산을 너에게 남겨 주고 싶어. 사실 매기는 나와 피 한 방울 섞여있지 않고 날 너처럼 다정하게 돌본 적이 없어. 목욕 한 번 시켜주지도 않았고, 링처럼 날 사랑해 준 적도 없이 재산에만 눈독을 들이고 있어서 소름이 끼친다니까. 매기가 오면 가슴이 뛰고 미워서 머리가 빙빙 돌 지경이야. 나쁜 여자야. 나를 사람으로 여기지 않으면서 돈 돈 돈······."

이 정도의 깊은 대화를 주고받은 사이였으니, 제인이 유산 운운했을 적에 당연하다는 생각까지 들었다. 인생길의 마지막 5년을 가장 가까운 사이로 지내며 애정을 가지고 돌본 링을 글레이가 모른 척할 리가 없었다. 사실 링도 그녀를 사랑했다.

부활절 아침 햇살은 놀랍게 투명했고, 입을 벙긋 열기 시작한 백합의 짙은 향기가 열어놓은 창문으로 밀려 들어왔다. 정원사가 집주인인 글레이를 위해 정원의 곳곳에 백합을 수백 그루 심어 놓았기 때문이다. 작년처럼 링은 노파를 위해 달걀을 두 줄 삶았다. 조반이 끝나면 마비된 손을 잡고 달걀 위에 여러 가지 그림을 그릴 참이었다. 매일 쇠약해가면서도 아침이 되면 짐짓 회춘이라도 된 듯 짙은 농담을 즐기던 글레이가 이 아침엔 죽은 고양이처럼 널브러져서 기척도 없었다.

"글레이! 어서 일어나요. 벌써 열 시에요. 오늘은 즐거운 부활절, 주님이 무덤에서 살아나신 날이지요. 우리 달걀에 그림을 그려요. 작년에도 그랬잖아요."

"링! 이상하게 몸이 밑으로 가라앉고 있어. 아주 아득해."

"의사를 부를까요?"

"아니야. 병원에서 죽어 냉동실에 들어가는 게 끔찍해. 집에서 죽을 테야. 내가 죽으면 울어 줄 사람은 링밖에 없어."

링은 갓난아기를 보듬어 안 듯 노파의 바짝 마른 몸을 얼싸안았다. 얼굴에 평화로운 미소를 띠며 머리를 약간 들썩이더니 숨을 몰아쉬었다. 가슴이 철렁 내려앉았다. 링은 하나뿐인 그녀의 조카, 매기에게 전화를 했다. 어서 오라고 목이 메어 울먹이며 전했으나 저쪽은 아주 냉담했다.

"왜 내게 전화를 해요. 먼저 의사를 부르세요. 그리고 죽었다고 하면 장의사를 부르세요."

그리고 어쩌고저쩌고 투덜대더니, 수화기를 놓아버렸다. 링 품에 안겨 노파는 숨을 거두었다. 바람나서 상간녀와 집을 나가버린 남편 대신 어머니는 노망난 시어머니를 긴 세월 돌보다가 품에 안고 임종을 맞았듯이 링도 글레이를 그렇게 안고 있었다. 어머니는 그래도 자신이 낳은 딸과 피가 통하는 시어머니를 안고 있었으나 이 백인 할머니는 링과 무슨 상관이 있단 말인가. 이미 숨이 끊어져 몸이 식어가는 노파를 내려다보며 링은 깊은 생각에 잠겼다. 이상한 것은 동양사람이나 서양인이 늙으면 머리칼과 피부까지 그 색이 똑같아진다는 사실이었다. 링의 품에 안긴 글레이나 어머니 품에 안겼던 할머니에게서 하나도 다른 점을 찾을 수 없었다.

의사가 사망을 선언하고 장의사가 시신을 실어내 갈 적에 매기가 남편과 들어섰다. 흑인 남편과 백인 아내의 동반은 부촌에선 꼴불견으로 여겨져 저들이 동반해서 나타난 것은 이번이 처음이었다. 장의사의 들것에 실려 글레이가 현관문을 나가는 순간 링은 터져 나오는 울음을 주체할 수가 없었다. 어머니가 할머니의 관을 부여잡고 울부짖었듯이 링은 글레이의 몸을 끌어안고 몸부림치면서 울었다.

"너무 오래 살았어. 벌써 죽었어야 할 할망구야."

"저 동양여잔 왜 저렇게 울어대지. 하긴 긴 세월 돌본 정이 있겠지. 그래서 친어머니를 잃은 것처럼 울고 있군."

"노인 혼자 사는 집이라 너무 조용했는데, 이제 이 동네에 신선한 향기가 풍기겠네. 젊은 사람들이 이사올 터이니."

이웃들이 안을 기웃거리더니 한마디씩 내뱉었다. 현관을 빠져나가려는 시신을 안고 울어대는 링을 제외하곤 아무도 슬퍼하는 사람이 없었다. 오히려 젊은 동양여자가 너무 섧게 우니까 구경거리가 생겼다는 듯 사람들이 모여들었다.

"창피하게 왜 이러는 거야. 직업을 잃어 걱정이 되는 모양이군. 이런 일거리는 미국 전역에 널렸어. 신문 광고란을 보고 구하면 될 터인데, 왜 시끄럽고 추잡하게 울고 야단이야."

매기의 냉담한 목소리에 링은 간신히 울음을 그칠 수 있었다. 이 과정을 지켜보던 제인이 숨쉬기가 어려울 정도로 기름진 배를 보듬어 안고 링의 곁으로 다가와서 모두가 들을 수 있는 큰 목소리로 말했다.

　"이 많은 유산이 링에게로 돌아간다는군요. 유서를 고쳐 썼다는 걸 모두 모르고 있었지요. 당연한 처사입니다. 링이 기막히게 고생했어요. 노망을 떨면서 5년간 오줌똥 싸는 노파를 돌봐준 링이 아니었다면 글레이가 어떻게 살았겠어요."

　흑인 청소부인 제인이 지껄이는 말을 모두 들었으나 아무도 놀란 표정을 짓지 않았다. 당연하다는 것일까. 아니면 유산 따위엔 관심이 없다는 것일까. 단지 상속자로 알려진 매기만이 이마를 찌푸리고 뚱뚱보 제인을 노려보았다.

　"장례식에 참석하게 날짜와 장소를 알려 주세요."

　링이 눈물로 범벅이 된 얼굴을 하고 매기에게 말했으나 그녀는 들을 척도 않고 시신이 장의차에 실리는 걸 지켜보았다. 장의차에는 종달새 장의사라고 쓰여 있고, 그 밑에 또렷하게 쓰인 전화번호를 링은 호주머니에서 볼펜을 꺼내 메모했다. 장의차가 떠나자 이웃들도 모두 흩어져버리고 사방이 조용해지자 매기가 링에게 손을 내밀었다. 그간 수고했다고 악수를 청하는 것일까. 링은 그 뜻을 몰라 잠시 멈칫했다.

"이 집 열쇠를 넘겨주세요. 이젠 이 집이랑 글레이에게 속했던 모든 것이 제 것입니다. 저도 바빠서 오늘 떠나면 다시 올 수 없으니, 지금 당장 짐을 꾸려 이 집을 나가주세요."

"어찌 그리 바삐 떠나라 하십니까. 아직 갈 곳도 정하지 못했는데. 며칠 여유를 줘야지요."

"이 집주인은 이제 접니다. 제 명령을 따르세요."

"이 달치 일한 수고비는?"

"그것도 법원에서 유산이 정리된 뒤에나 지불합니다."

매기는 이렇게 칼로 무를 썰 듯 냉정하게 말하고 어서 짐을 싸들고 나가야 문을 잠그고 가겠다는 듯 다리를 꼬고 안락의자에 앉아 링의 행동을 지켜보았다. 그녀를 지남철처럼 따라붙었던 글레이는 흙으로 돌아가려고 이 집을 떠나버렸으니, 링이 이 집에 남아있을 이유가 없었다. 링은 들어올 때처럼 옷과 책들을 꾸려 넣은 트렁크를 들고 방문을 나섰다. 글레이의 침대 곁을 맴돌며 보낸 5년의 세월. 이제 그 방의 주인이 없으니, 그녀의 냄새마저 걷힌 별장은 고가처럼 썰렁했다. 노망나서 구시렁거리던 노파의 음성까지 없어진 침실은 보기 딱할 정도로 종이와 담요로 어지럽게 널려 있었다. 지난 5년 세월 링이 그다지도 정결하게 가꾸었던 방이 이렇게 넝마주이 창고로 변하다니! 링은 다시 한 번 자신이 묵었던 방과 맞뚫린 글레이의 방안을 찬찬히 훑어보고 천천히 이층 계단을 내려왔다. 찰칵! 뒤에서 금속성의 문 닫히는 소리가 링의 가슴을 예리하게 찔렀다.

두 달 뒤 법정. 매기와 변호사가 나란히 여판사 앞에 선 두 사람의 뒷모습을 바라보는 링은 방청석에 앉아있었다. 산 라파엘만의 시빅센터(civic center). 그 안을 오가는 사람들은 모두 백인들이었고, 뱃살에 기름이 돌고 너무 먹어 턱이 늘어진 사람들로 우글거렸다. 간단히 사인을 하고 넘겨주는 여판사의 손길은 상투적이었다. 변호사와 함께 만면에 웃음을 담고 법정을 나서는 글레이의 조카, 매기와 링이 마주쳤다. 그녀의 얼굴이 기분 나쁠 정도로 우그러지더니 벌레를 보듯 흘기면서 불쑥 내뱉었다.

"무슨 일로 여기서 알찐거려요."

"한 달 치 일한 돈을 받아야지요. 그리고 유산은……."

링은 변호사의 얼굴을 훔쳐보았다. 실질적인 상속자는 매기가 아니고 바로 그의 앞에 서 있는 링, 자신이라는 걸 알리기 위해 일부러 손을 내밀고 악수를 청했다.

"제가 바로 돌아가신 글레이를 돌본 링입니다."

인사를 받은 변호사는 귀밑까지 자란 수염을 쓰윽 문지르면서 어리둥절한 표정을 지었다. 순간 아찔했다. 이럴 수가! 어찌 글레이의 유산이 이렇게 마무리 되어질 수가 있단 말인가.

"돈을 지불해야 할 사람이 죽었다니까. 한 달 치 일한 것을 변호사를 사서 청구하세요."

매기가 간단하게 말했다.

"세상에 이럴 수가! 인간적인 정을 봐서도 이럴 수 없어요. 제가 5년을 얼마나 글레이를 위해 헌신적으로 일했는데, 수고하였다는 말 한마디 없이 변호사를 사라고요. 그 많은 유산을 받은 사람이 어떻게 그렇게 말 할 수 있나요."

"이 여자 왜 이렇게 귀찮게 구는 거야. 당신이 일한 것은 매달 돈으로 다 지불되었는데, 무얼 따지겠다는 거요. 고용인으로 일하고 돈을 지불받았으면 끝난 것 아니요. 내게 청구하지 마시오. 내가 당신을 고용한 적이 없으니까."

"법 되게 좋아하는 나라군. 나쁜 새끼들. 그 돈으로 얼마나 잘 사나 두고 봐라. 내가 바보지. 엄마처럼 난 정말 바보였어."

시빅센터를 빠져나오며 왜 제인이 변호사가 왔다갔단 말을 했을까 생각해 보았다. 마지막 순간까지 일을 시키려는 글레이의 비겁한 수단에 말려든 것이 확실했다. 뚱뚱보 청소부 제인도 20년이 넘도록 일하고도 시간 수당 이외에 보너스나 선물을 받아본 적이 없다고 하지 않았던가. 하염없이 잔디 위를 걷던 링은 어깨에 메고 있던 핸드백을 열었다. 글레이의 낚시 밥인 자잘한 물건들이 핸드백 속에 가득했다. 20년 전 유행했음직한 때가 잔뜩 낀 모조품 팔찌. 18금을 입힌 구닥다리 목걸이. 이젠 아무도 달고 다닐 수 없는 귀고리. 시빅센터 옆엔 널찍한 인공호수가 있었고, 셀 수 없이 많은 새들이 사람이 다가가도 날아가질 않고 호숫가를 유유하게 거닐었다. 벤치에 털썩 주저앉았다. 새 먹이를 주듯 링은 글레이가 준 것들을 하나하나 호수 가운데를 행해 힘껏 팔매질을 했다. 먹이를 주는 줄 알고 새들이 우르르 장신구가 떨어진 곳에 모여들었다. 어린애 팔뚝 크기의 금붕어들도 그쪽으로 헤엄쳐 가느라고 물살을 갈랐다. 서로 먼저 먹겠다고 머리를 쪼는 놈도 있고 등에 올라타는 놈도 있었다.

핸드백이 쿨렁하게 비워지자 링은 다리에 힘을 주고 벌떡 일어섰다. 푸른 하늘 속으로 높이 날아 올라갈 듯 가뿐함이 링의 가슴에 뿌듯하게 차올랐다. 가슴 속 깊은 무의식 속에 앙금으로 가라앉아 곪아 쑤시던 부위가 치유된 듯 몸이 가뿐했다.

링이란 이름은 던져버리고 이선린이 된 그녀는 중얼댔다.

'인생이란 그런 거야. 누구나 빈손으로 왔다가 빈손으로 가는 거야. 내 머릿속에 든 지식과 손에 금조각처럼 박힌 수고함을 앗아갈 사람이 없다는 것이 진리야. 그간 글레이에 매달려 다하지 못한 박사 논문을 써야지. 그래도 저축한 돈이 많지 아니한가. 엄마의 잔잔한 미소 뒤에 숨겨진 은은한 평안함이 바로 이런 것이었구나.'

핸들을 잡은 손바닥을 햇살에 비춰 보았다. 고된 일로

굳은 살이 박힌 손바닥을 투명한 햇살이 간지럼을 타는 순간 그 손이 금덩이로 변하는 것이 아닌가. 링은 정신을 차리려고 손바닥으로 이마를 두드리면서 머리를 흔들었다. 갑자기 그렇게도 미워하고 반항하면서 속을 썩여주었던 엄마의 우아하고 편안한 얼굴이 그녀의 눈앞에 크게 다가왔다. ✶

이건숙 문학전집 2

미인은 챙 넓은 모자를 좋아한다

1쇄 발행일 | 2021년 07월 12일

지은이 | 이건숙
펴낸이 | 윤영수
펴낸곳 | 문학나무
편집 기획 | 03085 서울 종로구 동숭4나길 28-1 예일하우스 301호
이메일 | mhnmoo@hanmail.net

출판등록 | 제312-2011-000064호 1991. 1. 5.
영업 마케팅부 | 전화 | 02-302-1250, 팩스 | 02-302-1251
ⓒ이건숙, 2021

값 15,000원
잘못된 책은 바꾸어 드립니다
지은이와 협의로 인지는 생략합니다
무단 전재 및 복제를 금합니다
ISBN 979-11-5629-126-8 03810